EL PRECIO A PAGAR

TOUGH GUY

EL PRECIO A PAGAR

TOUGH GUY

Traducción de Anaís Badilla y Ana Mata Buil

RACHEL REID

MONTENA

Penguin
Random House
Grupo Editorial

Título original: *Tough Guy*

Primera edición: julio de 2026

Impreso en Colombia - *Printed in Colombia*

ISBN: 979-8-89098-792-1

Advertencia de contenido:

En este libro podrás encontrar escenas y conversaciones sexuales explícitas, consumo de alcohol y lenguaje malsonante.

Este libro va dedicado a Matt,
a quien no le gusta el hockey,
pero yo lo quiero igual

Prólogo

Septiembre de 2018

—¿Eres feliz?

Ryan Price no sabía si el entrenador Cooper le estaba haciendo esa pregunta a él o al ordenador del que no había apartado la vista. La respuesta más sincera era que Ryan no podía recordar muy bien qué se sentía al ser feliz, pero eso habría sido incómodo de admitir, así que se limitó a responder:

—Claro.

—Bien —dijo el entrenador sin hacer mucho caso—. Me alegra oírlo. ¿Sabes ya dónde vas a vivir?

—Sigo en el hotel, pero estoy buscando…

—Supongo que eres todo un experto en cambiar de ciudad. —El entrenador por fin volvió la mirada hacia Ryan y le sonrió como si se le acabara de ocurrir el chiste más gracioso del mundo—. Ya habrás llenado el cartón para cantar bingo, ¿no?

—Sí. —Ryan ni siquiera se molestó en devolverle la sonrisa—. Más o menos.

El entrenador se recostó en la silla y cruzó los musculosos brazos sobre el pecho. Era probable que Bruce Cooper estuviera en mejor forma que cualquier jugador de la plantilla de los Toronto Guardians. Él nunca había jugado en la NHL, pero se mantenía en plena forma, como si quisiera sugerir a los jugadores que podía ponerse los patines y sustituir a cualquiera de ellos en cualquier momento.

—Bueno, ya sabes por qué estás aquí. No hace falta que te diga qué clase de jugador eres y qué esperamos de ti. Estoy seguro de que entiendes lo que quiero decir. —Dejó de sonreír y miró fijamente a Ryan.

Este entendió a la perfección lo que quería decir. Era lo mismo que le habían dicho todos los entrenadores que había tenido desde los dieciséis años: «Necesitamos que les des una paliza a los contrincantes que amenacen a nuestros jugadores de verdad».

—Sí, entrenador —dijo Ryan.

Acababa de terminar su primer entrenamiento con los Guardians y había ido… bien. Algunos jugadores lo habían mirado con curiosidad, pero ninguno había sido muy amable con él. Era obvio que la reputación de Ryan le precedía.

—La prioridad es proteger a Kent —dijo el entrenador—. Es un bocazas, pero no queremos que le hagan daño. Los chicos se lo pensarán dos veces antes de meterse con él sabiendo qué es, ya me entiendes, lo de «Paga a Price». —Sonrió.

Ryan se agachó.

—Sí. Entendido.

—Bien —dijo el entrenador con alegría—. Ahora, la otra cosa de la que quería hablar era de tu historial sobre no llevarte bien con tus compañeros de equipo.

Ryan Price se pasó la lengua por la parte inferior de los dientes frontales, raspando los restos de las cuatro pastillas antiácido que se había tomado antes de entrar en la oficina de su nuevo entrenador. Necesitaba la mayor cantidad de antiácidos posibles para enfrentarse a algo así.

—No es eso —intentó explicar Ryan—. O sea, no es que no me lleve bien con ellos. Es solo que… soy reservado. Supongo.

El entrenador frunció el ceño.

—Los Guardians son un equipo, Ryan. Tanto dentro como fuera de la pista. Los equipos se crean a partir de la confianza y el compañerismo.

—Lo sé. Me esforzaré más.

—Me alegro de oírlo —dijo el entrenador, como si el asunto estuviera resuelto.

Ryan no esperaba establecer vínculos muy estrechos con ninguno de sus compañeros de equipo. El hecho de ser torpe por naturaleza, tímido, con trastorno de ansiedad diagnosticado, con miedo a volar y, ah, claro, gay, no le convertía precisamente en un imán para los amigos en el típico vestuario.

Pero lo intentaría.

—Y otra cosa. —El entrenador bajó la voz y se inclinó hacia delante—. No se te va a ir la pinza con nosotros, ¿verdad? Como te ha pasado antes…

Ryan levantó las cejas.

«Guau. Qué directo».

—Pues… he estado trabajando en eso.

El entrenador entrecerró los ojos.

—Trabajando en eso, tipo, ¿cómo? ¿Meditación, yoga o algo así?

—No. O sea, un poco. Pero, tipo, yendo a terapia. Y me recetaron…

—Bueno, o sea que lo tienes bajo control. Estupendo. —El entrenador hizo un gesto con la mano, contento de haber terminado la conversación—. Venga, sigamos con los entrenamientos de pretemporada y así veremos dónde encajas en este equipo.

—De acuerdo, entrenador.

Cuando el entrenador volvió a prestar atención a su ordenador, Ryan se levantó, asintió con la cabeza y salió de la habitación. La pequeña charla no había sido muy diferente de la que había tenido con su último entrenador. O con el anterior. «Queremos que des miedo en la pista y que seas normal fuera».

Ryan volvió al vestuario para prepararse para las pruebas físicas que los Guardians tendrían esa tarde. Estando ahí, vio al jugador estrella de Toronto, Dallas Kent, hablando con otro jugador estrella, Troy Barrett. Kent era bajo para ser jugador de hockey, rubio y de ojos azules. No era lo que Ryan llamaría atractivo, pero eso se debía sobre todo a que se le veía la arrogancia desde lejos. Barrett era más guapo, con unos ojos azules penetrantes y pelo oscuro, pero aun así no era mucho el tipo de Ryan.

Ryan pensó que no estaría mal presentarse a los hombres a los que se suponía que debía proteger. Al acercarse, pudo oír a Kent describir con gran detalle a Barrett sus hazañas sexuales de la noche anterior. Kent ni siquiera miró a Ryan cuando llegó, dejándolo ahí de pie, incómodo, mientras terminaba su asquerosa historia.

—¡Te lo juro por dios, pensaba que se iba a desmayar!

Barrett se rio. Ryan carraspeó y Kent, por fin, alzó la vista.

—Ah. Hola. —Había un poco de sarcasmo en el tono de Kent.

—Hola —dijo, como un tonto. Le tendió la mano—. Soy Ryan.

Kent se quedó mirando la mano de Ryan y luego miró a Barrett. Al final, le estrechó la mano rápido y dijo:

—Creía que te habías vuelto loco.

—No —dijo Ryan, que sentía cómo las mejillas y el cuello se le ponían rojos—. Está todo en orden.

Barrett resopló. Kent miró a Ryan con expresión de asco.

—Joder, más te vale, Rojito.

Ryan apretó la mandíbula. Ese no era un nombre al que fuera a responder.

—Ryan —le corrigió. Enderezó la espalda y echó los hombros

hacia atrás para mostrar toda su estatura. Dejó salir lo justo del monstruo que llevaba dentro para demostrarle a Dallas Kent que Ryan no era alguien con quien se pudiera jugar—. No Rojito.

Kent levantó las manos en señal de paz.

—Lo que tú digas, tío.

Se volvió hacia Barrett y siguió con su historia como si Ryan ya no estuviera allí.

Ryan sintió que se le oprimía el pecho mientras se iba a su puesto. Por suerte, había aprendido a calmarse solo durante esos ataques leves.

«Inhala dos, exhala tres. Inhala tres, exhala cuatro. Inhala cuatro, exhala cinco…».

Estaba bien. Se encontraba bien. Quedaba claro que Dallas Kent era un puto gilipollas, pero Ryan estaba bien.

«Esto es solo un trabajo. No eres tú. Tú eres más que este trabajo».

En todos los trabajos hay compañeros de mierda, ¿no?

Contó una respiración más; inhaló y exhaló y luego empezó a rebuscar en su bolsa de deporte, solo para distraerse con algo.

—¿Quieres saber un secreto?

Ryan se sorprendió por la pregunta inesperada. Se volvió y vio a Wyatt Hayes, que llevaba años siendo el portero suplente de Toronto.

—¿Cuál?

—Dallas Kent es —Wyatt se inclinó y bajó la voz hasta susurrar— un poco gilipollas.

Ryan balbuceó, sorprendido.

—¿Entonces no es solo cosa mía?

—Dios, no. Pero es una superestrella, ¿no? ¿Qué le vas a hacer?

A Ryan se le ocurrían un par de cosas que le gustaría hacerle.

Wyatt se rio.

—Hostia puta, Price. ¡Tu cara! ¡No puedes pegarle!

—Lo sé. No iba a hacerlo.

—Bueno, pero, si cambias de opinión, avísame. Yo quiero verlo.

Ryan negó con la cabeza, pero sonreía. Había decidido que Wyatt Hayes le caía bien. Así que eso ya era algo.

Había creído que quizá esta temporada sería diferente. En retrospectiva, no tenía ni idea de por qué. Desde que estaba en la liga júnior, Ryan había desempeñado sin quejarse el papel de *enforcer* en todos los equipos en los que había jugado. Nunca le había entusiasmado; si hubiera querido ser boxeador, habría podido seguir los pasos de su padre y haberse convertido en uno. Ryan quería ser jugador de hockey.

El verano anterior, tras enterarse de que lo habían traspasado una vez más, Ryan había decidido dedicarse por completo al entrenamiento. Había trabajado su forma de patinar, su velocidad y el acondicionamiento de la parte inferior de su cuerpo. Encontró un entrenador en Buffalo, donde aún vivía, y se mató a hacer esprints, zancadas, sentadillas y toda una pesadilla de actividades inhumanas similares.

Se había presentado en esa pista de entrenamiento en Toronto en la mejor forma en la que había estado en su vida, con la esperanza de que lo tomaran en serio como defensa. Daría todo lo que tenía en esas pruebas de aptitud física, pero dudaba que eso cambiara la opinión de alguien sobre el papel que desempeñaría en este nuevo equipo.

Dios. Ryan no estaba seguro de poder seguir con eso. Lo haría porque ¿qué otra cosa podía hacer? Su currículum era bastante escueto.

—¿Preparado para pasar por el infierno? —preguntó Wyatt.

Ryan sabía que se refería a las pruebas físicas, pero él estaba pensando en toda la temporada.

—Claro —respondió—. Acabemos con esto de una vez.

Capítulo 1

Fabian Salah odiaba el hockey.

Era evidente que ese día había partido, porque el metro estaba abarrotado de gente con jerséis azules de los Toronto Guardians. Fabian tenía ganas de sentarse; no le gustaba estar de pie en medio de toda esa gente mientras le juzgaban con su mente simple e ignorante. Había al menos un hincha con pocas luces que sin duda estaba burlándose de Fabian con desprecio.

Fabian mantuvo la mirada baja y resistió el impulso de burlarse de él también.

«Tres paradas más y ya llegas a casa», se dijo a sí mismo.

Una niña pequeña que llevaba un jersey rosa de los Guardians (porque era obvio que una hija no puede llevar otra cosa que no sea de color rosa chicle) le sonrió. Y él se obligó a devolverle la sonrisa.

No era culpa de la niña que él estuviera de mal humor. No era culpa de la niña que él odiara el hockey y que hubiera gente a la que le encantase, ni que sus padres estuvieran tan preocupados por imponer la reafirmación de género a su hija. Ella solo estaba disfrutando de una tarde con sus padres, animando a los chicos de su ciudad.

Fabian estaba seguro de que el equipo estaba lleno de jóvenes heroicos y honrados. Estaba claro que no era un grupo de imbéciles homófobos con complejo de machos alfa que fuera a celebrar esa noche su victoria haciendo cosas bastante repugnantes típicas de machotes. De todos los jugadores de hockey que Fabian se había visto obligado a conocer en su vida, solo uno no era una completa pesadilla.

—¿Es una guitarra? —le preguntó la niña del jersey rosa.

Fabian parpadeó.

—Es un violín —respondió tratando de ser lo más cordial posible.

—¿Y es tuyo?

—Sí.

—¿Y sabes tocarlo?

Fabian sonrió.

—Sí, claro. Creo que cuando empecé a aprender a tocarlo tenía más o menos tu edad. ¿Tú tocas algún instrumento?

Ella negó con la cabeza, pero luego dijo:

—Me gusta cantar y bailar.

—A mí también.

La madre de la niña la acercó hacia ella en los asientos contiguos y le susurró algo que seguro que era inofensivo, tipo «No molestes al pobre señor» o «No hables a desconocidos», pero Fabian no pudo evitar imaginarse que era algo más bien como «No hables con hombres que se pintan los ojos y las uñas».

La niña dejó de hablar con él, pero lo observó con atención durante todo el trayecto hasta la estación de Wellesley, en la que por fin Fabian se separó de la multitud de aficionados al hockey.

Mientras caminaba por Church Street, Fabian sintió cómo la tensión residual del viaje en metro abandonaba su cuerpo. Tenía cosas mejores en las que pensar que en estúpidos hinchas. Por un lado, la noche anterior había roto por fin su relación con Claude para siempre. Claude había sido el último de una larga lista de esnobs egocéntricos a los que Fabian, por la razón que fuera, había invitado a su cama. No diría que lo que habían tenido fuera una relación, sino que más bien habían estado viéndose en distintos eventos y, de un modo inevitable, habían acabado follando. Pero Fabian había terminado con esa gilipollez.

Ahora estaba en un buen momento. Tenía programados algunos conciertos muy prometedores, casi había terminado su nuevo álbum y la semana anterior había grabado una entrevista y una actuación en el estudio para la CBC Radio. Incluso sus padres se habían molestado en escucharla, así que sin duda había conseguido algo. Si las cosas seguían así, podría dejar su trabajo de media jornada, hacerse superrico y famoso, mudarse a una isla privada y no volver a ver nunca más a nadie con un jersey de hockey.

Ryan estaba convencido de que tenía la polla fea.

El tío que se la estaba meneando en la pantalla del portátil de Ryan tenía una polla impresionante. Era larga y recta y no muy gruesa. Era lisa y la tenía circuncidada, con los huevos depilados a la perfección. La polla sobresalía con orgullo de un cuidado puñado de rizos oscuros.

La polla de Ryan era gruesa y roja, y el vello que la rodeaba, naranja. Intentaba mantener esa zona bien cuidada, pero su vello púbico era tan rebelde como el que le cubría la cabeza y la cara. Sus huevos le parecían demasiado grandes y algo caídos. Su polla sobresalía de un prepucio abultado. La punta era gruesa y oscura y una vena muy prominente rodeaba todo el miembro.

Y, a diferencia del tío del vídeo que estaba viendo, Ryan tardaba una eternidad en correrse. Siempre había sido un poco lento en el sexo, pero el último año le había costado mucho más esfuerzo conseguirlo. Era consciente de que parte de culpa la tenían los ansiolíticos.

Cerró los ojos, anulando la imagen del señor Polla Perfecta, pero no los sonidos que producían sus gemidos. Ryan respiró lento, inspiró y espiró, y luego se miró la polla.

—Muy bien, colega. Podemos conseguirlo. Sin presión, cuando sea que llegues. Pero vamos a intentar hacerlo esta vez, ¿vale?

Se lo tomó con calma, acariciándose sin apretar y habiéndose echado mucho lubricante. Últimamente, el sexo, incluso consigo mismo, requería mucha paciencia. Por esa razón, rara vez arrastraba a alguien más a tener que pasar por ese calvario.

El tío de la pantalla estaba disfrutando mucho, soltaba palabrotas y jadeaba, además de prometer que iba a echar una gran corrida pronto.

—Chulo —murmuró Ryan.

Empezó a deslizar entre los vídeos recomendados que le aparecían debajo de ese porque sabía que iba a necesitar otro.

Ni siquiera estaba seguro de lo que estaba buscando. Le gustaban los vídeos de pajas porque podía fingir que estaba compartiendo una experiencia con alguien. Podía fingir que era él quien hacía gemir de placer al precioso tío que aparecía en la pantalla.

En cambio, estaba solo en su apartamento, soltando palabras de ánimo a su polla, que apenas mostraba interés.

¿Por qué no podía hacerlo? Estaba la hostia de cachondo, eso estaba claro. Llevaba meses sin acostarse con nadie. No se había corrido desde hacía más de dos semanas. La situación se estaba volviendo desesperada.

—Solo un pequeño orgasmo, colega. ¿Qué te parece?

Se sentía bien meneándosela así. Desde luego, no se sentía mal. Podía seguir así durante mucho rato y limitarse a disfrutar de las oleadas de placer que nunca llegaban a su punto álgido. A veces hacía eso: meneársela durante una hora o más sin llegar a correrse. Pero le resultaba frustrante y, además, esta vez estaba decidido a acabar.

—Ay, mierda —jadeó el chico del vídeo—. Joder, que me corro, me voy a correr…

Y entonces lo hizo. El muy cabrón.

—¿Sabes qué? —le gritó Ryan a su polla—. Hoy mando yo. Voy a poner otro vídeo, y lo vamos a ver los dos y voy a empezar de nuevo. Iré despacio, pero esta noche nos vamos a puto correr, joder.

No es que llegar le resultara imposible, pero tenía que estar relajado. No podía distraerse con nada, pero tampoco podía concentrarse de más. Las circunstancias tenían que ser las óptimas, todo tenía que encajar a la perfección como en un tiro a puerta vacía. Si conseguía encontrar ese punto ideal, podría alcanzar el orgasmo. Pero era un trabajo difícil de cojones.

Era hora de sacar la artillería pesada. Fue a su carpeta de favoritos y abrió un vídeo de una estrella porno que le gustaba en especial, llamado Kamil Kock. Era pequeño y delgado y un poco afeminado y llevaba un tatuaje de plumas de pavo real en el lado izquierdo del torso. Tenía unos preciosos ojos oscuros y la piel marrón claro. Ryan tenía muchos vídeos suyos guardados.

—Mira —le dijo a su polla—, es Kamil. Nos encanta Kamil.

Su polla se movió sin mucho entusiasmo. Algo era algo.

Ryan se pasó los siguientes veintisiete minutos viendo a Kamil Kock dar placer a su delgado y elegante cuerpo mientras él castigaba el suyo. Kamil tenía una entonación cantarina y sus largos y delgados dedos estaban cubiertos de anillos sobrecargados. Era bonito de un modo en que Ryan jamás podría serlo.

Ryan tenía un tipo, sin duda. Le gustaban los hombres que… difuminaran un poco los límites. La androginia le parecía muy sexy, y no era solo la belleza física de un hombre deslumbrante y arreglado lo que le atraía, le asombraba la seguridad en sí mismos. La valentía que tenían para ser ellos mismos y desafiar a cualquiera que dijera cualquier cosa al respecto. Nada excitaba más a Ryan que eso.

Hacía años que había salido del armario y eso significaba que no ocultaba adrede su orientación sexual, pero tampoco hablaba de ella. El *modus operandi* de Ryan durante la mayor parte de su carrera como jugador de hockey era a través de chats por internet o ligando en las distintas ciudades a las que iba. Sus compañeros de equipo no le hacían muchas preguntas sobre con quién se acostaba porque lo más probable era que no les importara. De todos modos, el hecho de jugar en un equipo diferente cada temporada había hecho que a Ryan le resultara difícil establecer vínculos estrechos con sus compañeros de equipo.

Y así era como Ryan había pasado desapercibido como jugador gay sexualmente activo de la NHL durante casi una década. Y ahora, en esta nueva era en la que Scott Hunter había besado a su novio en directo por televisión justo después de ganar la Copa Stanley, no parecía tan necesario esconderse. Hunter había tenido la suficiente valentía como para salir del armario el primero, y ahora ser un jugador *queer* de la NHL apenas resultaba interesante. Uno de los porteros de Vancouver se había casado con su novio ese verano, un hombre mayor y fornido que se ganaba la vida construyendo cabañas. Y un chico sueco que jugaba en Los Ángeles había empezado a publicar fotos en Instagram de él y su novio modelo. O modelo de Instagram. O algo así. En cualquier caso, era un tío buenorro que estaba fuerte.

Una cosa que Ryan había notado sobre los novios de los jugadores de la NHL era que todos eran muy masculinos. El novio de Scott Hunter era mono, pero no era lo que Ryan llamaría un *twink*. Y el tipo que le gustaba a Ryan tampoco encajaba de forma precisa con ser *twink*.

Así que quizá de golpe no estuviera mal visto que un jugador de la NHL tuviera novio, pero Ryan sospechaba que se esperaba que los jugadores de hockey tuvieran un cierto tipo de novio. Y, aunque a Ryan en general no le importaba lo que pensaran los demás (ni siquiera tenía cuenta en Instagram), la verdad era que no quería tener que dar explicaciones sobre sus elecciones.

Su otro problema era que era tímido de la hostia cuando había hombres guapos. No podía imaginar que quisieran mirarlo, y mucho menos tocarlo, así que rara vez conseguía estar con el tipo de hombres que a él le gustaban de verdad. Se conformaba con tíos que para él estaban más a su nivel.

Había habido un chico en Nueva Jersey (Anthony, un joven impresionante), que, aunque pareciese mentira, se había sentido atraído por Ryan. Parecía que le encantaba el físico de Ryan y su fuerza, así que durante un tiempo fueron una buena pareja. Pero él quería que Ryan le hiciera daño cuando se acostaban. No que le lesionara de verdad, pero sí que le causara dolor, y Ryan no podía hacer eso. Ryan había invertido demasiado tiempo en su vida causando dolor físico a los demás y pensar en llevarlo también a la cama le repugnaba.

Así que lo de Ryan y Anthony se acabó.

Esperaba que Anthony hubiera encontrado lo que necesitaba con otra persona. Alguien que no cargase con la misma mochila que él.

Ryan se dio cuenta de que se había quedado en blanco y se limitaba a mirar fijamente la pantalla, en la que Kamil se estaba estimulando el ano con un vibrador. La mano de Ryan sujetaba sin fuerza la polla, que se iba ablandando y no se movía.

Mierda. Se había distraído. Se acabó.

Se soltó la polla y esta cayó, exhausta, contra el muslo. Quitó el vídeo y cerró de un golpetazo el portátil. «Puta mierda de pastillas. Puta mierda de ansiedad. Puta mierda de actores porno con sus pollas perfectas y funcionales».

Se frotó la cara con la mano. Menudo partidazo de mierda estaba hecho. Hacía unos meses que había borrado su perfil de Grindr y ahora se preguntaba si debería reactivarlo. Quizá actualizar su descripción con algo tipo: «¿Buscas un rato decepcionante con un torpe peludo que lo más probable es que no se corra, aunque se la chupes durante una hora?».

A la mierda. Necesitaba irse a dormir.

—Mañana por la noche lo volvemos a intentar —advirtió a su polla—. Tú, Kamil y yo. Lo vamos a conseguir.

Su polla pareció retraerse aún más dentro del prepucio.

—Debería cortarte, con lo poco que colaboras —refunfuñó Ryan.

Capítulo 2

Fabian se preguntaba si le quedaría bien la sombra de ojos líquida «Enchantress» de la gama Glitter & Glow de Stila. Era la hostia de bonita.

Se aplicó un poco del producto de muestra en el dorso de la mano.

«Qué preciosidad».

Inclinó la mano bajo las luces fluorescentes de la tienda y observó cómo brillaba la sombra de ojos. El color le sentaba de maravilla con su piel morena.

Dejó la muestra en la estantería y volvió a su taburete detrás del mostrador de cosméticos. Se sentó en el borde y se balanceó hacia delante y hacia atrás, aburridísimo. Solo le quedaban cuarenta minutos de su turno de noche en el Savers Drug Mart, pero la tienda había estado prácticamente muerta durante la última hora y Fabian estaba más que listo para irse a su casa.

Se miró el maquillaje en el espejo que había sobre el mostrador frente a él. Todo seguía impoluto. Hoy había hecho un trabajo sobresaliente con el delineador líquido.

Suponía que estaba agradecido de tener un trabajo que le permitiera maquillarse de un modo bastante atrevido y experimental. Llevaba camisa y pantalones negros (que era el uniforme de todos los trabajadores de la sección de belleza de Savers), pero podía dar rienda suelta a su creatividad en la cara. El trabajo distaba mucho de ser glamuroso, ni siquiera llegaba a la elegancia que tenía una tienda de maquillaje de un centro comercial, pero había trabajos que le habrían resultado mucho más desmoralizantes. Al menos ahí podía ser él mismo.

Las puertas correderas automáticas se abrieron y Fabian levantó la vista. Su trabajo consistía en saludar cordialmente a tantos clientes al entrar en la tienda como pudiera, pero tenía la sensación de que ese tipo no estaba allí para comprar maquillaje. Era un hombre enorme, con una barba tupida y espesa y una larga melena pelirroja que sobresalía por debajo de su gorro de lana gris. Parecía un Papá Noel otoñal.

—Buenas noches —dijo Fabian con alegría. El hombre pareció sorprendido y miró a su alrededor hasta que sus ojos se posaron en Fabian—. ¿En qué puedo ayudar…?

«Hostia. Puta».

—¿Ryan? —soltó Fabian antes de tener tiempo de pensarlo. Aunque fuera Ryan Price, lo más seguro era que no reconociera a Fabian. O que ni se acordara de él.

El tipo que quizá era Ryan Price se quedó mirando a Fabian, con la boca abierta y los ojos muy abiertos. Y, por fin, dijo:

—¿Sí?

—Perdona —respondió Fabian rápido—. Seguro que no sabes quién soy. Es que…

—Fabian —dijo Ryan casi susurrando.

La cara de Fabian se iluminó.

—¡Sí te acuerdas!

Ryan asintió.

—Fabian —repitió.

Fabian salió de detrás del mostrador y se detuvo a un par de metros delante de Ryan, que no se movió en absoluto.

«Es. El. Puto. Ryan. Price».

—Mírate —dijo Fabian—. Eres… gigante.

Era incluso más alto de lo que Fabian recordaba. Era obvio que lo más seguro fuera que hubiera crecido desde que tenía diecisiete, pero Fabian también. Más o menos. Fabian seguía siendo unos treinta centímetros más bajo que Ryan. Y la barba —en realidad, todo él— le daba a Ryan un aire de motero rudo o vikingo. La última vez que Fabian lo había visto, llevaba la melena pelirroja corta y la cara sin vello.

La cara de Ryan por fin se relajó y sonrió con timidez.

—Casi no te reconozco —dijo en voz baja.

Entonces Fabian cayó en que quizá a Ryan le resultara un poco extraño que llevara delineador (que estaba perfecto) y sombra de ojos. El hecho de que se le pasara eso por la cabeza hizo que Fabian se pusiera más recto, como si retara a Ryan a que dijera algo al respecto.

Pero lo único que dijo Ryan fue:

—Te ves bien.

«Ah».

Fabian relajó los hombros, ya que parecía que no iba a haber pelea, y dijo:

—¿Y qué trae a Ryan Price a Toronto?

La sonrisa de Ryan se amplió y la mirada parecía más cálida.

—El hockey. Juego en los Guardians.

«Pues vaya, menudo corte».

—Quizá debería haberlo sabido —dijo Fabian—. Lo siento. Me temo que sigo sin ser fan del hockey.

Ryan se rio.

—No pasa nada. —Durante un rato, se quedaron allí de pie en un silencio incómodo, y luego Ryan dijo—: ¿Sigues tocando?

Fabian se animó.

—Ah, sí. Esto —Señaló la tienda que los rodeaba— es solo mi trabajo extra. El principal es la música.

—Tipo…, ¿tus propias canciones? ¿Las compones tú?

—La mayoría sí.

—¡Qué guay! ¿Y das conciertos?

—Sí. Toco mucho aquí, en el Village. Pero también por toda la ciudad. Y a veces en otras ciudades. El próximo sábado tengo un concierto en el Lighthouse.

Ryan frunció el ceño.

—¿«Lighthouse»? ¿Hay algún faro por aquí?

«Ay, no. Ryan Price sigue siendo adorable».

—No —dijo riendo Fabian—. Es el nombre de un bar que hay por aquí.

—Ah. —Ryan se sonrojó—. Sí, eso tiene más sentido.

—Sí. El concierto es para recaudar fondos para un albergue, y es en un local grande. Imagino que estará bien.

—Ah. Guay. —Ryan miró al suelo. Luego a Fabian. Después, detrás de él—. Eeeh, tengo que ir a recoger una receta, así que…

—¡Claro! ¡No te distraigo más!

—Sí. Bueno, eeeh… Me alegro de volver a verte.

—Yo también. Y ¿enhorabuena? Por jugar en los Guardians. Tengo entendido que es como la gran cosa.

Al decir eso, Ryan le volvió a sonreír con calidez.

—Gracias.

Entonces, Ryan se dio la vuelta y se dirigió hacia la parte trasera de la tienda.

Fabian se abrazó el cuerpo porque, de golpe, se sentía muy vulnerable y extraño. No esperaba volver a ver a Ryan nunca más, pero, de pronto, se vio transportado de vuelta a cuando tenía diecisiete años, cuando sentía ese enamoramiento confuso y ridículo por el jugador de hockey que había vivido con su familia durante menos de un año.

Los padres de Fabian habían alojado a miembros del equipo juvenil de hockey Halifax Breakers durante años. Al joven Fabian siempre le había molestado y había evitado a toda costa relacionarse con los odiosos obsesos del deporte que invadían su casa cada invierno. En realidad, los jugadores de hockey tampoco parecían haber tenido interés en Fabian.

Excepto Ryan.

Ryan había sido diferente y eso había desequilibrado por completo a Fabian. El Fabian adolescente era todo espinas, incapaz de ocultar lo *queer*, así que se protegía comportándose como un gruñón engreído. Sobre todo, se mantenía al margen, practicaba su música y rechazaba a cualquiera que intentara hablar con él. Un jugador de hockey grande y tonto no podía hacerle daño si a Fabian no le importaba una mierda.

Por eso Ryan había sido tan puto peligroso.

Ryan, que justo en ese momento estaba en la tienda de Fabian.

Fabian cayó en la cuenta de algo: si Ryan iba a buscar una receta a esa farmacia, significaba que lo más probable era que viviera en el barrio, que no solo era donde también vivía Fabian, sino que además era el barrio *queer* más grande de Canadá.

Lo cual no tenía por qué significar nada. Pero era interesante. Quizá.

Fabian vio a Ryan cuando salía de la tienda, con una bolsita de papel en la mano. Justo cuando estaba a punto de cruzar la puerta, Ryan se detuvo y miró a Fabian. Ryan le dedicó una tímida sonrisita, le hizo un gesto con la mano y luego se fue.

Capítulo 3

Ryan miró al frente al subir al avión. Lo que no miró fueron los tornillos exteriores de la aeronave ni los complejos mecanismos que había visibles alrededor de la puerta abierta. No pensó en lo crucial que era que cada uno de esos tornillos, cables y finas placas de metal permanecieran en su sitio, ya que el más mínimo fallo podía provocar la muerte en llamas de todos los que iban a bordo.

Ryan no podía pensar en nada de eso. En su lugar, repasó su habitual lista previa al vuelo de pensamientos sensatos y que le tranquilizaban.

«Millones de personas vuelan cada día sin problemas».

«Lo más probable es que este avión haya despegado, volado y aterrizado cientos, si no miles, de veces sin problemas».

«El piloto no pilotaría este avión si no fuera seguro».

«El personal de cabina está tranquilo, contento y sonriente. Este es su trabajo diario».

«Tus compañeros están tranquilos».

«Volar es más seguro que conducir».

Ryan sabía que todo eso era cierto, pero no podía evitar el intenso temor que se apoderaba de él cada vez que subía a un avión. No podía dejar de pensar que era el único que sabía que todos a bordo estaban condenados. ¿Nadie se daba cuenta de que tenían que bajarse de ese avión ahora mismo porque estaba claro que era muy peligroso?

Ryan exhaló mientras se abría paso con su gran cuerpo por el estrecho pasillo. El traje le quedaba demasiado ajustado. ¿Por qué tenían que llevar traje cada vez que volaban? Se ajustó la corbata mientras buscaba un asiento libre en el pasillo.

—¡Pricey!

Ryan miró hacia la parte trasera del avión y vio a Wyatt Hayes saludándole con la mano desde detrás de un asiento. Ryan asintió con la cabeza y se acercó hacia donde estaba él.

—¿Cómo estás? —El tono de Wyatt era alegre. Sin duda, no parecía ser alguien que estuviera preocupado por morir hoy.

—Bien, como siempre, supongo —dijo Ryan.

Dejó su mochila en el asiento junto a Wyatt y la abrió. Rebuscó un poco y sacó una novela de bolsillo nueva y reluciente de uno de sus autores favoritos, un bote pequeño de pastillas antiácido y un ejemplar gastado de *Ana de las Tejas Verdes*. Metió todo eso, junto con el móvil, en el bolsillo del asiento de delante, guardó la mochila debajo del asiento y se sentó.

—Por eso me gusta sentarme contigo, Pricey —dijo Wyatt—. Eres lector.

Señaló el bolsillo de su asiento, donde Ryan podía ver la parte superior de una gruesa novela gráfica asomando. A Wyatt le encantaban los cómics y los superhéroes. Ryan no tenía ni idea sobre eso. ¿Y si Ryan le pedía a Wyatt recomendaciones de cómic para principiantes? Sería un gesto amistoso…

—Debería ser un vuelo tranquilo. He echado un vistazo al tiempo entre aquí y Nashville. —Wyatt lo dijo como un mero comentario, pero Ryan sabía que estaba haciendo todo lo posible por ayudarle.

Quizá fuera porque era el portero suplente de Toronto y pasaba más tiempo viendo partidos que jugándolos, pero Wyatt era muy observador y considerado. Ryan asintió en respuesta. Le hubiera gustado encontrar consuelo en el parte meteorológico de Wyatt, pero no había nada que lograra calmar su mente. Los ansiolíticos le ayudaban un poco y quizá eran lo único que le impedía salir corriendo y gritando del avión en ese momento, pero, por mucho sentido común que tuviera, no conseguía dejar de imaginar los peores escenarios posibles.

«Es un vuelo corto. Antes de que te des cuenta, ya habrás llegado a Nashville».

Ryan añoraba los días en que los equipos de la NHL viajaban sobre todo en autobús. Cuando jugaba en la liga júnior, todos los desplazamientos eran así. Sabía que era de los pocos que lo veía de ese modo, pero prefería mil veces un viaje de quince horas por carretera a un vuelo de dos horas.

Sacó el móvil del bolsillo y le envió un mensaje a su hermana, tal y como hacía en cada vuelo. Se había autoconvencido de que era solo porque le gustaba saber de ella y no porque le preocupara no volver a verla nunca más.

Ryan: De camino a Nashville.

Colleen: ¿Con quién te sientas hoy?

Ryan miró de reojo a Wyatt, que estaba bajando la persiana de la ventanilla en un gesto que, sin duda, era para ayudar a Ryan.

Ryan: Wyatt Hayes.

Colleen: ¡Es mono! ¡Deberías salir con él!

Ryan se sonrojó e inclinó el móvil para que Wyatt no pudiera ver la pantalla.

Ryan: Es hetero. Está casado. Y cállate.

Colleen: Ay. Pero aun así es mono, ¿no?

Ryan volvió a echar un vistazo a Wyatt, quien le devolvió la mirada y le sonrió, con sus hoyuelos y rizos rubios. Sin duda, era atractivo, pero…

Ryan: No es mi tipo.

Wyatt no era en quien Ryan no podía dejar de pensar. A Ryan le había costado mucho tiempo y mucha distancia haberse casi olvidado de Fabian Salah. Y, ahora, un reencuentro fortuito en una farmacia en Toronto, más de trece años después, había desatado una avalancha de recuerdos.

Ya de adolescente, Fabian había sido impresionante al ser alguien lejos de parecer un macho alfa y mucho menos dispuesto a tener que disculparse por ello. Siempre había sido bajito, no debía de pesar mucho más de cincuenta y cinco kilos en aquella época, pero Ryan se sentía superintimidado por él.

También estaba locamente enamorado de él.

El personal de cabina empezó a cerrar y bloquear la puerta del avión. A Ryan se le hizo un nudo en el estómago. Envió otro mensaje a su hermana.

Ryan: Despegamos enseguida. Te tengo que dejar.

Colleen: ¿Llevas a Ana contigo?

Ryan sonrió y acarició con los dedos los bordes deshilachados de su viejo ejemplar de *Ana de las Tejas Verdes*.

Ryan: Siempre.

Colleen: Entonces estás a salvo.

Ryan: Lo sé. Gracias.

Colleen: Te quiero. Escríbeme cuando aterrices.

Ryan: Vale. Te quiero.

Guardó el móvil en el bolsillo del asiento para no correr el riesgo de aplastarlo con la mano durante el despegue. Gracias a dios que estaba Colleen. Su hermana era solo tres años menor que él, y habían sido uña y carne mientras crecían juntos en un pueblo de menos de dos mil habitantes. Dejarla atrás había sido una de las cosas más duras al dar el salto al hockey profesional.

El avión empezó a moverse y Ryan se agarró al reposabrazos. Cerró los ojos y empezó a hacer sus ejercicios de relajación. «No pasa nada. Todo va a ir bien».

Cuando abrió los ojos, pudo ver las caras sonrientes e idiotas de Dallas Kent y Troy Barrett mirándolo desde sus asientos del pasillo. En cuanto cruzaron la mirada, se echaron a reír. Aunque varias filas los separaban de él, Ryan pudo oír a Dallas decir algo como: «Parece que le va a dar un infarto».

«Imbéciles».

—Oye —dijo Wyatt, que seguramente se había percatado de lo que estaba ocurriendo—, ¿alguna vez has jugado en Nashville? Ahora no lo recuerdo.

—No —respondió Ryan—. No he jugado en ningún equipo del oeste.

—Ah. Yo creía que me iba a fichar Nashville. Mi agente estaba seguro, vaya. Pero luego… Toronto.

—¿Te decepcionaste?

Wyatt esbozó una sonrisa.

—Un poco. Pero luego conocí a Lisa en Toronto, así que no me quejo.

Ryan solo había visto a la mujer de Wyatt, que era doctora, una vez, en una cena de equipo. Wyatt y ella se habían conocido cuando él estuvo ingresado en el hospital por una fractura de clavícula. A Ryan no le extrañaba que hubiera conseguido cautivarla en tan poco tiempo.

—Aunque casi nunca la veo —añadió Wyatt—. Lo único peor que casarse con alguien que juegue al hockey es casarse con alguien que salve vidas. No lo hagas.

—Vale.

Como Ryan llevaba más de un año sin tener ni una sola cita, desde luego no le resultaba un problema que le pudiera preocupar.

El avión giró y luego se paró, y Ryan supo que estaban a punto de despegar. Odiaba esa parte. Odiaba todas, pero esa en especial.

—Puedes decirme que me calle si lo prefieres —dijo Wyatt—, pero ¿te ayuda que te hable ahora?

—Sí —respondió Ryan entre dientes—. Sigue hablándome.

—Deberías venir conmigo la próxima vez que vaya al centro.

Wyatt solía ir a un centro cívico en una zona de pocos recursos de Toronto. Solía pasar el rato con los niños, jugar a hockey sala y repartir productos de los Toronto Guardians.

—¿Y tú crees de verdad que a los niños les haría ilusión conocerme?

—Claro. ¿Por qué no?

—¿No preferirían conocer a Kent? ¿O a Barrett? —Ryan movió la cabeza en dirección a los dos capullos que, por lo que fuera, también eran estrellas de la NHL.

—No creo que a esos gilipollas se les deba permitir acercarse a menos de cien metros de los niños. Ni de nadie. Son malas influencias.

El motor del avión rugió al arrancar y dio una sacudida hacia delante, y Ryan cerró los ojos y enumeró en su cabeza los equipos de la NHL por orden alfabético. Sabía que todo habría terminado en un par de segundos. Solo tenía que aguantar.

—Bueno, la mayoría de las veces los ha visitado el portero suplente, así que estoy seguro de que, si va un defensa que juega minutos de verdad, les parecerá emocionante —continuó Wyatt mientras ignoraba con educación cómo la angustia de Ryan aumentaba—. Además, eres gigante. A los niños eso les encanta.

Ryan hizo una mueca, pero se obligó a responder.

—Los niños me tienen miedo.

—Qué va. Eres como Chewbacca. Les encantarás.

Milagrosamente, Ryan se echó a reír mientras el avión despegaba.

—Muchas gracias.

Wyatt siguió hablando y le contó cosas sobre los niños que había conocido en esas visitas. Ryan no respondió, pero escuchaba con atención. Tras unos minutos en los que Ryan escuchó en silencio con los ojos bien apretados, Wyatt dijo:

—Por cierto, creo que ya nos hemos estabilizado.

Ryan abrió un ojo y luego el otro. Siempre le sorprendía lo tranquilos que parecían todos a su alrededor en un avión. Sus compañeros hablaban y bromeaban o se ponían los auriculares o bajaban las mesitas para jugar a las cartas. Algunos dormían. Ryan ni siquiera podía concebir el hecho de relajarse como para dormir en un avión.

—¡Lo hemos conseguido! —exclamó Wyatt con una sonrisa.

—Bien —respondió Ryan, tenso. «No hay nada de lo que preocuparse cuando estás a cuarenta mil pies de altura».

Wyatt negó con la cabeza.

—No me puedo creer que te sometas a esto. ¿Siempre es así de malo?

«A veces es peor».

—Sí. Siempre.

—¿Y no hay alguna pastilla o algo que puedas tomar?

—Ya tomo algo. Más o menos. —A Ryan no le apetecía entrar en detalles sobre sus ansiolíticos o cosas de terapia. No tenía sentido poner nervioso al único miembro del equipo que parecía disfrutar hablando con él. Decidió cambiar de tema—. ¿Qué estás leyendo?

Wyatt sacó su colorido libro del asiento.

—Es una recopilación de los cómics de *Mr. Milagro*, de Jack Kirby. Era una serie que surgió de sus cómics de *El Cuarto Mundo* para DC. Son una pasada.

Ryan jamás había oído hablar de Jack Kirby, de *Mr. Milagro* ni de *El Cuarto Mundo*, así que se limitó a asentir.

—Si alguna vez quieres que te preste algún cómic, dímelo. Llegados a este punto, mi colección es una auténtica locura. Básicamente, el sótano ahora mismo es mi salón de cómics. Deberías venir a verlo algún día.

—Claro, sí. Estaría bien.

Lo más probable era que eso jamás acabara ocurriendo, pero Ryan no dijo nada.

—¿Te has mudado ya a tu nueva casa?

—Sí. Todavía tengo que comprar muebles para la mayoría de las habitaciones, pero ya me he instalado.

—Genial. Es un apartamento, ¿verdad? ¿En el centro?

—Sip.

Ryan sabía que podría haber llevado más allá el hilo de la conversación, pero no quería decirle a Wyatt dónde estaba el edificio. No es que vivir en un rascacielos en el corazón del Gay

Village de Toronto significara necesariamente nada, puesto que era un barrio del centro con propiedades caras donde vivía mucha gente diferente, pero Ryan sabía con certeza que ninguno de sus compañeros de equipo vivía allí, así que su ubicación podría suscitar preguntas. Y a Ryan no le gustaba responder preguntas.

El avión dio una sacudida y él se agarró a los reposabrazos. «Normal. Eso es normal. Como un bache en la carretera. Como las olas bajo el barco de tu tío. Estás a salvo».

Intentó imaginarse durante un rato que estaba en un barco en lugar de en un avión. Había crecido entre barcos en Ross Harbour, Nueva Escocia. El padre y los hermanos de su madre eran todos pescadores de langosta y casi todo el mundo en el pueblo tenía algún tipo de barco. A Ryan le reconfortaban los barcos, aunque por estadística seguro que eran más peligrosos que los aviones.

Pensar en barcos hizo que a Ryan le viniera a la mente uno de sus recuerdos favoritos: una fría noche de abril, de pie tan cerca de Fabian que sus brazos se rozaban mientras ambos se apoyaban en la barandilla del ferry de Halifax a Dartmouth y veían pasar ante ellos un gigantesco buque portacontenedores. Su enorme casco había ocultado las luces de la ciudad al otro lado del puerto y Ryan había dicho algo vergonzoso sobre sentirse pequeño. Fabian le había respondido algo, pero Ryan solo recordaba la forma en que le había sonreído.

Esa sonrisa.

Había sido tan tierna y tímida… Ryan no sabía, ni lo sabría jamás, si se había imaginado la invitación en la mirada de Fabian. Si realmente se habían acercado el uno al otro. Si Fabian había inclinado un poco la cabeza y entreabierto los labios…

Cuando Ryan abrió los ojos, vio que Kent y Barrett se reían mientras lo miraban. Se dieron la vuelta en cuanto cruzó la mirada con ellos, porque los dos eran unos putos cobardes.

Ryan sacó el libro del bolsillo del asiento, decidido a ignorar a sus compañeros idiotas y a dejar de soñar despierto con Fabian.

Y con el maquillaje de Fabian.

Ryan no estaba en absoluto preparado para ver a Fabian con los ojos pintados así: sombra verde jade y delineado de gato que hacían que los ojos marrones oscuros y las largas pestañas que habían encantado a Ryan cuando era adolescente resultaran aún más llamativos. Era una imagen que no iba a olvidar en mucho tiempo.

Dios, qué bien se veía...

No era mucho más alto de lo que había sido de adolescente, pero su mandíbula era ahora más marcada y su pecho y hombros, más anchos. Seguía siendo muy delgado, pero tenía el cuerpo de un hombre. Cuando Fabian cruzó los brazos sobre el pecho, Ryan pudo distinguir el ligero bulto de sus músculos delgados.

«Nop. Deja de pensar en Fabian».

Fabian, el primer chico al que casi había besado.

El primer chico al que había querido besar desesperadamente.

Fabian había mencionado un concierto que iba a dar. ¿En un sitio que se llamaba Lighthouse? Ryan estaba bastante seguro de que había dicho que sería el sábado siguiente. Ryan tenía un partido en Toronto esa noche, pero quizá acabara pronto y pudiera ir al concierto de Fabian.

Pero Ryan no podía ir a eso, ¿verdad? Tipo, Fabian no lo había invitado y eso. Sería raro que Ryan se presentara sin más. ¿Qué le iba a decir? «Hola, soy yo. El chico con el que lo más seguro es que solo estuvieras siendo educado en la tienda la otra noche. Ahora te acoso».

Nop. Ni de broma.

Pero sí que dijo que era una gala benéfica. Quizá Ryan debería ir. Como buen ciudadano solidario. Eso no sería raro. ¿No?

Dios mío. Ryan se estaba volviendo loco. Y eso, desde luego, era algo que no se podía permitir. Otra vez.

Capítulo 4

Fabian abrió los ojos de golpe y tuvo que aguantar un gemido al ver contra quién estaba acurrucado.

De golpe, le vino a la mente todo lo que había ocurrido la noche anterior. Fabian disfrutando en la fiesta de Halloween de Ian. Fabian topándose con Claude en la fiesta. Claude yendo de puta madre con una camisa tejana oscura de corte ajustada y unos vaqueros negros ceñidos, porque Claude era demasiado guay como para ir disfrazado. El aliento de Claude haciéndole cosquillas en la oreja cuando se inclinó para decirle lo mucho que lo echaba de menos con su acento quebequés, que sonaba mucho menos ridículo que cuando Tarek lo imitaba. La mano de Fabian deslizándose en la de Claude, como si no tuviera control sobre ella.

Y luego Claude volviendo a casa con él, al apartamento que, aunque fuera una mierda, Fabian no tenía que compartir con nadie. A veces sentía que a Claude le gustaba sobre todo porque tenía un lugar para él solo. Se habían besado durante una eternidad en la cama de Fabian, y Claude le había dicho que lo echaba de menos. En ese momento, eso había sonado genial. Y volvió a sonar genial más tarde, cuando Claude lo follaba.

Pero ahora…

Fabian se apartó con cuidado de Claude, sin querer despertarlo. O quizá debería despertarlo para que se fuera.

Fabian se quedó mirando la cara de Claude. Cuando dormía en lugar de hablar, Claude era…

Ay, dios, era guapo. Su sedoso cabello castaño le cubría el ojo que no estaba oculto por la almohada, y sus labios carnosos estaban entreabiertos. Los labios de Claude eran…, bueno, distraían.

Tenía el cuerpo de un artista, delgado hasta el punto de parecer casi desnutrido. La piel pálida, como la de un vampiro joven y sexy. Y bien podría haberlo sido, porque Fabian parecía haber caído en sus garras.

Fabian cogió el móvil de la mesita de noche. La pantalla estaba llena de mensajes por leer de Vanessa.

Vanessa: Te he visto salir de la fiesta con Claude.

Vanessa: ¿¿¿Te has ido a casa con Claude???

Vanessa: ¿¿¿TE HAS ACOSTADO CON CLAUDE???

Vanessa: ¡FABIAN! ¿¿¿TE ESTÁS FOLLANDO A CLAUDE???

Vanessa: Fabian, para de follarte a Claude. Ahora mismo.

Vanessa: Me cago en todo.

Vanessa: HABLAREMOS DE ESTO en el Cutrebrunch. Ni se te ocurra traértelo.

Vanessa: Vale. Puedes traerlo. Pero no podrá decir ni mu. Que quede CLARO.

Fabian resopló al ver eso, lo que hizo que Claude se despertara.

—Joder —gruñó Claude—. ¿Qué hora es?

—Las nueve y media —dijo Fabian.

Claude puso una cara como si las nueve y media de la mañana fuera la cosa más repugnante del mundo. Fabian quería que se fuera. Quería borrar toda esa serie de malas decisiones.

—Hoy es el Cutrebrunch —dijo Fabian—. Puedes venir si te apetece.

—Dios, ni de broma.

—Bueno, yo me iré pronto, así que...

—Vale.

Claude montó tremendo espectáculo al arrastrarse para salir de la cama e ir hacia el baño. Cuando volvió, empezó a buscar de forma brusca su ropa.

—Joder, ¿dónde está mi tabaco?

—No lo sé, pero aquí no vas a fumar.

Claude cogió sus vaqueros del suelo.

—Ya lo sé. —Echó un vistazo a su alrededor—. Llevaba una chaqueta.

—En la silla —dijo Fabian ayudándolo.

Quería que Claude se fuera para poder ir a ducharse. Estaba más que listo para limpiar sus pecados (y el resto de purpurina) de la noche anterior.

Claude dejó de vestirse de mal humor y se acercó a Fabian. Este suspiró y se dejó abrazar.

—Podemos seguir haciendo esto —dijo Claude con una voz tan sexy que irritaba—. De forma esporádica.

—No puedo seguir haciendo esto —dijo Fabian—. No es lo que busco. Tenemos que parar.

—Dices eso, pero luego...

Él negó con la cabeza.

—Lo digo en serio. Nos vemos por ahí, ¿vale?

Claude dio un paso atrás y le dedicó una sonrisa odiosa y cómplice.

—Seguro que sí.

Fabian se maldijo a sí mismo después de que Claude cerrara la puerta al irse. Cuando por fin lo había dejado con Claude de forma definitiva, justo, de entre todo el puto mundo, aparecía el puñetero Ryan Price. Tipo, ¿qué coño te pasa, universo? «Hola, Fabian. ¿Te acuerdas de ese jugador de hockey con el que estabas obsesionado cuando tenías diecisiete años? ¡Bueno, pues ahí lo tienes! ¡Y ahora es el gigante leñador sexy típico de cualquier sueño húmedo!».

Ni que haberse encontrado a Ryan tuviera algo que ver con acostarse de nuevo con Claude.

«Bueno», empezó a prometerse mientras entraba a su ducha destartalada, «se acabó Claude. Y se acabó pensar en Ryan Price. A partir de ahora, a pensar solo en música y cosas normales y buenas».

Los amigos de Fabian tenían una tradición más o menos habitual los domingos a la que llamaban con cariño «Cutrebrunch». Consistía sobre todo en tres elementos: gofres congelados, mascarillas faciales baratas de la tienda donde trabajaba Fabian y salseo. Cada uno traía un ingrediente que, en su opinión, convirtiera los gofres congelados en alta cocina. Después de la semana que había tenido Fabian, estar con sus amigos y ponerse mascarillas era justo lo que el médico le había recetado.

Llamó al timbre de la puerta de un apartamento que estaba justo al lado de una tienda de vapeadores y, al momento, oyó pasos bajando las escaleras de un salto. Cuando se abrió la puerta, le recibió una Vanessa muy entusiasmada.

—¡Fabian! ¡Yuju! —dijo ella y luego le echó los brazos al cuello.

Fabian se rio y le devolvió el abrazo.

—¿Me echabas de menos desde anoche?

—Hueles a Claude.

—Vete a la mierda. No es verdad.

—Sí lo es. Hueles a pitillos y a condescendencia.

—Cállate.

El Cutrebrunch lo organizaban Vanessa, Marcus y Tarek, que vivían de forma platónica en un piso de dos habitaciones que habían convertido en uno de tres. Quizá «convertido» fuera una palabra demasiado elegante para describirlo, ya que el salón también era la habitación de Marcus. Vanessa acompañó a Fabian por las escaleras y atravesó la puerta principal, que daba directa al salón/cuarto de Marcus. Fabian se quitó la mochila mientras se dirigía al futón en el que Marcus y Tarek ya estaban sentados.

—¿Qué has traído? —preguntó Tarek.

—Peras.

—Y…

Fabian sacó cuatro paquetes finos de su mochila.

—¡Mascarillas faciales! Tengo de arcilla, aguacate, algas marinas y eeeh… Ah, de pomelo.

Las extendió sobre la mesita como si fueran cartas.

—¿Para qué sirve la de algas marinas? —preguntó Marcus.

—Hidrata, nutre y te hace brillar como Zendaya —dijo Fabian, con toda la seguridad de alguien que trabajaba en la sección de maquillaje de un Savers Drug Mart.

—Me la pido.

Marcus se inclinó hacia delante y cogió la mascarilla. La verdad era que no necesitaba ayuda para brillar, porque su piel morena era perfecta.

Vanessa salió de la cocina con cuatro tazas, que alineó sobre la mesita. Marcus se levantó de un salto y se dirigió a la nevera para sacar un envase de zumo de naranja y una botella fría de «champán» canadiense Baby Duck.

—Hay agua calentándose en el hervidor para el té y el café —dijo Vanessa. Se dejó caer en el sillón desgastado que había frente al futón y pasó una pierna por encima del brazo—. Mimoséame, Marcus.

Marcus llenó con cuidado las tazas con Baby Duck y zumo de naranja y las repartió. Fabian apenas le había dado un sorbo al cóctel cuando Vanessa soltó:

—No me puedo creer que te hayas tirado a Claude otra vez.

Fabian la miró con los ojos entrecerrados.

—Me pilló con la guardia baja —refunfuñó.

—Pensaba que se volvía a Montreal —dijo Tarek.

—Bueno, pero todavía no lo ha hecho. Claro está. Y, cada vez que lo veo, pues… Se me olvida por qué da asco.

—Te podría hacer una lista —se ofreció Vanessa, con amabilidad—. Y así la llevas siempre encima.

—No hace falta.

—¡Uno! —dijo ignorándolo por completo—. No tiene ningún tipo de interés en ti ni en nada de lo que haces.

—Se… interesa por mí. A veces.

—Dos —intervino Marcus—, odia el Cutrebrunch.

Fabian apretó los labios para no sonreír.

—Tres —dijo Tarek—, es un esnob.

—Vale, lo pillo.

—Cuatro —siguió Marcus—, es cineasta y es malo haciendo películas.

Fabian tuvo que tragarse rápido el sorbo de mimosa para no acabar escupiéndolo.

—Cinco —soltó Vanessa—, se queja cuando la comida no es ecológica, pero luego fuma.

Había llegado el punto en que Fabian ya se estaba riendo. No pudo evitarlo.

—Callaos. Ya sé que es horrible, ¿vale? Es que… rondaba por ahí. Y yo, pues, necesitaba a alguien.

Vanessa dejó de reírse.

—¿Qué te pasa, corazón?

—En realidad, nada. Es solo que estoy quemado. Esta semana he hecho algunos turnos extra en la tienda y he estado intentando acabar unas canciones nuevas. Y, además, he tenido que ensayar para el concierto benéfico que daré el sábado.

—¡Ah, claro! ¡Allí estaré sin falta! —dijo Vanessa—. ¡El sábado no trabajo!

Trabajaba en una *sex-shop* muy chula en el Village que llevaban unas lesbianas, a solo un par de manzanas de su apartamento.

—Yo sí tengo que trabajar —dijo Marcus—. Lo siento.

No era ninguna sorpresa; era camarero en el Force, la discoteca gay más grande de la ciudad.

—No pasa nada.

—Pues yo sí puedo ir —dijo Tarek.

Era el único de los cuatro que tenía un trabajo con horario de nueve a cinco. Era asistente administrativo en una organización de servicios de inmigración.

—Guay. El cartel está chulo.

—Sí, bueno, pero yo voy a verte a ti —dijo Tarek.

—Es que la gente irá a verlo a él —respondió Vanessa.

—Claro que sí… —dijo Fabian. Dio un sorbo a la mimosa que estaba servida en una espantosa taza de recuerdo de las cataratas del Niágara—. Creo que tocaré una nueva canción en el concierto.

—¡Toma ya! —dijo Vanessa—. Ay, dios mío, ¿será muy bonita? ¿Me hará llorar?

—Quizá.

—Yo seguro que lloro. Todavía lo hago cada vez que tocas «Ravine».

—Esa canción tiene ya ocho años, Van.

—Pues lloro. Siempre.

Más tarde, después de comerse los gofres y de que la botella de Baby Duck se vaciara, los cuatro amigos se tumbaron con las mascarillas faciales puestas.

—Ya sé que pregunto esto todas las semanas —dijo Tarek—, pero ¿se supone que tiene que picar tanto?

—Sí —respondió Fabian—. Te quema porque tu cara es un cuadro. Tiene trabajo extra para arreglarse.

Tarek le sacó el dedo.

—¡Ay! —dijo Vanessa de golpe—. Tengo algo para ti, Fabian.

Cogió la bandolera del suelo. Estaba cubierta de parches y botones que la identificaban con lo feminista *queer* y prosexo que ella era.

—¿Vibra?

Además de trabajar en una *sex-shop*, Vanessa tenía un blog de reseñas de juguetes sexuales bastante conocido. No era raro que convenciera a sus amigos para que probaran los productos.

—Amor, hace mucho más que eso. —Sacó una caja morada brillante de su bolsa y se la dio—. Sobre todo, no te olvides de decirme qué te parece.

—¿Es obligatorio? —Fabian se quitó la mascarilla, la arrugó convirtiéndola en una bola y la dejó sobre su plato de gofres vacío.

—Porfa. ¡No tengo tanto tiempo como para reseñar todos los juguetes yo sola! ¡Y tampoco tengo próstata!

—Ya te pasaré una lista de pros y contras —dijo—. Si es que alguna vez lo llego a probar.

—Lo harás. Hace de todo. ¡Y es morado!

—¿Acaso eso… lo hace mejor?

—Lo hace más bonito. Y, seguramente, mejor amante que Claude.

Fabian la fulminó con la mirada.

—De conversación más agradable, eso seguro —añadió sonriendo—. Y con publicaciones en Instagram más chulas…

—En fin —dijo Fabian, desesperado por cambiar de tema—. ¿Cómo fue en el trabajo anoche, Marcus?

Él puso los ojos en blanco exagerando.

—Agotador. Odio que Halloween caiga en jueves porque lo convierte en un puente largo. La sala estaba a reventar de críos que apenas rozaban la mayoría de edad con cuernos de diablo haciendo el idiota por todas partes. Estaba tan harto cuando por fin cerramos que ni siquiera me molesté en irme a casa con el chico que se parecía a Cillian Murphy que había estado tonteando conmigo toda la noche.

—Qué trágico… —dijo Fabian.

—Nadie se parece a Cillian Murphy excepto el propio Cillian Murphy, pero vale —añadió Tarek.

—Estaba buenísimo, le gusté y lo rechacé. —Marcus los miró con el ceño fruncido—. Y ahora estoy aquí comiendo gofres con vosotros, cabrones, en lugar de dándome una ducha matutina con el Cillian light.

—Mmm… —dijo Tarek—. Yo me iba a follar a Nick Jonas anoche, pero al final no me apeteció.

—Que. Te. Den —dijo Marcus mientras se reía.

Fabian estuvo a punto de contarles a sus amigos que se había topado con Ryan, pero era demasiado complicado de explicar y demasiado insignificante como para molestarse en hacerlo. Se había topado con alguien a quien no había visto en más de una década y lo más probable era que nunca volviera a verlo. Fin.

No es que hubiera estado pensando en Ryan desde que se lo había encontrado. No es que lo hubiera estado buscando en secreto cada vez que paseaba por el Village.

Dios. Ya vale. Ryan era un puñetero jugador de hockey. Llevaba una de esas camisetas azules para ir a trabajar que Fabian odiaba tanto. Y Fabian no necesitaba distracciones en ese momento, por muy altos que fueran o por muy adorables que resultaran al sonreír.

Así que dio las gracias a sus amigos por otro rato tan agradable, cogió su bolsa (que ahora pesaba más, gracias al dildo) y se dirigió a casa con la esperanza de perderse entre la música.

Y dio por supuesto que, si se aburría, pues ya tenía un juguete nuevo con el que distraerse.

Capítulo 5

Ryan tiró del brazo del otro y lo atrajo hacia sí con un agarre fuerte. Inclinó la cabeza y acercó los labios a su oreja.

—¿Seguro que quieres hacer esto, chico?

Cuando Ryan se apartó, pudo ver el miedo en los ojos del joven. Joder, podía olerlo a metros.

—Que… que te den —le soltó.

Así que Ryan le dio un puñetazo en la mandíbula. Y el público enloqueció.

Ryan confiaba en que con un solo puñetazo bastase para que el jugador más joven cayera al hielo. Así los árbitros podrían intervenir y separarlos, el chico podría decir que se había peleado con Ryan Price y Ryan no tendría que hacerle demasiado daño al *rookie* ese.

Pero el chico no se cayó. En lugar de eso, echó hacia atrás el puño derecho y golpeó a Ryan en el hombro, que seguro que no era donde había apuntado, porque Ryan pudo oír cómo le crujían los nudillos contra el duro plástico de la hombrera.

El chico, Corkum, un *rookie* de veintidós años de Minnesota, se quedó mirando horrorizado su puño durante un segundo y luego dirigió los ojos muy abiertos hacia la cara de Ryan. Ryan se encogió de hombros y lo miró como pidiéndole perdón antes de asestarle un segundo puñetazo en el lado derecho de la cara.

Entonces sí, Corkum cayó al hielo. Ryan se le puso encima de tal modo que lo cubría con su cuerpo, mucho más corpulento, y echó el brazo hacia atrás como si fuera a darle otro golpe. No lo iba a hacer, el muchacho se había encogido como una tortuga y Ryan nunca pegaría a alguien en esa posición, pero quería llamar la atención del árbitro.

Funcionó. Al momento, uno de los árbitros auxiliares apartó a Ryan de Corkum a la fuerza. El público coreaba mientras mandaban a Ryan a la caja de castigo.

—Paga. A. Price.

Ryan odiaba ese cántico. Lo odiaba con todo su corazón. Lo había perseguido desde que jugaba en la liga júnior hasta los ocho equipos diferentes de la NHL en los que había estado y, ahora, en el noveno equipo.

—Paga. A. Price.

Se metió en la caja, se quitó el casco y sacudió su larga melena sudada.

—Empezaba a echarte de menos —bromeó el encargado de la caja de castigo.

Gerald rondaba los sesenta y hablaba más que la mayoría de los encargados de la liga. Ryan controlaba todo eso, los conocía a todos muy bien.

—Apuesto a que pronto alguien se te declara —dijo Ryan—. Tanto tiempo solos y juntos…

Gerald se rio, pero Ryan se preguntó cuántas horas de su propia vida había pasado en las cajas de castigo. Cuántos días, si sumaba todos los intervalos de dos y cinco minutos.

Bueno, menos que Gerald. Quizá.

Cuando el público se calmó y el partido siguió, Ryan oyó a Corkum gritándole desde su propia caja:

—¡Oye, Price!

—¿Qué?

—¡Gracias! —exclamó Corkum con una sonrisa de oreja a oreja y las mejillas sonrojadas, como si acabara de echar el mejor polvo de su vida.

Ryan resopló y negó con la cabeza.

—¡Le has alegrado la noche! —dijo Gerald animado.

—Es un idiota —refunfuñó Ryan.

Cogió una botella de agua y se la echó por la cabeza, luego se peinó el pelo mojado con los dedos, apartándoselo de la cara antes de volver a ponerse el casco. No era raro en los *rookies* que lo retaran a pelear; Ryan tenía fama de ser uno de los luchadores más duros de la liga. Cualquiera más joven podía ganar rápido algo de respeto si lo retaba. Sin embargo, quizá ese tipo de peleas eran las que menos le gustaban a Ryan. Lo último que quería era hacer daño de verdad a alguien, así que tenía que concentrarse en contener los golpes y asegurarse de no darles en la sien, la nariz o los ojos. Midiendo dos metros y pesando casi ciento veinte kilos, Ryan solía ser el más corpulento en la pista, así que las peleas entre rivales del mismo tamaño eran muy poco frecuentes.

Ryan se miró la mano izquierda antes de volver a ponerse los guantes. Lo más seguro era que tuviera algunos moratones en los nudillos, pero nada grave. Le preocupaba más que la espalda le volviera a molestar.

Echó un vistazo a la hora. Dudaba mucho que volviera a salir a la pista para ese partido; su equipo ganaba por dos goles, quedaban poco más de ocho minutos para el final y él ya había cumplido con su cometido.

Cuando pasaron los cinco minutos y se detuvo el juego, Gerald abrió la puerta para dejar salir a Ryan de la caja de castigo. Se dirigió rápido al banquillo de Toronto, donde se metió entre su compañero de línea defensiva, Marcel Houde, y Wyatt.

—Buena pelea, Pricey —dijo Marcel sin mucho entusiasmo cuando Ryan se sentó a su lado.

—Gracias.

A Ryan no le importó la falta de entusiasmo; la verdad era que no había sido una buena pelea. Pero lo único que sus compañeros esperaban de él era eso, y, si no hubiera recibido algún reconocimiento, aunque fuera falso, por dar puñetazos a la gente, Ryan nunca habría oído ningún elogio.

—¿Quiénes crees que serán las estrellas? —le preguntó Wyatt sonriendo.

—No lo sé. Puede que…

—O sea —continuó Wyatt—, es evidente que la primera estrella del partido seré yo, pero ¿quién será la segunda?

Ryan se rio.

—Tú y yo, colega. Una y dos.

Wyatt negó con la cabeza.

—Yo soy la primera; la pulidora de hielo, la segunda. Tú, la tercera.

—Te lo compro —dijo Ryan.

Ya habían llegado al último minuto del partido y Ryan se dio cuenta de que estaba de buen humor. Su equipo iba a ganar en casa y pasarían días antes de que, de un modo inevitable, empezara a preocuparse por el siguiente vuelo que tuviera que coger.

El partido terminó y Ryan se unió a sus compañeros en la pista para celebrarlo. Wyatt, con su gorra y su uniforme limpio y seco, había empezado con su habitual rutina.

—¡Uuuf, este partido ha sido duro, chicos! ¡Si no fuera por mí, no lo habríais conseguido! ¿Dónde vamos a tomar algo?

La celebración continuó en el vestuario. Ryan se sentó junto a su taquilla, en una esquina, y se quitó la equipación en silencio mientras sus compañeros gritaban y hacían planes para más tarde esa noche.

El que se acercó a preguntarle fue Wyatt. Claro.

—¿Te vienes? —Wyatt, que no había jugado y que no había necesitado ducharse, ya llevaba un traje gris oscuro, listo para salir del estadio.

—Eh, pues, creo que me voy a casa, la verdad. Voy a... —Ryan no terminó la frase porque no quería contarle a Wyatt cuáles eran sus planes. Había decidido ir a ver el concierto de Fabian esa noche. Llevaba toda la semana dándole vueltas y, al final, había decidido que sus ganas de ver actuar a Fabian pesaban más que la ansiedad que tenía por salir.

Por suerte, Wyatt no le pidió explicaciones. Aun así, no habría esperado que Ryan le hubiera dicho que sí. Ryan estaba seguro de eso.

—Pues entonces nos vemos el lunes —dijo Wyatt—. Que pases un buen día libre.

—Vale. Sí. Y tú también.

Ryan tenía que darse prisa. Ya eran más de las diez. Se dio la ducha más rápida de su vida y se cagó en la estúpida norma de tener que llevar traje al salir de los partidos. No tendría tiempo de pasar por casa a cambiarse, más bien tenía que salir pitando hasta el local con la esperanza de no haberse perdido toda la actuación de Fabian.

Cuando Ryan llegó al Lighthouse, Fabian ya estaba en el escenario, pero parecía que estaba montando el equipo. La sala estaba bastante llena, lo cual era bueno tanto para la organización benéfica para la que se recaudaban fondos con el concierto como para Ryan, porque prefería que Fabian no viera que estaba ahí. En realidad, no quería que nadie lo viera. Sobre todo, porque iba vestido con traje al completo, lo que le hacía destacar aún más de lo que lo haría ya de todos modos. Todo el mundo en la sala iba vestido informal, pero de una forma que sugería que su atuendo había sido combinado con detalle. Vio de todo, desde camisas abotonadas con estampados llamativos hasta monos, pasando por camisetas blancas lisas y vaqueros ajustados. Eso sí, desde luego, no había ningún otro traje.

Se quedó de pie al fondo de la sala a oscuras, siendo consciente de su tamaño y sin querer tapar la vista a nadie, y observó a Fabian toquetear el material para montar algo que parecía bastante complicado y que incluía varios pedales, un portátil y un teclado. También pudo ver el estuche del violín de Fabian en el suelo, justo detrás de él. Fabian se movía con rapidez y eficacia entre cada uno de esos componentes, charlando de vez en cuando con gente del público que estaba cerca del escenario. Ryan lo vio sonreír y reír y le llamó la atención lo surrealista que resultaba volver a verlo convertido en un adulto guapo y seguro de sí mismo.

Y eso era incluso antes de que Fabian empezara a tocar.

La primera canción comenzó con una sencilla pista de batería que Fabian reproducía desde su portátil. A eso, añadió capas de música con el teclado, que parecía grabar y reproducir en bucle con los pedales. Cuando parecía satisfecho con el resultado, añadía otra capa y así construía un muro de sonido él solo. Se alejó del portátil y del teclado, cogió su violín y, cuando se colocó frente al micrófono, Ryan sintió como si le hubieran dejado sin aliento de un golpe. Fabian estaba de pie, solo, bajo las luces del escenario, con una camisa negra transparente, unos pantalones negros ajustados y collares brillantes. También llevaba maquillaje llamativo, Ryan lo notó incluso estando al fondo de la sala, y todo eso le hacía parecer una criatura fantástica o un ángel.

Puede que Ryan jadease un poco cuando Fabian llevó el arco al violín y tocó las primeras notas. A Ryan le encantaba escucharle practicar con devoción su instrumento cuando era adolescente, y volver a oírlo ahora lo dejaba helado. La lenta y onírica melodía se grabó y se repitió en bucle con los pedales, y luego Fabian dejó el violín y el arco a ambos lados, uno en cada mano. Se volvió hacia el micrófono, cerró los ojos y cantó.

Era lo más bonito que Ryan había oído jamás, tan evocador que le hizo sentir un cosquilleo que le recorrió la espalda hasta llegar al abdomen. La voz de Fabian era suave y aguda, pero también clara y segura. Quizá fuera pop, pero esa música era tan compleja que Ryan no estaba seguro de si encajaba solo en una categoría. No conseguía seguir del todo la historia de la canción, pero sin duda sentía cada palabra.

Contuvo la respiración, sin querer emitir ni el menor sonido que pudiera hacer sombra al perfecto regalo que Fabian estaba ofreciendo al público. Ryan no podía creer que aquello estuviera sucediendo de verdad ante sus ojos y que hubiera gente en el mundo que no estuviera allí presenciando lo que sin duda era el logro más impresionante de la humanidad.

La canción terminó, el público estalló en vítores y Ryan, boquiabierto, casi se olvidó de aplaudir. Y entonces se dio cuenta de que esa había sido solo la primera canción.

—Gracias —dijo Fabian bajito, como si no acabara de hacer algo completamente increíble—. La siguiente canción es nueva. Todavía no tiene nombre, pero quería tocarla hoy, si os parece bien.

Se oyeron algunos aplausos dispersos y gritos de admiración. Mientras se dirigía al club, Ryan había pensado en quedarse solo para escuchar una o dos canciones, pero ahora ya no pensaba irse bajo ningún concepto. Se quedó allí de pie, casi sin moverse, todo el tiempo que Fabian tardó en terminar su actuación. ¿Treinta? ¿Cuarenta minutos? Ryan no tenía ni idea de cuánto tiempo había pasado porque estaba hipnotizado. Cuando terminó la última canción, Fabian hizo una especie de media reverencia y lanzó besos al público.

El espectáculo había terminado y Ryan debería irse, pero ahora tenía muchas ganas de hablar con Fabian. Solo para decirle lo mucho que había disfrutado del espectáculo. Fabian saltó del escenario y Ryan lo perdió de vista por un momento. Pensó en ir a por una cerveza, o quizá en buscar una mesa donde sentarse ahora que parte del público empezaba a marcharse. En lugar de eso, se recostó contra la pared y se quedó mirando el suelo durante unos minutos, solo para evitar pasarse el rato buscando entre el público a Fabian de forma compulsiva.

Pasaron unos veinte minutos hasta que Ryan localizó a Fabian de pie, solo, junto a una mesa vacía, bebiendo de una botella de agua. Ryan decidió que era su oportunidad y avanzó hacia él. Se pasó rápido la mano por la barba, esperando tener buen aspecto.

Se quedó clavado en el sitio al ver a un hombre abrazar a Fabian. Fabian le sonrió con efusividad y le dio un beso rápido en la boca. El hombre era fornido, con la piel ligeramente más oscura que la de Fabian, y llevaba un atuendo elegante que completaba con unas gafas de montura oscura. Era mono. Y, cómo no, Fabian tenía un novio adorable.

La mano del hombre se mantuvo en el brazo de Fabian mientras hablaban. «Posesivo», pensó Ryan. No lo culpaba. Pero sí lo odiaba un poco.

Dios. ¿Qué cojones le daba derecho a pensar mal del novio de Fabian? Ryan no conocía al tipo. Ryan no conocía a Fabian. Ryan tenía que irse de ese pub. No pintaba nada ahí. Por eso nunca salía a ningún sitio. Y por eso se sentía tan puto solo, joder. Estaba a punto de darse la vuelta cuando, de golpe, Fabian lo miró fijamente a los ojos.

«Mierda».

Fabian sonrió y le dio un suave golpecito en el brazo al otro tipo antes de dirigirse hacia Ryan.

—Pensé que podías ser tú —dijo Fabian.

Seguía sonriendo, con una amplia y encantada sonrisa que dejaba entrever sus dientes. Ryan se dio cuenta de que tenía la boca medio abierta, como un pez muerto.

—Hey. Yo, es que, pues…, como mencionaste que ibas a tocar aquí. Esta noche. Cuando hablamos la semana pasada. Pues, esto…

Fabian se acercó.

—Lo recuerdo. La verdad es que no esperaba que vinieras.

—Lo siento. Quizá no debería haber…

—¡No! No, me alegro de que estés aquí. Es… muy bonito. La verdad.

—Ah.

—Quizá debería haber sido más claro con respecto al código de vestimenta.

La mirada de Fabian recorrió el traje gris claro de Ryan y sus labios se curvaron hasta dibujar una sonrisa burlona.

—He venido directamente del estadio. No he tenido tiempo de cambiarme. Sé que estoy haciendo el ridículo.

—Qué va.

Durante unos segundos permanecieron en silencio, y Ryan sentía ganas tanto de salir corriendo como de alargar la mano y rozar con los dedos la preciosa cara de Fabian. Al estar tan cerca, ahora Ryan podía ver con claridad el arte de su maquillaje: los párpados de Fabian estaban pintados con capas difuminadas de negro y plata, y en su cara había unos polvos iridiscentes y brillantes que resaltaban sus marcados pómulos.

—¿Te ha gustado el espectáculo? —preguntó Fabian.

«Joder, Ryan. ¿Cómo eres tan maleducado?».

—Hostia puta. Claro, ha sido increíble. Eres… muy bueno.

Fabian apretó los labios y luego dijo:

—Gracias.

Ryan quería decir algo más, pero no encontraba las palabras adecuadas para describir lo fantástica que había sido la música de Fabian. Así que, en lugar de eso, dijo:

—Bueno, debería dejarte volver con…

—Ven a sentarte con nosotros —dijo Fabian—. Así conoces a mis amigos. Tengo vales para consumiciones. ¿Qué te traigo?

—Ay. No tienes que…

—Venga, va. Así puedes decirme alguna cosa más sobre lo bien que lo he hecho.

Ryan se rio al oír eso.

—Vale.

Fabian lo llevó de vuelta junto al tipo al que había estado abrazando, besando y tocando hacía unos minutos.

—Este es mi amigo Tarek. Vive con mis otros amigos, Vanessa, que está aquí… rondando por algún sitio…, y Marcus, que no está aquí porque esta noche trabaja.

«Amigo».

—Encantado de conocerte, Tarek. —Ryan le tendió la mano—. Soy Ryan.

La cara de Tarek sin duda dejaba claro que no tenía ni idea de quién era Ryan, pero no de forma grosera.

—Ryan —repitió mientras le estrechaba la mano.

—Ryan vivía con mi familia —explicó Fabian—. Cuando los dos teníamos diecisiete.

—¡Anda! —La cara de Tarek mostró que empezaba a entenderlo—. ¡Eres jugador de hockey!

—Sí.

Ryan jugueteó con el botón de la chaqueta de su traje y se arrepintió, por enésima vez, de no haber tenido tiempo de poder cambiarse.

—¿Sigues jugando? —le preguntó Tarek con educación.

Ryan no era lo que se conocía exactamente como famoso, pero era poco habitual para él hablar con alguien que no supiera quién era. Poco habitual, y en cierto modo agradable, conocer a gente que no tuviera expectativas sobre él.

—Juego con los Guardians. Al menos por ahora. Me traspasan bastante.

«Dios. Cállate, Ryan».

—Debe de ser duro —dijo Tarek, y sonaba comprensivo de verdad—. De niño me mudé muchas veces. Es una mierda.

Ryan asintió.

—Pues sí.

Intentó pensar con desespero en algo que preguntarle a Tarek, pero se libró cuando una mujer se abalanzó sobre Fabian con el tipo de abrazo que normalmente se daba solo en un gol de victoria.

—¡Fabian! ¡Ha sido la puta hostia!

Ryan no pudo ver la reacción de Fabian, porque su cara estaba tapada por la voluminosa melena rubia y rizada de la chica. Ella volvió la cabeza para mirar directamente a Ryan, sin soltar a Fabian.

—¿No os ha parecido increíble?

—Sí —respondió Ryan—. Una pasada.

Ella soltó a Fabian y se volvió por completo para mirar a Ryan.

—¿Tú quién eres?

La pregunta fue tan directa que le arrancó una risa.

—Eh, Ryan. Solo soy… Fuimos, eeeh…

—¡Hola, Ryan! ¿Eres fan de Fabian?

—Pues eeeh…

Fabian acudió en su ayuda.

—Por cierto, esta es Vanessa. Es un poco… intensa.

—Tiene toda la razón —asintió ella—. Me gusta tu traje.

—Oh. Gracias.

—¿Qué te traigo, Ryan? —preguntó Fabian inclinando la cabeza hacia la barra.

—No hace falta…

—¿Una cerveza? Apuesto por una cerveza.

Ryan supo que Fabian estaba de broma al ver que estaba haciéndole una mueca con los labios. Ryan respondió del mismo modo.

—No deberías dar cosas por supuesto sobre la gente.

Vanessa le dio un puñetazo en el brazo a Fabian.

—Exacto. Debería saberlo mejor que nadie. Ryan, resulta que sé que la camarera de esta noche prepara unos martinis *lemon drop* increíbles. Dame los vales para las consumiciones, Fabe. Quédate y hazle compañía a tu amigo.

Fabian se quedó mirando la cara de Vanessa, que seguro que le decía cosas que Ryan no podía entender, y le entregó una tira de vales.

—Yo quiero uno de esos martinis.

Vanessa señaló a Tarek y luego a Ryan.

—¿Martini? ¿Martini?

—Obvio —dijo Tarek.

—Pues la verdad es que con una cerveza estoy bien —dijo Ryan con timidez.

—¡Ja! —exclamó Vanessa encantada—. Pues cerveza. Tarek, acompáñame.

—Qué sutil —murmuró Tarek mientras se daba la vuelta para seguirla.

Fabian observó a sus ridículos amigos abrirse paso entre la multitud hacia la barra antes de volver a centrar su atención en Ryan.

—Puede que tarden un rato —dijo—. Vanessa se ha fijado en la camarera.

Ryan llevaba el pelo recogido con un pequeño moño esa noche, lo que no hacía más que acentuar el volumen de su barba.

—No sé cómo escribes canciones así. O cómo tocas en el escenario delante de la gente.

—¿Pues tú no juegas al hockey delante de, digamos, un millón de personas todo el rato?

—No es lo mismo.

—¿Ah, no? —Fabian no entendía de verdad por qué no era lo mismo.

Ryan negó con la cabeza.

—Puedo jugar al hockey delante de un público, pero nunca podría, por ejemplo, cantar el himno nacional, ¿me explico?

Fabian intentó imaginárselo y sonrió para sus adentros.

—Eso es porque eres bueno en el hockey. Yo soy bueno en esto. —Señaló hacia el escenario—. Y mi público no suele abuchearme cuando cometo un error. He oído que los fans de los deportes son menos indulgentes.

A Ryan se le curvaron un poco los labios al oír eso.

—Desde luego, pueden llegar a ser muy duros. Y no estoy tan seguro de ser bueno en el hockey.

Vale. Bueno, eso era una gilipollez.

—Juegas en la NHL, Ryan. ¿Hay acaso alguna liga superior que desconozca? —Frunció el ceño—. Es pregunta genuina; quizá la haya y no lo sé.

Ryan se rio.

—No. La NHL es la más alta. Pero yo no… —Se calló y Fabian se preguntó qué iba a decir. Salió de su debate interno y entonces Ryan le soltó—: Me gusta tu conjunto.

Fabian sonrió. Estaba orgulloso de cómo iba esa noche: una camiseta transparente con flores de terciopelo negro de estilo barroco, vaqueros negros y un montón de collares brillantes que había comprado en Forever 21. Se dio cuenta de que la mirada de Ryan se posaba en su pecho, donde el piercing de su pezón derecho se veía a través de la camiseta.

—Gracias.

—Me siento un poco del montón —dijo Ryan, y enseguida pareció avergonzarse de haberlo dicho.

Se pasó una mano por el pelo y por la barba, un gesto que Fabian ya le reconocía como un tic nervioso.

—Solo eres una mera estrella del hockey de dos metros y pico del montón. Aburridísimo —bromeó.

Ryan se puso rojo.

—No mido dos metros y pico.

—¿Te he subestimado?

—Mido dos metros.

«Uuuf. Dos putos metros».

Fabian nunca había estado con un hombre ni de lejos tan alto. ¿Cómo sería? ¿Sería siquiera posible besarlo? Desde luego, le encantaría averiguarlo.

No era que fuera a tirarse a Ryan Price. Tenía muchos motivos.

—Ven, siéntate.

Fabian señaló la mesa vacía que tenían al lado. Sentarse al menos le quitaría la distracción de la altura de Ryan. Y de lo bien que le quedaba ese traje.

Una vez sentados, Fabian colocó un codo en la mesa, se inclinó hacia delante y apoyó la barbilla en el puño.

—Cuéntamelo todo sobre ti, Ryan Price.

Su tono quizá sonaba demasiado coqueto, porque Ryan se rio con nervios y apartó la mirada.

—No hay mucho que contar.

—¿Vives por el barrio? Me refiero al Village.

—Eh, pues más o menos. Tipo, no justo aquí, sino unas manzanas más al sur. Cerca de la farmacia en la que trabajas.

—Entonces…, sí, ¿eh? ¿Vives en el Village?

Fabian no pudo evitar esbozar una sonrisa burlona, pero eso pareció tranquilizar a Ryan. Este le devolvió la sonrisa.

—Sí. Lo siento. He complicado la respuesta cuando era bastante sencilla.

Fabian tenía que insistir. Le quemaba la curiosidad.

—¿Sabías que te estabas mudando al barrio *queer*?

Ryan frunció el ceño, como si estuviera tratando de decidir cómo responder a una pregunta de sí o no.

—Sí. Sí lo sabía.

No le dio más información, así que Fabian desistió. Aunque se quedó con la intriga.

Permanecieron sentados en silencio un momento. Fabian miraba hacia la barra como si de pronto le interesara saber cómo iba el pedido de sus bebidas. Decidió dejar que Ryan hiciera la siguiente pregunta.

En cambio, Ryan rompió el silencio soltando de golpe:

—Soy gay.

Aunque Fabian ya se lo había imaginado, oír a Ryan decirlo fue…

—Hostia puta.

—Sorpresa —dijo Ryan mientras se encogía de hombros.

—¿Acaso a los jugadores de hockey se les permite ser gais?

Ryan se rio.

—Sí. Ahora solo te sancionan con cinco minutos de expulsión.

Fabian lo miró con cara de no entender nada.

—Perdona —dijo Ryan—. Es una broma de hockey. Una broma muy mala de hockey. Sí, hay jugadores de hockey gais.

Fabian se quedó pensando.

—Supongo que está ese chico de Nueva York. El que está buenorro.

—Scott Hunter. Sí. Yo soy el otro. El que no está buenorro.

Ryan sonrió ante su comentario autocrítico.

Fabian no acababa de estar de acuerdo con esa valoración, pero decidió pasarla por alto, de momento.

—Entonces ¿por qué he oído que el chico de Nueva York es gay, pero no que tú lo eres?

Ryan resopló.

—Porque no soy una superestrella. Y no besé a mi novio en directo por televisión después de ganar la Copa Stanley.

Que Ryan dijera las palabras «besé a mi novio» hizo que a Fabian le diera un mareo. ¿Tenía Ryan novio? Ryan salía con hombres. Ryan besaba a hombres. Ryan jugaba al hockey y también besaba a hombres.

—Además, no hablo mucho de ello —continuó Ryan—. Sobre ser gay, quiero decir. Ni de nada, en realidad.

Bueno, eso, sin duda, era cierto. Ryan no parecía más hablador de lo que había sido en su adolescencia, cuando era un chico rarito.

—¿Tus compañeros de equipo lo saben?

—Algunos sí. Lo sabían. Como te comenté, me traspasan mucho.

—¿Se ponen tocacojones con eso?

Ryan se encogió de hombros.

—A la mayoría no parece importarles. O quizá ayude que soy muy grande. No sé.

Justo en ese momento, Tarek volvió a la mesa con una copa de martini en cada mano y un botellín de cerveza bajo el brazo.

—Vanessa está tonteando con Callie.

—Ah —dijo Fabian mientras cogía su copa de martini—. Pues lo más seguro es que ya no la volvamos a ver.

—Exacto.

Fabian observó a Ryan dar un sorbo de cerveza. Estaba un poco de espalda a ellos, pero no parecía estar mirando nada en concreto. A Fabian le llamó la atención lo extraño que resultaba estar sentado en una mesa de uno de sus bares habituales con sus mejores amigos… y Ryan Price. Ryan Price, que al parecer era tan *queer* como Fabian, los amigos de Fabian y ese bar en el que estaban.

Pero él seguía siendo un jugador de hockey, y a Fabian le había encantado poder eliminar todo rastro de hockey de su vida en cuanto se mudó a Toronto para empezar la universidad, hacía ya más de una década. Tener a Ryan allí, en uno de los lugares favoritos de Fabian, debería haberle molestado más de lo que le estaba molestando.

Ryan era diferente. Fabian ya lo había notado cuando tenían diecisiete, y aún ahora lo notaba. A diferencia de todos los demás jugadores de hockey que habían entrado en su casa, con los que Fabian había ido al colegio, a los que su padre había entrenado, Ryan nunca le había hecho sentir incómodo. Cuando vivían juntos, a Fabian le gustaba la presencia tranquila de Ryan. Cuando hacían los deberes juntos en la mesa de la cocina, o veían *Buscando a Nemo* con Amy (de nuevo) o iban juntos al colegio, siempre era en un silencio casi total. Pero a Fabian siempre le había gustado tenerlo cerca. Era como… un perro grande y cariñoso.

Fabian hizo una mueca ante ese pensamiento poco halagador y dio un sorbo a su martini *lemon drop*.

Durante varios largos minutos, nadie en la mesa dijo nada. Ryan seguía mirando hacia otro lado, de espaldas a Fabian, y Tarek estaba absorto en su móvil.

—¿Cómo llevas todo el equipo a casa? —preguntó Ryan de golpe.

Fabian se sorprendió por la pregunta.

—Normalmente me ayudan uno o dos amigos. Tengo un sistema: todos los pedales y cables van en una mochila con mi portátil, así que solo hay que llevar el violín, el teclado y el atril. A veces cojo un taxi, pero vivo a solo unas manzanas de aquí.

Ryan asintió.

—Que, por cierto, hablando de eso —dijo Tarek lento—. He estado charlando con un chico, Mario…

—¿Mario, el auxiliar de vuelo?

Tarek sonrió con aire soñador.

—Exacto. Está en la ciudad y tiene una habitación de hotel, así que, si tienes a alguien más que te ayude, yo voy a…

Fabian hizo un gesto con la mano.

—Ve. Disfruta de Mario. Estoy seguro de que puedo…

—Te puedo echar una mano —dijo Ryan rápido—. Yo te lo llevo. No me importa.

Fabian lo miró fijamente y sonrió.

—Genial. Gracias.

Tarek se levantó y besó la coronilla de Fabian. Saludó a Ryan con la mano y dijo antes de irse rápido:

—Encantado de conocerte.

—Y entonces quedamos solo dos —dijo Fabian, con una voz más sensual de lo que tocaba.

Había un atisbo de alarma en los ojos de Ryan, así que Fabian se recostó en la silla y volvió a hablar con voz normal.

—No tienes por qué acompañarme a casa. De verdad.

—Ah.

Dios, parecía decepcionado.

—O sea, puedes. Claro. Me gustaría.

La cara de Ryan se iluminó.

—¿De verdad?

—Claro. ¿Un hombre grandote y fuerte que me lleve el equipo? ¿A quién no le va a gustar?

Ryan resopló, pero parecía menos entusiasmado que hacía un segundo.

—Claro…

«Joder».

—Me gustaría hablar contigo. Lejos de este ruido —aclaró Fabian—. Estaría bien ponernos al día.

Eso pareció surtir efecto, porque la zona de la barba alrededor de la boca de Ryan se curvó hacia arriba.

Veinte minutos más tarde, Fabian se estaba asegurando de no haber dejado nada cerca del escenario cuando Vanessa se plantó delante de él.

—¿Es hora de irse?

—Sí, pero no tienes que acompañarme.

Vanessa frunció el ceño.

—Eh, sí que tengo que hacerlo. Tarek se ha largado y necesitas que te echen una mano. A menos que vayas a coger un taxi.

—No pasa nada. Puedes quedarte y pasar el rato con Callie. Ryan me va a echar un cable.

—Ah —dijo. Y luego cayó—: Aaaaaah.

Fabian puso los ojos en blanco.

—No. Solo somos amigos. O lo que sea.

—Ya.

—Como si me fuera a tirar a un jugador de hockey.

En lugar de reírse o discutir, Vanessa puso una cara rara que Fabian interpretó como «Ryan, el jugador de hockey, está justo detrás de ti».

Mierda.

Capítulo 6

Fabian se dio la vuelta y, efectivamente, allí estaba el grandullón y simpático de Ryan, con el teclado en una mano, el soporte en la otra y la pesada mochila repleta de cosas colgada de un hombro.

—¿Falta… eeeh… algo más? —preguntó Ryan.

Era evidente que estaba fingiendo no haber oído el horrible comentario de Fabian. Las partes de su cara que no estaban cubiertas por la barba estaban rojas y él miraba al suelo.

—¡No! —dijo Fabian con un tono alegre de más. No había motivo para mencionar lo que Fabian acababa de decir. Aun así, tampoco era que se hubiera planteado tirárselo. Ryan era una estrella del hockey, y Fabian era… el peor—. Yo llevo el violín.

Levantó la mano con la que sostenía el estuche agitándola como si fuera difícil de ver.

—Vale. ¿Vamos tirando?

—Sí. ¡Adiós, Vanessa! ¡Pásalo bien!

Uuuf. A Fabian no le gustaba la vergüenza que le recorría el cuerpo como el fuego.

—Lo haré. Y gracias por ayudarlo, Ryan. Pareces un tío genial. —Le lanzó una mirada fulminante a Fabian al decir esas últimas palabras.

Fabian se quería morir. Dirigió su atención a Ryan con una sonrisa forzada pegada en la cara.

—¿Vamos?

El aire fresco de la noche de noviembre no servía de mucho para aliviar el calor de las mejillas de Fabian. Se envolvió el cuello con su *pashmina* color vino y hundió en ella la parte inferior de su cara.

Recorrieron una manzana en silencio, hasta que Fabian ya no pudo aguantar más.

—Siento haber dicho eso. Ha sido muy maleducado y me siento un capullo.

Levantó la vista hacia el perfil de Ryan y se dio cuenta de que estaba decidiendo si reconocer o no que, de hecho, había oído lo que Fabian había dicho antes.

—No pasa nada —dijo por fin Ryan.

—Sí que pasa. Has venido a mi concierto, me estás ayudando a llevar todo a casa, ni siquiera me conoces, en realidad. He hecho una broma que es una mierda y lo siento.

—Vale.

Caminaron otra manzana en silencio y luego Ryan dijo:

—Yo tampoco me tiraría a un jugador de hockey.

La risa de Fabian sonó como un claxon, lo cual fue humillante, pero se sintió aliviado y encantado con la broma de Ryan. Ryan le sonrió y a Fabian se le ocurrió, en ese momento, que aquel chico estaba caminando sin miedo, y al parecer feliz, junto a un tío que llevaba la cara pintada como una puerta. Eso no era poca cosa.

Fabian le dio un codazo, que a Ryan le dio justo por encima del codo.

—Así que tenemos algo en común. Además de ser gais de Nueva Escocia en Toronto.

—Sí.

Solo tardaron unos minutos más en llegar a la calle donde estaba el cutre edificio donde vivía Fabian. Fue entonces, al sentirse algo aliviado de la vergüenza que había sentido antes, cuando se dio cuenta de lo desequilibrada que estaba la carga entre ellos.

—Dios mío. Déjame al menos llevar el soporte del teclado. No me puedo creer que te haya dejado cargar con todo eso.

—No pasa nada —gruñó Ryan. Pero entonces se detuvo y le tendió el soporte—. Bueno, en realidad, sí. Lo siento. Últimamente me duele un poco la espalda.

Ojalá le cayera un meteorito a Fabian en ese preciso momento. El final perfecto para una velada perfecta.

—Déjame llevar también el teclado. O la mochila. —Esbozó una sonrisa coqueta—. Soy más fuerte de lo que parezco.

—No. Está bien. Gracias.

—Bueno, de todos modos, mi piso está justo ahí —dijo Fabian señalando con el estuche del violín hacia delante—. Además, es un bajo. Una entrega fácil.

Un minuto después estaban juntos en el escalón de la entrada del edificio de Fabian, mientras él forcejeaba con la llave. Se trataba de un edificio antiguo de dos plantas que había sido un orfanato, un hospital infantil o algo por el estilo. En cualquier caso, estaba sin duda, como había dicho una vez Vanessa, encantado.

—Esta puta cerradura de mierda —refunfuñó moviendo la llave hasta que por fin giró.

Los recibió la familiar mezcla de olores que Fabian ya reconocía como su hogar: paredes con moho, comida vegana con mucho ajo y marihuana. Justo delante de ellos había una escalera de madera con la moqueta desgastada que conducía a los tres apartamentos de la segunda planta. En la planta baja, había una puerta a cada lado de la escalera y Fabian indicó a Ryan que se dirigiera a la puerta de la izquierda.

—Este es el mío —dijo mientras giraba la llave en una cerradura que era solo un poco menos complicada que la de fuera—. Prepárate para quedarte deslumbrado por el lujo.

Ryan lo siguió al diminuto estudio. Fabian dejó el equipo que llevaba contra una pared de color rojo vivo e hizo un gesto a Ryan para que hiciera lo mismo.

—Gracias de nuevo. Ha sido todo un detalle.

—No hay de qué.

Ryan dejó con cuidado el teclado y la mochila en el suelo con un leve gruñido.

—¿Cómo tienes la espalda?

—Tan bien como siempre.

Parecía enorme en el reducido espacio del piso de Fabian. También parecía muy incómodo y fuera de lugar. Fabian esperó a que dijera algo, pero Ryan se limitó a mirarse las manos, flexionándolas y frotándose los nudillos.

—¡Dios mío! —exclamó Fabian. Sin pensarlo, le tomó la mano izquierda a Ryan entre las suyas—. ¿Qué te ha pasado? —Tenía unos moratones oscuros en los nudillos, y Fabian los recorrió con cuidado con los dedos, de un lado a otro—. ¡No me puedo creer que hayas cargado con todo eso con las manos así! ¿Te duele? Tiene que dolerte…

—Eeeh —dijo Ryan en voz baja.

Fabian levantó la vista y vio que Ryan estaba mirando fijamente los dedos de Fabian.

Fabian soltó su mano y dio un paso atrás.

—Lo siento.

—No pasa nada. No me duelen mucho.

Ryan se metió la mano magullada en el bolsillo del abrigo de lana y miró al suelo. Se le había soltado bastante pelo del moño con el que se lo había recogido, y los mechones sueltos le caían alrededor de la cara. Le quedaba bien.

—¿Así que eso es normal en ti? ¿Ir con las manos magulladas?

Ryan se encogió de hombros.

—Bastante normal, sí.

Fabian recordó haber visto moratones parecidos en las manos de Ryan cuando era adolescente. Estaba seguro de que entonces Ryan también había intentado ocultárselo.

—Bueno —dijo Ryan—. Quizá lo mejor es que me vaya.

Lo dijo justo a la vez que Fabian le preguntaba:

—¿Te apetece tomar algo?

—¿Qué? —dijo Ryan.

—Tengo una botella casi entera de vino en la nevera. —Fabian se quitó la *pashmina* y la dejó sobre una silla en la que ya había varias bufandas—. O té, si lo prefieres. Quizá me quede una de esas aguas con gas de pomelo…

—Eh…, no. No hace falta. Estoy bastante cansado después del partido. Debería irme.

—Si estás seguro…

Fabian bajó la cabeza y se quitó los collares, dejándolos sobre la *pashmina*. Se preguntó qué haría Ryan si a continuación se quitara la camiseta.

—Estoy seguro. Pero… me ha gustado. Volverte a ver.

Fabian se acercó a él. Olía bien.

—A mí también.

Fabian no estaba seguro de qué plan tenía. No quería que Ryan se fuera, pero tampoco tenía ni idea de por qué quería que se quedara. Si Ryan y él no se hubieran conocido antes de esa noche, si Ryan hubiera sido solo un desconocido grande, fuerte y atractivo que se había ofrecido a acompañar a Fabian a casa, Fabian se estaría arrancando la ropa en ese mismo instante. Pero Ryan no era un desconocido, y aunque a una parte de Fabian le encantaba la idea de arrancarse la ropa con él… no podía.

Ni siquiera cuando Ryan lo miraba de una forma que transportaba a Fabian directamente a aquella noche en el ferry, hacía tantos años. A ese momento en el que, por un instante, pensó que Ryan iba a besarlo. Fabian podría besarlo ahora mismo. Podría ponerse de puntillas y rozar sus labios contra los de Ryan. Ni siquiera tenía por qué ser gran cosa. Sería un simple beso de agradecimiento, del tipo que Fabian siempre daba a sus amigos.

Pero, en lugar de eso, Fabian dijo:

—Deberíamos repetir esto algún día.

Ryan parpadeó y se echó un poco hacia atrás.

—¿Qué?

—O sea, quedar. Tomar un café. Ya sabes. Ponernos al día un poco más.

Ryan frunció el ceño, pero luego asintió.

—Me gustaría. ¿Me das tu número?

Intercambiaron teléfonos y los introdujeron en el móvil.

—La verdad es que no he explorado mucho el barrio.

—Bueno, pues déjame hacerte de guía. —El tono de Fabian había vuelto a ponerse meloso. Demasiado coqueto.

Ryan se quedó paralizado, y Fabian se dio un guantazo mental. Ryan no era el tipo de persona con la que se pudiera coquetear a la ligera. Cuando eran adolescentes, Ryan se ponía nervioso con mucha facilidad cada vez que Fabian intentaba meterse con él. No parecía que eso hubiera cambiado.

Seguía siendo incómodamente encantador.

—Esperaré a que te pongas en contacto conmigo, entonces —dijo Ryan con rigidez. Levantó una mano, como si fuera a ofrecerle un apretón de despedida, pero luego pareció pensárselo mejor y se la metió en el bolsillo del abrigo—. Buenas noches.

—Buenas noches, Ryan Price. Cuídate esas manos.

Ryan asintió y se fue. Cuando se cerró la puerta, Fabian se estremeció. ¿Sonaba a que estuviera tonteando con eso de «cuídate esas manos»? Sin duda sonaba fatal.

Fabian se dejó caer en la cama mientras suspiraba. Menuda noche más rara.

Capítulo 7

—¿Puedo irme a vivir contigo?

Ryan sonrió al ver la expresión agobiada de su hermana. Había dormido hasta tarde ese día y se había despertado con la solicitud de Facetime de Colleen.

—No quieres mudarte a Toronto —le contestó.

—Ya lo creo que sí. Mañana cojo el avión. No, mejor, hoy mismo. Me asfixio en esta ciudad.

—Pero te encanta. Y ¿qué dirían todos esos pobres alumnos de tercero si desapareciera su profe?

—Estarían encantados. Te lo aseguro. Anda, deja que me acople en tu casa unos cuantos meses. O unos años.

Lo cierto era que a Ryan le encantaría tener más cerca a su hermana Colleen, pero sabía que hablaba en broma.

—Tienes que venir a verme pronto.

Colleen suspiró.

—Me apetece mucho. Si no vienes en Navidad, quizá podría ir yo algunos días de visita.

—Lo intentaré —dijo Ryan—. Este año quiero ir a casa.

Su hermana sonrió.

—Sería alucinante. Pero, aun así, me apetecería ir a verte a Toronto. Quiero salir de fiesta. ¿Has ido a algún club de por ahí?

—Eh…

—Ryaaan —gimoteó Colleen—. ¡Eres un tío joven, rico y gay en el barrio gay de Toronto!

—No soy tan joven —se defendió Ryan.

—Tienes treinta y uno. Eso no es ser viejo.

—Aunque tengo el cuerpo de alguien de setenta.

—Tienes el cuerpo de un adonis, venga ya. ¿De qué coño hablas?

—Hace unos días que me duele la espalda.

Colleen suavizó la expresión.

—Perdona, estoy siendo una capulla. Entonces ¿de verdad no has salido ni una noche?

—Bueno. —Ryan se preparó, porque sabía que su hermana iba a hacer una montaña de aquello—. El caso es que me encontré con alguien hace poco. De Halifax.

—¿Un antiguo compañero de equipo?

—No. ¿Recuerdas cuando viví con los Salah?

—Creo que solo los vi una vez, pero sí. Te caían bien, ¿verdad?

—Sí…

Ryan se mordió el labio, cosa de la que su hermana se percató al instante.

—Ay, dios mío. ¿Qué?

—Digamos que había uno que me gustaba más que el resto de la familia.

—Por favor, no me digas que era el padre.

—¡No! —Joe Salah era un hombre atractivo, pero no. Por supuesto que no—. Su hijo. Fabian.

—Aaaaaah. ¿Ha sido con él con quien te encontraste en Toronto?

Ryan asintió.

—Sí. Y estuvimos poniéndonos al día, ya sabes.

—Poniéndoos al día tipo…

—Hablando, nada más. Somos amigos. No estamos… —Ryan se removió y quedó sentado con la espalda erguida contra el cabecero—. No estoy en su liga.

Ella entrecerró los ojos.

—¿En qué sentido no estás en su liga, eh? Literalmente eres un deportista estrella y millonario.

—Sí, pero él es guapo. Y encantador. Y tiene mogollón de amigos que hacen cosas interesantes. Y toca una música que es, o sea, lo más alucinante que he oído en mi vida.

—Muy bien, ¿y ese chico guapo y encantador ha estado saliendo contigo?

—En realidad, no hemos salido. Aunque anoche fui a ver su espectáculo y… después lo acompañé a casa.

A Colleen se le iluminó la cara.

—¡Ryan! ¡Qué tierno! ¿Le llevaste los libros?

Ryan se sonrojó.

—Le llevé el equipo.

—Ah… ¿Y te dio un beso de buenas noches?

—Cambiemos de tema.

—Venga, va… La última vez que salí con alguien fue con Andy Hart, y al final resultó que somos primos lejanos. Necesito un poco de emoción y que me cuentes historias jugosas de la ciudad.

Ryan se rio.

—¿No es el hijo de la prima de mamá?

—No lo sé. Algo así.

—Vale, pues no es tan lejano.

—Ay, claro, mírate, míster Toronto. Tan guay solo porque no sales con tus primos.

Los dos se partieron de risa. Ryan quería mucho a su hermana y aborrecía pensar que se sintiera sola en Ross Harbour. Merecía el amor de alguien maravilloso.

—¿Has comprado ya los muebles? —le preguntó Colleen cuando dejaron de reírse.

—No gran cosa. Básicamente, solo los de la habitación.

Se quedó decepcionada.

—Qué triste. Anda, por favor, encarga algunos muebles. Sé que hay un IKEA en Toronto.

—Sí, yo también lo sé.

—Imagínate que conoces a un tío, ¿eh? ¡No puedes llevártelo a un apartamento raro y vacío!

—Te he dicho que ya lo sé.

—¡Seguro que en Toronto puedes pedir que te los entreguen al día siguiente!

—¡¿Qué sentido tiene comprar muebles si van a trasladarme otra vez?!

Ryan pensó que con esa queja se zanjaría la conversación, pero Colleen insistió.

—Ya, pero así no puedes vivir, *amore*. Cómprate un sofá.

—Tengo que irme.

—No te enfades conmigo. Solo quie…

—No me enfado. Es solo que tengo cosas que hacer —mintió.

—Muy bien. Te quiero. Mañana veremos el partido.

—También te quiero. Saluda a mamá y papá de mi parte.

—Llámalos un día de estos, anda. Mamá se queja de que te has olvidado de ellos.

—Sí, ya lo haré. —Por dios, si no hacía ni una semana desde la última vez que había hablado con sus padres—. Adiós.

Ryan bostezó y se desperezó. No le sorprendió haber dormido hasta tarde. Al volver a casa después de despedirse de Fabian la noche anterior, se había quedado horas en vela, mirando el techo y repasando mentalmente hasta el último detalle de la velada.

Y ahora estaba despierto y sin nada que hacer. Colleen tenía razón: su vida era triste.

Cogió el portátil de la mesilla y abrió la web de IKEA en el buscador. No pasaría nada por comprar unas cuantas cosas; era cierto que su apartamento tenía un aspecto ridículo. Y ¿qué ocurriría si quería invitar a un hombre a su casa? No era un escenario muy probable, pero tampoco era imposible.

Mientras Ryan añadía más cosas al carrito, descubrió que le hacía ilusión lo de mirar muebles. Cuando llegó el momento de pagar, tiró la casa por la ventana y optó por la entrega urgente, que era carísima, para que le llevaran todo al día siguiente.

Cuando introdujo los datos de pago, trató de no imaginarse qué pensaría Fabian de los cojines decorativos tan coloridos que había comprado.

—Preparaos para alucinar —dijo Fabian contento mientras dejaba caer la mochila en la encimera de la cocina de Vanessa, Marcus y Tarek—. He arrasado en el mostrador de Halloween de la tienda y he comprado… —hizo una pausa para darle más dramatismo y entonces sacó algo a toda prisa— ¡una manzana de caramelo!

—¡Dios mío! ¿En serio, Fabe? —dijo Vanessa—. ¿Propones que cortemos la manzana de caramelo en rodajas y la pongamos encima del queso cremoso con canela que he comprado? Porque es una idea de puta madre, genio.

—Sí, eso mismo propongo.

—¿Y qué pasa con mis arándanos? —se quejó Marcus.

—A la mierda tus arándanos —contestó Vanessa—. La manzana de caramelo más el queso cremoso con canela ganan de calle.

—Pues al mío le pondré arándanos —refunfuñó Marcus.

Comieron unos gofres deliciosos y bebieron café y cócteles mimosa baratos y, con una paciencia sorprendente, Vanessa esperó hasta haber acabado de comer antes de mencionar a Ryan.

—Oye, ¿piensas hablarnos de ese jugador de hockey buenorro o qué?

—¿Un jugador de hockey buenorro? —preguntó Marcus, y dejó el móvil bocabajo en la mesita para indicar que tenía un interés genuino en la conversación.

—Vino al espectáculo de anoche —explicó Tarek—. Un jugador de hockey que está enamorado de Fabian.

—Estás tan equivocada que ni siquiera sé por dónde empezar —protestó Fabian.

—Lo que tú digas —dijo Vanessa—. Está coladito por ti. Te llevó todo el equipo a casa.

—Exacto. —Puso los ojos en blanco—. Se me olvidaba que eso significa que vamos a casarnos.

—¿Puede contarme alguien qué coño pasa? —preguntó Marcus.

—Nada del otro mundo. ¿Recuerdas que te conté que mis padres solían acoger a jugadores de hockey? Tipo, cada año vivía con nosotros un jugador de hockey adolescente.

—Sí. Te la repateaba. ¿Y a quién no?

—Tú lo has dicho. O sea, es verdad que lo odiaba. Todos eran unos cabrones homófobos que casi con total seguridad me habrían dado una paliza de no haber estado viviendo en casa de mis padres. —Fabian se mordió el labio antes de continuar—. Pero uno de ellos…

A Marcus se le iluminó la cara.

—Ay, dios mío. ¡Te liaste con uno de los *bros* idiotas del hockey!

—No —respondió Fabian a toda prisa—. Nada de eso. Es solo que ese tío, Ryan… era diferente. Era simpático conmigo. Y… me gustaba.

—¡Uala, te pillaste del deportista que vivía contigo! —exclamó Vanessa—. Joder, Fabian, la cosa promete. Continúa.

—Ya os he dicho que no pasó nada. Solo… nos llevábamos bien y ya está. En realidad, no es que saliéramos por ahí ni nada, pero hacíamos los deberes juntos. Veíamos la tele. A veces íbamos juntos a clase. Cosas así.

—Qué monos —dijo Tarek.

—Y… bueno. Ocurrió algo que no se me ha olvidado. Yo tenía un recital. El típico concierto de final de curso del conservatorio. Coincidía con un partido de los *play-offs* de mi hermana, así que toda mi familia fue a verla a ella.

—Bueno, claro, comprensible —dijo Vanessa con rencor—. ¿A quién va a importarle una mierda su hijo con un talento musical alucinante cuando hay un partido de hockey al que ir?

—Exacto. El caso es que nadie de mi familia fue al recital. Pero Ryan sí.

Vanessa se tapó la boca con las dos manos.

—¡No. Me. Jodas!

Fabian notó las mejillas calientes.

—Ya lo sé.

—Es lo más bonito que he oído en mi vida —dijo Tarek.

Fabian notó un cosquilleo en el estómago al recordar la sensación de ver a Ryan Price al fondo del auditorio.

—No podía creerme que hubiera ido.

—¿Y no bajaste corriendo del escenario para tirarte en sus brazos? —exclamó Vanessa.

—No. Venga ya. ¿Cómo iba a…? —Dudó un momento y luego dijo—: Pero…

Vanessa se inclinó hacia delante.

—Soy toda oídos.

—Cogimos juntos el ferry de vuelta a casa. Y era una noche preciosa, llena de estrellas, y había luna llena. Suena ridículo. Y tuvimos… un momento. Creo.

—¿Un momento? ¿En plan qué? —preguntó Marcus.

Fabian estaba seguro de que había puesto cara de bobo al recordar aquella noche.

—Hubo un segundo en el que pensé... O sea, estaba seguro de que iba a besarme. O esperaba que yo lo besara. Pero entonces el instante pasó y ahí acabó todo.

Vanessa se recostó en la silla.

—Vaya mierda de historia, Fabian. No me ha gustado nada.

—Sí. Hablamos un rato. Y... saltaba a la vista que se acordaba de mí. Me pareció que estaba tan flipado como yo.

—La historia vuelve a ponerse interesante —dijo su amiga.

—¿Y qué hace en Toronto? —preguntó Marcus.

—Eh, pues, ahora juega para los Guardians, me parece. Y sí, está bueno.

—¡¿Que juega en los Guardians?! ¿Me tomas el pelo? —Marcus cogió el móvil—. ¿Cómo se apellida?

—Price.

Tecleó unos segundos en el móvil y luego se le salieron los ojos de las órbitas.

—Hola, papito.

—Ya lo sé.

—Entonces ¿es gay o...?

—Sí. Me lo dijo anoche.

—¿En serio?

—A ver, sería raro que un jugador de hockey mintiera en eso, así que supongo que sí, es gay de verdad.

—Resumiendo, lo que sabemos es que le gustabas lo suficiente para ir a tu recital cuando erais adolescentes, que se acordaba de ti trece años después, que fue a verte actuar anoche, que te llevó el equipo a casa y que es tan gay como un palomo cojo —dijo Vanessa.

—Exacto.

—Eso es puto... romántico —dijo Marcus.

—Eso —le corrigió Fabian— no es nada.

—Es una pasada, ¿no? —dijo Vanessa emocionadísima—. Tipo, es la historia más interesante del mundo. Soy fan absoluta.

—Lo mismo digo —coincidió Tarek.

—No hay nada de lo que ser fan —dijo Fabian fatigado—. Lo más probable es que no vuelva a verlo. Nos dimos el número de teléfono, pero ya sabéis cómo van estas cosas.

—¡Os disteis el número de teléfono! —exclamó Vanessa en una voz tan aguda que resultó casi inaudible.

—Vale, nuevo plan —dijo Marcus juntando las manos—. Fabian corta con Claude y luego se casa con el jugador de hockey gay y tienen enormes bebés tontorrones.

—Eres idiota. Y Claude y yo no estamos juntos.

—Vuestras bocas sí estaban juntas la semana pasada —apuntó Tarek.

Fabian cerró los ojos y aunó toda la fuerza del universo.

—No volverá a ocurrir. Fue un error. No voy a verlo más.

—Ya, claro —dijo Tarek.

—Fijo —dijo Marcus asintiendo con la cabeza.

—Decid lo que queráis. Paso de vosotros.

—¿Significa eso que vas a liarte con nosotros? —preguntó Vanessa—. Porque parece que…

La frase quedó interrumpida cuando Fabian le tiró un cojín con forma de gato.

—¿Quién quiere más café? —preguntó Fabian.

Necesitaba salir un momento de allí después de esa charla. Todos levantaron la mano, así que dedicó unos minutos a preparar el café en la cocina americana.

—El siguiente punto del día —anunció Vanessa cuando Fabian regresó con una cafetera de émbolo llena— es el cumpleaños de Tarek.

Este soltó un largo gemido.

—¡Si no lo nombras, a lo mejor no ocurre!

—Lo siento, amor. Vas a cumplir treinta. Asúmelo —le dijo Vanessa.

Añadió dos cucharadas colmadas de azúcar a su café.

—Bueno, vamos a salir de fiesta seguro —dijo Marcus—. ¿Podría pedir que fuésemos a cualquier sitio menos al…?

—¡Force! ¡Force! ¡Force! —empezó a corear Vanessa.

Tarek se le unió, seguido de Fabian.

—Idos a la mierda… —refunfuñó Marcus—. Vale. Faltan tres semanas, ¿no? Por lo menos, me aseguraré de no tener que trabajar esa noche.

—¿Te acuerdas de cuando eras *stripper*? —preguntó Vanessa—. ¿E íbamos a verte al trabajo? Era lo mejor.

—En realidad, era lo peor —la corrigió Marcus—. Aunque reconozco que a veces echo de menos ese local. Me cago en el incendio…

—No, cágate en los que lo provocaron —dijo Tarek.

—Sí. Era una pasada de sitio.

—Ya ves —coincidió Vanessa—. ¿Recuerdas cuando te caíste?

—¡No me caí! Me tambaleé. Y luego recuperé el equilibrio. Y sois lo peor.

Todos se echaron a reír. Fabian apuntó en el móvil la noche que iban a salir al Force. La verdad era que le hacía falta una noche de bailoteo. Hacía siglos.

—Dile a tu novio deportista que venga —bromeó Marcus.

—Se lo diré a tu padre.

—Pues deberías. Mi padre es muy atractivo.

—ABECE —dijo Tarek—. Algún. Buenorro. Excepto. Claude. Expulsado.

El comentario hizo que Vanessa se partiera de risa y Fabian no pudo evitar sumarse a las carcajadas.

—ABECE —coincidió—. Sin duda.

Capítulo 8

—¿Tienes planes interesantes para el día libre? —Wyatt le dio un codazo a Ryan en broma mientras se preparaban para salir de la pista después de otra victoria en casa.

Ryan se echó a reír.

—Sí. Tengo una entrega de IKEA esta tarde. Mañana lo montaré todo.

—Guau. Menuda fiesta.

Ryan sonrió con timidez.

—Mi apartamento está muy vacío. He pensado que estaría bien hacerlo un poco más acogedor, ¿sabes?

Dio la impresión de que Wyatt iba a hacer una broma, pero en lugar de eso dijo:

—¿Quieres que te eche una mano con los muebles? En mis tiempos monté unas cuantas estanterías Billy. O podrías preguntárselo a Anders. Seguro que es un experto, ¿no?

La idea de preguntar a Anders Nilsson, el goleador estrella del Toronto y el único jugador sueco, que ayudara a Ryan a montar muebles de IKEA era inimaginable. Nilsson debía de haberle dicho unas cuatro palabras como mucho a Ryan en toda la temporada.

—Bah, ya me apañaré.

Wyatt asintió.

—Bueno, como quieras. Pues nos vemos en un par de días.

Se dio la vuelta para marcharse y Ryan sintió rabia. Era justo la clase de oportunidad que su terapeuta querría que aprovechara. Pasó por alto el nudo en el estómago y dijo:

—Esto, oye, Hazy…

Wyatt se volvió, seguramente tan sorprendido como el propio Ryan.

—Si… O sea, si no tienes nada que hacer y de verdad no te importa, me iría bien que me echaras una mano mañana.

«¿Por qué cojones era tan difícil?».

Ryan esperó, con el estómago tenso, y estaba a punto de decirle que daba igual, cuando Wyatt sonrió.

—Tú pones la cerveza —respondió.

Ryan casi se desploma del alivio. Madre mía, era patético.

—Trato hecho.

—Muy bien, conque tenemos trabajo que hacer.

Wyatt se quedó plantado frente a la montaña de cajas de muebles desmontados que Ryan había apilado en la sala de estar.

—Sí —dijo Ryan, y, algo ansioso, se pasó una mano por la barba—. Digamos que solo tengo una cama y los taburetes de la cocina. Todo lo demás está en estas cajas.

—Ya lo veo. ¿Y dónde coño te sentabas hasta ahora?

—En los taburetes.

Wyatt negó con la cabeza.

—Bueno, podemos empezar por el sofá y luego montamos la mesita para dejar las cosas. —Sonrió—. Y, hablando de cosas, podríamos tomarnos un café, ¿no?

Ryan se puso rojo. ¿Por qué no le había ofrecido uno en cuanto Wyatt había entrado por la puerta?

—Claro. Acababa de… O sea, he hecho café hace un rato. Aunque puedo hacer otro si…

—No seré yo quien se ponga exquisito —dijo Wyatt relajado. Se había puesto de cuclillas delante de las cajas, con la cabeza inclinada mientras leía las etiquetas—. Me beberé las sobras.

—Vale.

Ryan salió disparado a la cocina. Le daba rabia ponerse tan nervioso. A lo largo de todos los años en la NHL, en todos los equipos que había jugado y en todos los apartamentos en los que había vivido, casi nunca había invitado a nadie a su casa. Pero le caía bien Wyatt y tenía que reconocer que no podía montar los muebles él solo. Además, quería ser la clase de tío capaz de invitar a un amigo a casa sin tener un ataque de nervios.

Sacó del armario dos de las tazas azul marino a juego que había comprado en la tienda de segunda mano que había en su calle. Empezó a servir el café y luego cayó en la cuenta de que no tenía ni idea de cómo le gustaba a Wyatt.

Asomó la cabeza por la puerta de la cocina.

—Oye, por cierto, ¿quieres leche, azúcar o…?

—Si tienes leche entera, genial —respondió Wyatt.

Ay, dios. Ryan no tenía.

—Eh, esto…, la que tengo es semidesnatada, pero puedo ir a comprar. Lo siento. Es que nunca to…

—Joder, Pricey, relájate. No pasa nada. Leche semi está perfecto. Pero ponle un buen chorro, ¿vale?

—De acuerdo.

Ryan cogió la leche de la nevera. Por suerte, tenía un montón. «No ha sido tan grave. No tenías leche entera y no ha pasado nada».

—Lo siento —dijo Ryan mientras le ofrecía la taza a Wyatt.

—¿El qué? ¿Darme café gratis? —Wyatt le sonrió y le puso la mano en el hombro—. ¡Relájate!

—Lo siento —repitió Ryan.

Ojalá pudiera obedecer esa orden.

—¿Y si montamos primero la mesita y así tenemos donde dejar esta taza? —propuso Wyatt.

Ryan asintió. Seguro que le había parecido demasiado efusivo.

—Buena idea.

Trabajaron juntos durante una hora o así. Wyatt era el que más hablaba, pero Ryan se lo pasó bien escuchándolo. Era divertido y contaba unas anécdotas geniales. Al cabo de esa hora ya tenían montados la mesita, el sofá y el sillón.

—Bueno —dijo Wyatt, casi con un gruñido, mientras se dejaba caer en el sofá nuevo de Ryan—, me he fijado en que has elegido un barrio… especial.

—Ah. —Ryan se sentó en el sillón que quedaba enfrente de Ryan, al otro lado de la mesita de centro—. Sí, bueno. Me apetecía darle una oportunidad. Puede… encajar conmigo.

Se obligó a aguantarle la mirada a Wyatt. No pensaba mirar al suelo mientras se preparaba para la reacción de su compañero.

Pero Wyatt se limitó a asentir.

—Creo que te gustará. Mi hermana se mudó al Village después de la uni. Siempre decía que le cambió la vida. Bueno… —Sonrió con tristeza sin dejar de mirar a Ryan—. Le «salvó» la vida, eso es lo que decía.

—¿Todavía vive aquí?

—No. Ahora está en Vancouver. Su mujer trabaja en la industria del cine. Diseño de producción. Espera un momento. —Wyatt cogió el móvil, que había dejado en la mesita, y fue pasando el dedo hasta encontrar algo y le mostró la pantalla a Ryan—. Mira, están aquí. Esa es Kristy, mi hermana, y su mujer, Eve. Y ese criajo es su hijo, Isaac.

Ryan sonrió al ver al niño pequeño de mejillas regordetas en brazos de Kristy.

—¡Eres tío!

—El mejor tío del mundo —dijo Wyatt orgulloso—. Voy a verlas siempre que jugamos en Vancouver. Y en verano.

—Es genial.

—Y con eso —Wyatt volvió a dejar el móvil en la mesa— quiero decirte que me parece estupendo que seas… lo que sea.

Ryan no pudo evitar tomarle un poco el pelo.

—Ya, te parece tan estupendo que ni siquiera puedes decirlo.

Wyatt puso cara de ofendido.

—¡Puedo decir la palabra que quieras! Es solo que no sabía cuál preferías. Solo intento ser sensible y considerado.

Ryan se echó a reír y luego dijo:

—Gay. Y gracias por…

De pronto, no supo qué decir. Había jugado en ocho equipos de la NHL antes de ese, y exactamente cero de sus compañeros habían aceptado de corazón su sexualidad. De hecho, la mayor parte de los jugadores habían pasado por alto cualquier pista que Ryan hubiera podido darles.

—Significa mucho para mí —añadió al fin.

—¡Soy un…, cómo se dice, aliado! —exclamó Wyatt radiante—. Así que, si alguien quiere pelearse por eso, ¡tendrá que vérselas conmigo!

Los dos se echaron a reír, porque Ryan debía de pesar cuarenta kilos más que Wyatt y le sacaba un palmo de altura.

La amistad que estaba naciendo entre Wyatt y él era sin duda lo mejor de jugar para los Guardians. A Ryan siempre le costaba emocionarse con el hockey cuando no le gustaba el entrenador, y, tras un par de meses jugando para Bruce Cooper, Ryan estaba bastante seguro de que le caía mal el de ese equipo. Cooper encarnaba muchas de las cosas que menos le gustaban a Ryan sobre la cultura del hockey: era irascible, hacía muchísimos comentarios sexistas y homófobos de los más típicos, motivaba a los jugadores con miedo y amenazas y casi siempre hacía sentir incómodo a Ryan. Y, la verdad, hacía tiempo que Ryan había dejado atrás la época de querer sentarse más erguido y gritar «¡Sí, entrenador!» cada vez que un hombre agresivo con una pizarra blanca lo machacaba. En la actualidad digamos que en esos casos le apetecía más largarse de la habitación. Y tal vez seguir caminando hasta volver a su hogar, en Nueva Escocia.

Era tentador.

Estaba seguro de que había habido una época en la que le encantaba formar parte de un equipo, ayudar a ese equipo a ganar partidos y campeonatos. Pero ahora era incapaz de evocar ese sentimiento. Incluso sus recuerdos de ganar la Copa Stanley con los de Boston no eran tan maravillosos como habría pensado que serían cuando era pequeño.

Durante la mayor parte de su carrera en la NHL, el hockey había sido algo que hacía porque no tenía más. Y porque lo había conseguido cuando tantos otros no lo habían hecho. Todos los chavales con los que se había criado soñaban con llegar a la NHL algún día, y Ryan era el que lo había logrado. Sería una puta idiotez tirar eso por la borda.

Cuando ya casi había pasado esa hora y estaban acabando de montar una cómoda, Wyatt preguntó:

—¿Tienes novio?

No había ni rastro de burla en la pregunta, pero Ryan se sonrojó de todas formas.

—No —dijo en voz baja.

—¿Y alguna vez has tenido?

Ryan pasó la mano por la superficie lisa de la cómoda y siguió el recorrido con la vista.

—Ahora hace tiempo que no, pero sí. Un par. —Levantó la vista para mirar a Wyatt a los ojos—. ¿Por qué? ¿Tienes a alguien en mente?

Wyatt esbozó una sonrisa de oreja a oreja.

—¿Me estás tirando la caña? ¿Quieres ligar conmigo, Pricey?

—¡No! ¡Dios! Era una broma, no quería decir…

Wyatt le dio un puñetazo el brazo.

—Ya lo sé. Te tomaba el pelo. Y estoy seguro de que en Toronto no tendrás problemas. Un tío como tú. —Se apartó para analizar bien a Ryan—. Alto, con brazos fuertes y todo ese rollo a lo vikingo rudo. Además del culo de hockey. Y el sueldo de la NHL. Y… —Señaló la sala de estar mientras hablaba—. El apartamento de lujo en medio del barrio gay. ¿Tienes cuenta de Grindr?

—Uf, para ya —murmuró Ryan, y se inclinó para abrir la siguiente caja sin mirar siquiera de qué mueble era.

—Pues ábretela, ¿eh? ¡O sea, tiene que haber un millón de tíos por aquí que quieran follar contigo!

Ryan sacó lo que había en la caja y lo extendió por el suelo. Daba la impresión de que era una librería.

—Lo dudo.

—No me jodas. ¡Eres un osito gigante y pelirrojo con el bolsillo lleno! Y, perdona que te lo diga, pero estás buenís…

—Vale, vale, ya está —masculló Ryan—. Vamos a montar esta cosa.

Capítulo 9

Resultó que la música de Fabian estaba disponible online. Ryan lo había descubierto el jueves después del espectáculo de Fabian, y al instante había comprado y descargado todo lo que había encontrado. Se había pasado casi todo el día escuchándolo en bucle. Cuando, a última hora de la tarde, había decidido que era imprescindible salir a comprar algo de comida para cenar, se puso los auriculares para poder seguir escuchando música mientras iba a la tienda.

Se concentró en los detalles virtuosos de la música de Fabian, que proporcionaba una banda sonora muy agradable para aquel bonito día otoñal en Toronto. Desde el final del partido que había jugado la noche anterior, Ryan había ido entrando sin querer en el modo pánico prevuelo que solía acecharlo. El vuelo a Ottawa sería pan comido —aterrizarían casi en cuanto hubieran alcanzado la altitud de crucero—, pero aun así implicaba despegar, aterrizar y una cantidad impresionante de espacio entre el avión y el suelo entre una cosa y otra. Que era justo la clase de cosa en la que no debería estar pensando en esos momentos. Trató de concentrarse en las alegres banderas arcoíris que decoraban casi todos los establecimientos de esa parte de Church Street y se alegró la vista con los hombres atractivos que había por todas partes. Hombres que se daban la mano a la vista de todo el mundo, sin miedo, y sí, sintió que estaba en un buen sitio. Por lo menos, aquí Ryan se sentía un poco más cómodo.

Por supuesto, la mera idea de hablar con uno de aquellos muchos hombres atractivos (y ya no digamos, uf, llegar a tontear con ellos) hacía que a Ryan le entrasen ganas de hacerse un ovillo. Aunque claro, el ovillo seguiría siendo inmenso y, sin duda, llamaría la atención en la ajetreada acera.

«Cosas buenas. Concéntrate en cosas buenas».

El té era algo bueno. Un chai *latte* con hielo era algo aún mejor, así que Ryan decidió entrar en la cafetería de aspecto moderno por la que casi había pasado de largo.

Había dos personas en la cola delante de él, de modo que Ryan miró la carta y se aseguró de que hacían chai *latte* con hielo. Ensayó mentalmente cómo pediría. El hecho de pedir comida siempre era lo que más vergüenza le daba; solía ponerse a tartamudear y a veces se confundía de plato o pedía lo primero que veía. Si quien le atendía le recomendaba algo, se lo pedía, aunque no le apeteciera. Pero, a ver, incluso él era capaz de pedir un puto *latte*.

Cuando llegó al mostrador, el camarero mono le sonrió.

—Hola. ¿Qué tal llevas el día?

—Chai… O sea, bien. Estoy bien.

«Vamos, Ryan».

—¿Qué te pongo?

—Eh. Esto, el… chai *latte*. Pero con hielo.

—¿Un chai *latte* con hielo? ¿De qué tamaño?

—Ah. —Ryan volvió a mirar la pantalla, donde salían dos precios junto al chai *latte* con hielo, pero sin indicar tamaño—. El, eh…

El empleado le mostró dos vasos de plástico de diferentes tamaños para ayudarle.

—Mediano y grande.

Ryan señaló el de mayor capacidad.

—El grande. Gracias.

Pagó con tarjeta con el *contactless*, porque le encantaba usar ese mecanismo. De hecho, le encantaba cualquier cosa que sirviera para acabar antes una transacción. Eligió la propina más elevada de las propuestas, como siempre.

—Puedes esperar allí, al final del mostrador. En un minuto lo tienes. ¡Gracias!

Ryan agradeció la indicación. Aborrecía no saber dónde ponerse. Encontró un hueco donde no quedaría demasiado en el paso y esperó.

—¿Ryan?

Ryan miró primero al mostrador, pensando que ya le habían preparado el té. Pero no había dicho su nombre, así que era imposible. Menuda ocurrencia. Entonces se volvió hacia las mesas de la cafetería y vio a Fabian.

—¡Me ha parecido que eras tú! —exclamó Fabian sonriéndole de oreja a oreja.

—Pues sí. Hola.

«Dios mío, qué casualidad, ¿no?».

—¿Un chai *latte* grande con hielo? —preguntaron desde el mostrador.

Ryan se dio la vuelta y recogió la bebida del mostrador. Cuando se dirigió de nuevo a Fabian, este le hizo un gesto para que se acercara.

—Ven a sentarte. A menos que tengas prisa.

Ryan se abrió paso como pudo por el estrecho hueco que quedaba entre las mesas hasta llegar donde estaba Fabian. Había un cuaderno abierto en la mesa, delante de él, con las páginas llenas de garabatos en lápiz. También había hojas sueltas con partituras escritas a mano. Fabian lo ordenó todo en una pila mientras Ryan se sentaba en la silla que tenía enfrente.

—Buena elección —comentó Fabian señalando la bebida con la cabeza.

Ryan no respondió. Se había despistado por completo con la cara de Fabian. A diferencia de las otras dos veces en que se habían visto, hoy Fabian no llevaba maquillaje. Por lo menos, no que Ryan notase. Tenía el pelo metido en un gorro de lana negro y una barba corta y oscura le cubría la mandíbula. Parecía muy distinto, pero igual de hermoso. Sus ojos marrón oscuro seguían enmarcados por esas mismas pestañas largas y pobladas que habían fascinado a Ryan de adolescente. Sus labios carnosos se torcían en una sonrisita juguetona. Seguro que era porque Ryan lo estaba mirando fijamente.

—Perdón —dijo Ryan—. ¿Qué?

Fabian sacudió la mano para restarle importancia y Ryan se fijó en el pintauñas azul oscuro.

—Nada. ¿Qué te cuentas hoy?

—Iba al súper. Quería comprar algo para cenar, nada más.

—Ah. Uf, yo debería hacer lo mismo.

—¿Qué es todo esto? —preguntó Ryan señalando el fajo de papeles.

Era raro hablar con la persona de cuya música acababa de disfrutar minutos antes.

—Ah, solo estoy trabajando en una cosa. Hoy me ha venido la inspiración, pero necesitaba cambiar de escenario. Como has visto, mi apartamento es un poco deprimente.

—A mí me gustó —dijo Ryan, que recordó las paredes pintadas de rojo, la colcha y las cortinas de color ciruela oscuro y la ecléctica pila de cojines alegres—. Era… colorido.

Fabian apretó los labios y luego dijo:

—Mmm. La próxima vez te haré el tour completo. Puede que no hayas visto todos los rincones.

«La próxima vez».

—Me refiero a que se parecía a ti, ¿sabes?

Fabian apoyó la mejilla en la palma de la mano, a todas luces divertido por el comentario.

—Ya me conoces, ¿verdad? Y eso que pensaba que era un chico complicado.

—¡Y lo eres! —«Ay, dios»—. Me refiero a que no te conozco. Tienes razón. No del todo…

Ryan notó que le ardía la cara como si fuese el sol.

Fabian se echó a reír.

—No pasa nada. No me atrevería a decir que seamos desconocidos del todo, ¿a que no?

Ryan sonrió con timidez.

—No.

Dio un sorbo al *latte*.

—Bueno, entonces… ¿jugaste al hockey anoche? —preguntó Fabian.

Eso hizo reír a Ryan.

—Pues sí.

—¿Ganasteis? Perdona si no te he preguntado antes.

—Tranquilo. Sí, ganamos.

—¡Oye! ¡Qué bien! ¡Vivan los Guardians!

Sacudió las manos en el aire en lo que Ryan supuso que era un intento de celebrarlo.

—Te burlas de mí.

—Jamás. Soy un superfan de los deportes.

—¿Sabes dónde está el estadio?

—Sí… —Fabian fingió ofenderse—. Vi a Beyoncé actuar allí, así que…

Ryan se rio y luego dijo:

—Yo la vi en Boston.

Fabian abrió los ojos como platos.

—¿Eres fan suyo?

—¿Es que hay alguien que no lo sea? No sé qué parte de «Soy gay» no entendiste.

—¿Te soy sincero? Todas las partes. Me temo que he desarrollado un prejuicio contra los jugadores de hockey, que podría haberme llevado a hacer algunas falsas presuposiciones.

—¿Por ejemplo, que todos somos obsesos del deporte agresivos y superheteros?

—Bueno, pues sí.

—No tienes que ser hetero para ser un obseso del deporte agresivo. Créeme.

Fabian pareció reflexionar sobre esas palabas mientras Ryan daba otro sorbo al *latte*.

—Tú no eres eso. Quiero decir que no eres un obseso del deporte agresivo. Nunca lo fuiste.

Ryan notó una placentera burbuja de calor dentro al oír el comentario cariñoso de Fabian, pero tenía que ser sincero.

—Sé que no sigues el hockey, pero ¿tienes idea de cuál es mi función?

—¿Jugar… al hockey?

—Sí, vale. Pero mi función en el equipo (en todos los equipos) es ser, eh, intimidante. En resumidas cuentas, soy un camorrista. —Ryan seguía con la mirada fija en el vaso—. Así que, en realidad, obseso del deporte agresivo es una buena descripción para mí.

Levantó la vista y advirtió que Fabian parecía triste.

—¿Te gusta pelear?

Ryan suspiró.

—Es difícil de explicar.

—¿Te metes en follones fuera de la pista?

—No. Me he metido en unos cuantos en mi vida. Bares, fiestas, ese tipo de cosas. Pero no me pego con la gente cuando no me pagan para hacerlo, no. Tampoco es algo que me guste.

—Supongo que se te da bien, si te ganas la vida con eso.

Ryan se encogió de hombros.

—Sí, se me da bien. Es casi lo único que se me da bien.

Se quedaron sentados en silencio un minuto. Ryan se terminó la bebida y luego supuso que tenía que marcharse. Estaba a punto de decirlo cuando Fabian le preguntó:

—¿Has dicho que ibas al súper?

—Sí. He pensado que igual compro algún plato congelado para cenar.

—Suena increíble, pero ¿has estado alguna vez en el restaurante de ramen que hay en la esquina?

—No.

Fabian se inclinó hacia delante.

—¿Quieres ir?

—¿Ahora? ¿Contigo?

—Sí. Me muero de hambre. A veces me pierdo con la música y se me olvida comer. Ahora me doy cuenta de que decir eso me hace parecer un imbécil.

Ryan estaba bastante seguro de que nunca en la vida se le había olvidado comer.

—No, qué va.

—Entonces ¿te apetece ir?

—Eh…

—Te dije que te enseñaría el barrio. —Fabian se levantó y metió los papeles en la mochila de cualquier manera—. Podemos empezar con el sitio de ramen.

Ryan sonrió de oreja a oreja. Le encantaba la idea. Le gustaba cualquier cosa que le diera la oportunidad de estar cerca de Fabian. Era… reconfortante.

—Vale.

Hasta que se sentaron en una mesa recogida en un rincón del restaurante de ramen, Fabian no se dio cuenta de que podía parecer que acababa de proponerle una cita a Ryan. O, por lo menos, que a Ryan podía darle la impresión de que aquello era una cita. En realidad, Fabian solo quería ramen y conversación.

Y sí. Le gustaba mirar a Ryan.

Ryan, que estaba estudiando la carta como si fuesen a hacerle un examen, no miraba a Fabian ni un segundo. Incluso en la cafetería, Ryan le había parecido cansado. O quizá estresado. Ahora parecía que se arrepintiera de haber decidido ir con Fabian a otro sitio.

—Oye —dijo Fabian en voz baja, como si Ryan fuera a asustarse si hablaba demasiado alto—. Si no quieres comer aquí, no voy a ofenderme. Era solo una propuesta.

Al final, Ryan levantó la mirada de la carta.

—¡No! No, está bien. Es que…, ¿qué sueles pedir aquí?

—Siempre me pido el *tonkotsu* ramen, porque dejan el caldo haciéndose un siglo. Tipo, nunca hiervo huesos en casa durante horas. Y está riquísimo.

Ryan cerró la carta.

—Vale.

—Pero —dijo Fabian a toda prisa— tienen un montón de cosas. Algunos platos de ramen llevan ternera, otros marisco, y algunos llevan caldo picante, si lo prefieres.

—El primero que has dicho está bien.

Se quedaron un momento en silencio y entonces Ryan empezó a tamborilear con los dedos en la mesa. Paró cuando el camarero fue a tomarles nota. Fabian fue el primero en pedir y luego Ryan gruñó:

—Yo tomaré lo mismo.

En cuanto el camarero se marchó, Ryan se puso a dar golpecitos con los dedos otra vez. Al final, Fabian le preguntó:

—¿Estás bien?

Ryan dejó de tamborilear y apartó la mano de la mesa para ponérsela sobre la pierna.

—Perdón.

—Pareces nervioso por algo. Espero que no sea por mí.

Ryan hizo una mueca.

—No. Tengo que montarme en un avión mañana. Es por eso.

Fabian se sorprendió.

—Pero ¿no vas en avión, tipo, todos los días?

—Bastante a menudo, sí. Sería lógico que a estas alturas me hubiera relajado un poco, ¿no?

—¿Te da miedo volar?

Ryan asintió.

—Desde siempre. Confiaba en que la cosa mejorara, pero…

—Entonces, vuelas un millón de veces al año y ¿te mueres de miedo cada vez que subes al avión?

Ryan dio golpecitos con el dedo a la pieza de cerámica para apoyar los palillos.

—Sip…

Fabian sintió ganas de poner la mano en el brazo de Ryan, o quizá de tocarle la mano por debajo de la mesa. No hizo ninguna de las dos cosas.

—Joder, vaya mierda.

—Es una tontería, ya lo sé. No hay motivos para que me ponga… así. Pero no lo puedo evitar.

—¿Hay algo que puedas tomar para aliviarlo? ¿O has probado, yo qué sé, la hipnosis?

Fabian sintió vergüenza. La verdad era que estaba hablando por hablar, porque no tenía ni idea del tema.

Pero Ryan asintió.

—Lo he probado prácticamente todo. No es solo volar. Es que…

Pareció que elegía a conciencia las siguientes palabras, pero, antes de que pudiera pronunciarlas, el camarero regresó con vasos de agua para los dos. Cuando se marchó, al parecer Ryan había decidido cambiar de tema.

—¿Por qué no me hablas de tus bares favoritos del Village?

Fabian se quedó decepcionado, pero podía servir de distracción si eso era lo que necesitaba Ryan. Se lanzó con una descripción animada y probablemente demasiado detallada de la clase de hombres que se podía encontrar en cada uno de los bares.

La conversación continuó hasta que llegó la comida y aún más. Mientras le hablaba a Ryan de uno de los pubs que solía poner partidos de hockey en pantallas grandes, descubrió que no le gustaba especialmente la idea de que Ryan se enrollara con otros tíos. Pero era ridículo.

Continuó con el discurso.

—Así que, si buscas tíos mayores, o tíos que vayan del palo más —señaló en dirección a Ryan— masculino, o lo que sea, ese es un buen sitio.

Ryan se metió en la boca un montón de fideos sorbiendo y luego dijo:

—Me gusta el rollo tranquilo. Pero la verdad es que esos hombres no son mi tipo.

Fabian subió las cejas al instante.

—Bah, en realidad da igual —se apresuró a decir Ryan—. En realidad, tampoco ligo. Para nada.

—Espera un momento. ¿Nunca?

Fabian se quedó intrigado.

—Es que… ¿no te va el sexo de una noche? ¿O el sexo en general? Si es así, me parece estupendo. Tengo amigos que…

—Me gusta el sexo —contestó Ryan, esta vez mirando a Fabian directamente a los ojos. Había una intensidad en ellos que hizo que le diera un vuelco el estómago.

—Ah. Entonces…

—Es solo que se me da mal hablar con la gente.

Fabian le dio un golpe en el pie por debajo de la mesa.

—Pues a mí no me parece que se te dé tan mal. Me gusta hablar contigo. Si esto fuera una cita, diría que estaba yendo muy bien.

Ryan volvió a mirar la sopa.

—Gracias.

Comieron un rato en silencio y Fabian empleó el tiempo en recapitular la información nueva que había obtenido sobre Ryan. Le gustaba el sexo, pero no follaba a menudo, no salía mucho y ¿tal vez no le gustaban los tíos de aspecto más masculino? En realidad, eso último tenía sentido, dado que saltaba a la vista que a Ryan le había gustado el despampanante look de Fabian para la actuación de la otra noche.

A Fabian no le gustaba un tipo concreto de persona. De hecho, le parecía una locura que apenas una semana antes se hubiera despertado con Claude en su cama. Y ahora estaba cenando con un chico que era todo lo contrario de Claude en casi todos los sentidos. Fabian encontraba atractivos a los dos, pero sin duda tenía más en común con Claude. En teoría, Fabian no habría tenido mucho de lo que hablar con Ryan.

—¿Te gusta bailar? —preguntó Fabian.

—Más o menos. No se me da bien y suelo sentirme imbécil cuando bailo, pero a veces me gusta.

—Mis colegas van a salir para celebrar el cumpleaños de Tarek dentro de un par de semanas. Será divertido. ¿Por qué no vienes?

Ryan frunció el ceño.

—¿Yo?

—¡Sí! —La idea no era tan mala, ¿no?—. Iremos a Force, que es la discoteca gay más grande que hay por aquí. Ponen la música a tope y siempre está a petar, pero te garantizo que verás tíos buenos de todos los colores. Y, si no te apetece bailar, no pasa nada, pero ven de todos modos.

—Eh, puede.

—Te lo recordaré cuando falte menos para la fecha. Hace mil años que no voy a Force. Me muero de ganas.

—Me apuesto a que sabes bailar —dijo Ryan.

—Uf, bailo mejor que nadie. Soy alucinante. Espera y verás.

Ryan se echó a reír.

—Siempre he admirado tu confianza en ti mismo.

—¿En serio? ¿Incluso cuando era una mierdecilla de adolescente gruñón?

—Sí —dijo Ryan serio—. Incluso entonces.

—Ah.

Esas palabras conmovieron de corazón a Fabian. No pensaba que fuera especialmente digno de admiración cuando era adolescente.

—¿Se supone que hay que comerse todo lo que hay en el cuenco? —preguntó Ryan. Saltaba a la vista que quería cambiar de tema—. Todavía me queda un montón de maíz.

—Creo que solo los comedores de ramen más experimentados dejan el cuenco limpio —dijo Fabian—. Por cierto, ¿qué habías pensado hacer esta noche?

Ryan dejó los palillos en la mesa y apartó el cuenco.

—Ir a casa. Descansar para mañana.

—¿De verdad vas a descansar o vas a empezar a preocuparte por el vuelo en cuanto te quedes solo?

Ryan suspiró.

—Supongo que lo segundo.

—Bueno, entonces… —Fabian se inclinó hacia él— ¿qué te parece si te distraigo un rato más?

Vale. Podía admitir que eso era tirar la caña en toda regla, pero no implicaba necesariamente que fuera a pasar… nada más.

Ryan dejó la boca abierta un instante y luego dijo:

—¿Distraerme cómo?

—Bueno, podríamos salir del restaurante. Podría enseñarte el barrio. Seguro que te hace falta un poco más de ejercicio, ¿a que sí? —bromeó Fabian.

No tenía la menor idea de por qué hacía eso. Debería dejar que Ryan volviera a su vida mientras él iba a casa y acababa de componer esas canciones. Ya le había robado un montón de tiempo a Ryan.

—Claro —dijo el jugador con los labios torcidos en una de sus adorables sonrisas tímidas—. Un paseo suena bien.

El sol estaba a punto de ponerse cuando Ryan y Fabian salieron del restaurante. Caminaron hacia el norte, por Church Street, ambos con las manos en los bolsillos de los abrigos. Ryan sabía que aquello no era una cita, pero, si lo fuera, sería la mejor que había tenido nunca.

—¿Qué tal tu familia? —preguntó—. Madre mía, Amy debe de estar enorme.

—Tiene dieciocho —confirmó Fabian—. Acaba de empezar la uni.

—Qué locura —dijo Ryan—. Solo me la imagino con cinco años. ¿Y qué tal Sonia?

La hermana mayor de Fabian había sido la estrella del hockey de la familia. No vivía en casa de sus padres cuando Ryan se había alojado allí, pero a menudo se sumaba a las cenas familiares e incluso iba a veces a hacer la colada. La mayor parte de la gente diría que Fabian y ella eran polos opuestos, pero Ryan pensaba que en realidad se parecían mucho, pero para cosas distintas. Ambos eran seguros de sí mismos, de opiniones fuertes y con un talento descomunal. Por desgracia para Fabian, el talento de Sonia era el único que se celebraba en el hogar de los Salah.

—¿Estás preparado? Pues agárrate, porque Sonia está casada y embarazada.

—Guau, ¿en serio?

—Sí. Lo anunció el mes pasado. Ahora también es entrenadora de hockey, lo cual es brutal: una mujer embarazada detrás del banquillo.

Ryan sonrió al imaginárselo. Era cierto que sonaba alucinante. Y se imaginaba a Sonia retando a cualquiera a insinuar que ella no debería estar allí.

—Qué guay. ¿Y qué tal tus padres?

—Están bien. Mi padre aún es entrenador. Y mi madre sigue trabajando. No hablo mucho con ellos. No es que estemos peleados ni nada. Es que… no tenemos mucho que decirnos, supongo.

A Ryan no le sorprendió. Joe y Maya Salah siempre se habían mostrado un tanto desconcertados con su hijo. Ryan estaba seguro de que esperaban estar criando a una futura estrella de la NHL y en lugar de eso había salido… Fabian.

—¿Qué tal son tus padres? —preguntó Fabian—. Me refiero a si te llevas bien con ellos. Nunca llegué a conocerlos.

—Son geniales —dijo Ryan con sinceridad—. No voy a su casa tanto como les gustaría, pero nos llamamos a todas horas.

—Me alegro. Entonces, saben que eres gay, ¿no?

—Sí, lo saben. Creo que les sorprendió bastante cuando se lo conté, pero lo llevan bien. O sea, mi padre nunca habla mucho, pero…

—¿Me estás diciendo que tu padre es un hombre callado, Ryan? No me lo puedo creer.

Ryan se rio.

—Al lado de mi padre, soy una cotorra. Colleen, mi hermana, puede que se emocionara demasiado al enterarse. Es como si tener un hermano gay fuera lo más interesante que le ha pasado o algo así.

—Aunque tiene un punto tierno, ¿no? —dijo Fabian—. ¿Tu padre también jugaba al hockey?

—No. Creo que jugó un poco, pero era boxeador. De los buenos. Uno de los boxeadores de primera categoría en Canadá en su época. Ahora tiene un gimnasio pequeño en Ross Harbour, donde da clase a críos.

—¿Así aprendiste a pelear?

Ryan se encogió de hombros.

—Me enseñó lo básico. Nunca fue mi pasión y creo que él lo sabía. Aunque lo que aprendí me ha sido útil, desde luego.

Se quedaron un momento callados y entonces Fabian dijo:

—Este año iré a casa en Navidad. No siempre lo hago, pero he pensado que, con el embarazo y tal, supongo que debería ir.

—Yo no suelo ir a casa de mi familia en Navidad —dijo Ryan—. Me sabe mal, pero es mucho viaje para dos días, ¿sabes?

—Sobre todo si aborreces volar.

—Sí… —Ryan no quería hablar de vuelos. De momento, estaba más tranquilo que nunca para ser la víspera de un viaje. Quería que la cosa siguiera así—. Bueno, ¿adónde me llevas?

—¿Qué quieres ver? Hay una librería muy guay en la siguiente manzana y una tienda de discos. Y una manzana más allá hay una coctelería pequeña genial; no es que quiera ser mala influencia…

Ryan chasqueó la lengua.

—Lo siento, pero tengo partido mañana por la noche.

—La próxima vez.

Le gustó cómo sonaba ese «la próxima vez».

—Claro. ¿Y si echamos un vistazo a la librería?

Fabian le sonrió.

—Se me había olvidado que te molaban tanto los libros. Te encantará ese sitio. Está especializado en literatura *queer* y en ensayo político, pero tienen un poco de todo. Y el personal es superalucinante. Y otro día te llevaré a la tienda donde trabaja Vanessa. Ahora está cerrada, pero es una pasada.

—¿También es una librería?

—Tienen algunos libros, pero sobre todo es una *sex-shop*. Pero, tipo, una que promueve el sexo de buen rollo y está dedicada a la comunidad *queer*. Vanessa lleva años trabajando allí. Creo que hay gente que piensa que es la dueña.

—Ah.

Ryan iba muy poco a *sex-shops*. Bueno, nada, la verdad. El único juguete que tenía lo había comprado por internet, y el resto de cosas que necesitaba las compraba siempre en farmacias.

—Tienen de todo. Habla con Vanessa. Tú pide por esa boquita y ella te lo dará —dijo Fabian con total naturalidad, como si hablara de una tienda de material deportivo. Desde luego, Ryan no pensaba «pedir por esa boquita» a Vanessa nada que pudiera necesitar—. Mira, aquí está la librería.

Se pasaron una media hora fisgando por la tienda, que parecía tener también un espacio para charlas y talleres de la comunidad. Había pósteres por todo el establecimiento donde se anunciaban los siguientes eventos. A Ryan le gustó y se dijo que volvería pronto.

Al salir, se pusieron a pasear por el extremo más al norte del Village, cruzaron la calle y volvieron por el otro lado hacia el edificio donde vivía Ryan. Fabian iba señalando los bares, tiendas y restaurantes que le gustaban mientras caminaban y charlaban. Fue una de las veladas más entretenidas que había pasado Ryan. Cuando llegaron a su edificio, sintió la inoportuna necesidad de darle a Fabian un beso de buenas noches. O de invitarlo a subir.

—Entonces ¿te pagan bien en el hockey? —preguntó Fabian de improviso mientras contemplaba la reluciente torre en la que vivía Ryan.

—El sueldo no está mal —murmuró Ryan avergonzado.

En un mundo perfecto, Fabian estaría ganando al menos tanto dinero con la música como Ryan jugando al hockey.

—Me lo he pasado bien —dijo Fabian—. Me alegro de que hayamos retomado el contacto.

—Yo también —dijo Ryan.

Dios, qué largas tenía las pestañas Fabian. Con maquillaje o sin él, era espectacular.

—¿Sabes qué? —comentó Fabian, y sus labios dibujaron una sonrisa seductora y juguetona que excitaba y a la vez aterrorizaba a Ryan—. De todos los jugadores de hockey que vivieron con nosotros, tú eras mi favorito.

Ryan resopló.

—Era el mejor de los peores, ¿no?

—Uy, sí. De lejos.

—Me gustó vivir con tu familia. Con… tigo.

—¿De verdad? —Fabian estaba tan cerca que a Ryan le dio miedo que pudiera oír el bombeo de su corazón—. ¿Cuándo vuelves a la ciudad?

—El viernes que viene. Juego un partido el sábado por la noche.

—Hay una sesión de micro abierto los lunes en el Indigo Café, te lo he comentado durante el paseo, y tengo intención de tocar el lunes después de que vuelvas. Me gustaría probar alguna de las canciones nuevas.

—¿Me estás invitando?

La sonrisa juguetona reapareció.

—Estoy dejando caer la información con la esperanza de que vayas. No se me ocurriría «invitarte» a verme tantear el terreno del nuevo material. Sería maleducado.

Ryan se echó a reír.

—Allí estaré.

—Si cambias de opinión, no me ofenderé.

Y entonces Fabian estiró el cuerpo y le dio un beso a Ryan en la mejilla. Lo pilló tan desprevenido que se limitó a quedarse ahí como un pasmarote, sin darse cuenta apenas de qué sucedía hasta que hubo terminado.

—Buenas noches, Ryan.

Fabian se dio la vuelta y se marchó tan rápido que Ryan solo tuvo tiempo de murmurar «buenas noches» a su espalda cada vez más alejada mientras se acariciaba el punto donde lo había besado Fabian.

Capítulo 10

Ocurrieron dos cosas interesantes relacionadas con el partido de Ottawa. Una fue que el entrenador Cooper había anunciado que Wyatt estaría en la portería porque el portero estrella de los Guardians, Anders Nilsson, necesitaba descansar, y, la verdad, Ottawa tenía un equipo penoso. De hecho, el entrenador había descrito las habilidades del equipo con un lenguaje muy vulgar y homófobo que Ryan trataba de olvidar.

La otra cosa interesante fue que se trataba de la primera vez que Toronto jugaba contra Ottawa desde que la antigua superestrella de Boston, Ilya Rozanov, hubiera firmado contrato con ese equipo durante el verano.

El primer tiempo apenas había llegado al minuto cinco cuando Rozanov comenzó a picar a Dallas Kent. Ambos jugadores eran famosos por su lengua viperina tanto como por sus dotes para marcar goles, pero ninguno sabía cómo terminar lo que empezaba. Eso era tarea de Ryan.

Rozanov le había dado un empujón muy descarado a Kent durante un bloqueo. Los árbitros no se habían dado cuenta o habían decidido hacer la vista gorda. Ryan patinó hasta donde las dos superestrellas estaban gritándose y apartó a Rozanov de Kent con un empujón bastante flojo.

Rozanov se dio la vuelta y sonrió a Ryan como si estuviera encantado de verlo.

—¡Price! Menos mal que has venido. Este duende me está molestando.

Ryan apretó los labios. «Duende» era una descripción bastante precisa y divertida de Dallas Kent.

—¡Cómeme la polla, Rozanov! —mascculló Kent.

Rozanov hizo una mueca.

—No, gracias. Ya te gustaría.

A su espalda, Ryan oyó que Wyatt soltaba una risotada. Ryan se volvió hacia él y negó con la cabeza.

—¡Perdón! —Wyatt levantó el guante gigantesco—. Perdón. No debería reírme.

Tanto Rozanov como Kent habían vuelto patinando a sus respectivos banquillos, así que Ryan le dijo:

—No des bola a Rozanov.

—Es que me vuelve loco…

Ryan no tenía nada en contra de Rozanov. Había jugado con él en Boston —de hecho, había ganado la Copa Stanley con él— y, aunque no es que hubieran sido amigos precisamente, Rozanov siempre había sido medio amable con él. No se parecía en nada a Ryan —era descarado y tan seguro de sí mismo que resultaba prepotente—, pero Ryan lo respetaba.

Pese a que Rozanov y Kent estuvieron picándose durante todo el partido, el encuentro fue bastante relajado para Ryan. Divertido, incluso. En el equipo de Ottawa no había ningún follonero de los plastas, así que sabía que era poco probable que tuviera que acabar dándose de guantazos. Se pasó la mayor parte del tiempo apartando a los jugadores de Ottawa de los de Toronto después del silbato y charlando con Wyatt.

Y, por raro que pareciera, con Rozanov.

—¿Qué tal con los Guardians? —le preguntó Rozanov durante un descanso en el segundo tiempo.

—No está mal.

—Aunque es una mierda que tengas que jugar con Kent.

Ryan no respondió a eso.

—¿Y qué tal Ottawa?

—No es tan mal equipo como pensaba.

Ryan creía que Ottawa no pegaba para nada con Rozanov. Se había sorprendido tanto como el que más cuando Ottawa había anunciado que Rozanov había entrado en el equipo en julio. Ilya Rozanov era escandaloso y descarado, un notas, con su colección de coches deportivos europeos y su reputación de mujeriego. A Ryan le habría encajado más que fuera a un sitio tipo Nueva York o Los Ángeles, o quizá Florida, pues un jugador con tanto talento como Rozanov podía elegir con quién firmar contrato. Ottawa parecía una opción inesperada y desconcertante.

En el tercer tiempo sucedió algo increíble: Ryan marcó un gol. Había llevado el *puck* hasta la línea azul y, al no ver ninguna opción mejor, se había limitado a lanzarlo hacia la red, con la esperanza de que alguien aprovechara el tiro y lo recogiera. Pero el portero de Ottawa estaba despistado y el *puck* había acabado colándose por encima de su hombro y había dado en la parte posterior de la portería.

—¡Hostia puta, Price! —exclamó Rozanov cuando Ryan pasó patinando por delante del banquillo de Ottawa—. ¡No sabía que supieras marcar!

Ryan se mordió el labio, pero no pudo ocultar la sonrisa tontorrona que se dibujó en su cara. Solo había metido un puñado de goles en toda su carrera en la NHL, así que cada gol que marcaba era muy emocionante. Cuando llegó al banquillo de su equipo lo recibió un coro de «¡Así se hace, Pricey!» y «¡Menudo gol, Pricey!». Mientras se sentaba, pensó que seguro que mostraban un primer plano de su cara en la transmisión en directo del partido. Intentó poner cara de interesante.

El partido acabó 5-2 con victoria para Toronto y los jugadores tuvieron el tiempo justo de ducharse y ponerse el traje antes de coger el avión a Montreal. A Ryan no le gustaban un pelo los días que implicaban dos vuelos y un partido, pero en realidad casi era mejor sacarse de encima el vuelo ya en lugar de pasarse la noche en vela preocupado por eso. Además, no entendía por qué los equipos tenían que volar de Ottawa a Montreal. Se podía ir en coche perfectamente.

Cuando por fin se desplomó en la cama del hotel de Montreal, estaba agotado física y mentalmente. A diferencia de Ottawa, Montreal tenía un equipo muy bueno, gracias en parte a su jugador estrella, Shane Hollander, que había empezado la temporada como un titán. Sería mejor que Ryan descansara todo lo posible antes del partido de la noche siguiente.

Pero vio que tenía un mensaje en el móvil.

Era de Fabian.

Fabian: ¡Has marcado un gol!

Ryan comprobó dos veces que se trataba de un mensaje de Fabian. No se lo creía... Porque no tenía sentido que hubiera visto el partido. Entonces, Ryan contestó:

Ryan: ¿Has visto el partido?

Fabian: Estaba en un bar porque iba a ver la banda de un amigo tocar y tenían el partido puesto.

Ryan: ¿Y lo has visto?

Fabian: No todo. Pero he distinguido un jersey azul en el que ponía «Price», así que lo he visto un rato.

Ryan sonrió y respondió:

Ryan: ¿Y salía bien?

Se arrepintió de haberlo preguntado, pero antes de que pudiera borrarlo Fabian empezó a teclear la respuesta. Las palabras tardaron una eternidad en aparecer en la pantalla de Ryan.

Fabian: En general, salías enano. Pero sacaron un primer plano en el que parecías, rollo…, concentrado. Y sudado.

Vaya. Ryan no tenía ni idea de qué responder a eso. Pero Fabian añadió:

Fabian: Estabas guapo.

Y puso un emoticono de una cara guiñando un ojo.

Ryan resopló y escribió:

Ryan: Si tú lo dices.

Fabian: Sí que lo digo. Y entonces vi que marcabas un gol. Creo que es la primera vez que me emociono con algo relacionado con el hockey.

Ryan: Me encanta ser el primero.

Ay, dios. Pero ¿qué cojones, Ryan? ¿Qué tenía Fabian que sacaba la parte juguetona de Ryan? Él nunca se mostraba juguetón.

Fabian: ¿Dónde estás?

Ryan: En Montreal. Hemos volado justo después del partido. Mañana tenemos otro.

Fabian: Por lo menos ya te has librado del vuelo.

Ryan: Sip. ¿Dónde estás tú?

Fabian: En casa. Intentaba sacar una canción.

Ryan: Es tarde.

Fabian: Ya. Pero no podré dormir hasta que liquide esto.

Ryan sonrió y le entraron ganas de poder ver a Fabian en ese momento. Se lo imaginó despeinado de tanto pasarse los dedos por el pelo mientras se concentraba. Tal vez llevara puesto el pijama o ropa cómoda.

Ryan: No te quedes hasta muy tarde. Nos vemos el lunes, ¿vale?

Fabian: OK, superestrella.

Ryan tomaba el té igual que lo hacía su madre: té negro Orange Pekoe con un chorrito de leche. Por desgracia, en esa habitación del hotel de Columbus solo tenían leche en polvo para el café, así que el té sabía a rayos.

Se sentó en la punta de la cama y se quedó mirando la pared mientras trataba de asimilar todo lo que acababa de comentar en la sesión por Skype con su psicóloga. O, lo que era más importante, lo que no había comentado con ella. Como el hecho de que le hubieran flaqueado las rodillas cuando Fabian le había rozado los nudillos magullados con sus delicados dedos.

Seguro que tenía más que ver con cuánto hacía desde la última vez en que un hombre había tocado a Ryan, pero, joder, le había afectado mucho. Y luego estaba el beso casto que Fabian le había dado en la mejilla la semana anterior, que Ryan habría jurado que todavía notaba en la piel.

También podría haberle hablado de que estaba experimentando un auténtico deseo sexual por primera vez en muuucho tiempo. O el hecho de que, por mucho que le gustaba imaginarse que tumbaba a Fabian sobre la montaña de ropa que había extendida por todo el colchón de su encantador pisito y que besaba su elegante cuello, Ryan se sentía demasiado inseguro para lanzarse a tener un momento de intimidad con nadie.

Tendría que haber hablado de esas cosas, sí, pero no podía. Le daba mucha vergüenza entrar en esos temas, incluso con una terapeuta profesional. Así que, cuando la psicóloga le había preguntado si había algo más de lo que quisiera hablar, se había limitado a responder: «Pues no. Creo que eso es todo por hoy».

Cobarde.

Fabian no le había escrito desde su breve conversación en Montreal unas noches antes, lo cual no le sorprendía. A decir verdad, lo sorprendente era que hubiera escrito a Ryan en algún momento. ¡Que hubiera visto a Ryan jugar al hockey!

Ryan cogió el móvil, por si acaso.

Tenía un mensaje, pero era de Wyatt.

Wyatt: Es increíble que tengamos un día libre y sea en Columbus.

Ryan: ¿Aburrido?

Wyatt: ¿Sabías que aquí hay un Salón de la Fama del Drenaje?

Ryan se rio y escribió:

Ryan: Aunque me han contado que las tuberías están un poco atascadas últimamente.

Wyatt no respondió de inmediato y Ryan empezó a temer que no hubiera pillado la broma.

Wyatt: Pues a ver si las desatascamos. Y sale algo…

Ryan: Oye, ahora en serio, ¿qué plan tienes para hoy?

Wyatt: Pues mi plan era hacer cualquier cosa menos eso. ¿Pillamos algo de comer?

Ryan: ¡Sí!

—¡Joder, mira esto, Pricey! —Wyatt tenía en la mano un cómic que parecía cogido al azar de una caja alargada repleta de libros de ese tipo. Al ver que Ryan no respondía con el nivel de exaltación que obviamente Wyatt pensaba que requería semejante tesoro, le explicó—: Llevo años buscándolo. Es el único cómic de *Batman* de Norm Breyfogle que no tengo.

—Ah, qué guay.

Wyatt dio un beso al envoltorio de plástico del cómic.

—¡Me encanta Columbus!

Ryan se rio y siguió a Wyatt hasta otra caja de cómics. En realidad, habían pasado una tarde muy entretenida. Wyatt había encontrado una cervecería muy chula en la que también podían comer y, después del almuerzo (y de un par de cervezas), se habían ido a dar una vuelta por el centro de Columbus, que resultó estar bastante bien. Luego Wyatt lo había llevado a esa tienda de cómics, cosa que Ryan sospechaba que tenía pensado hacer desde el principio.

La tarde le había servido para distraerse. Si Wyatt no le hubiera propuesto quedar, probablemente Ryan se habría pasado el día metido en la habitación, soñando despierto con Fabian. Necesitaba parar de desear cosas imposibles relacionadas con Fabian, como besar su sexy boca. Estaba seguro de que Fabian no quería besarlo ahora, igual que tampoco habría querido cuando eran adolescentes. Seguro que tenía novio. O una fila de hombres guapos que querían liarse con él. O, aún más probable, las dos cosas.

Y Ryan seguía siendo un jugador de hockey imbécil. Seguía siendo un gigante, más raro que un perro verde y demasiado aburrido para el listo, fantástico y carismático Fabian.

—Te has enterado de lo de la fiesta, ¿verdad? —le preguntó Wyatt mientras analizaba otro cómic protegido por una funda.

—¿Qué fiesta?

—La del cumpleaños de Kent.

Uf.

—Ah. Creo que oí a un par de tíos hablando de eso. ¿Vas a ir?

—Claro. Fiesta del equipo. Por supuesto que iré. ¿Tú no?

Estuvo a punto de decir que no, pero recordó la advertencia del entrenador, quien quería que Ryan formara parte del equipo tanto fuera como dentro de la pista de hielo.

—¿Cuándo es?

—El viernes que viene en casa de Kent. Mejor dicho, en la mansión de Kent.

El viernes siguiente. ¿Por qué tenía la sensación de que era un día importante? Ryan le dio vueltas al tema mientras Wyatt continuaba examinando las estanterías de coloridos libros que ocupaban una pared de la tienda de cómics. Ryan sacó de la estantería un libro con el lomo de un rosa brillante y lo ojeó. La historia parecía muy rara y confusa, llena de personajes alienígenas de aspecto peculiar y de cabezas flotantes que gritaban cosas al espacio exterior. Lo devolvió a su sitio.

—A lo mejor hay algún tío mono para ti en la fiesta —dijo Wyatt con una sonrisa. Ryan puso los ojos en blanco—. ¿Qué? Nunca se sabe…

—No voy a conocer a nadie interesante en la puta fiesta de cumpleaños de Dallas Kent.

«Fiesta de cumpleaños». Claro. El viernes siguiente era cuando Fabian y sus amigos iban a ir a la discoteca esa a celebrar el cumpleaños de Tarek. Mierda. A ver, era poco probable que Ryan se hubiera sumado a la celebración. Pero sin duda sonaba más atractiva que una fiesta del puto Dallas Kent.

—Tienes que leer esto —dijo Wyatt. Le pasó a Ryan un libro gordo en el que ponía *Daredevil*—. Es sobre un *pringao* que sacrifica su cuerpo por las noches para salvar a otras personas. Te gustaría.

Ryan intentó poner una mirada amenazadora.

—No soy un *pringao* —mintió.

—¿Sabes qué? Ahora que lo pienso, la mayor parte de los cómics de superhéroes van de *pringaos* que se sacrifican.

—¿Estás diciendo que soy un superhéroe?

—Sin duda. —Wyatt cogió otro libro de la estantería y lo añadió a la pequeña pila que había formado en el suelo—. Por cierto, ¿has vuelto a pensar en lo de ir al centro cívico conmigo?

Ryan no había pensado ni un segundo sobre el tema.

—¿Aún quieres que vaya?

—Por supuesto. Ya te dije que les encantarás a esos críos. Te aviso la próxima vez que vaya, ¿vale?

—Claro. Supongo… Si de verdad crees que les apetecerá que vaya.

—Hazme caso, será genial. Y te encantarán.

Wyatt recogió la pila de libros del suelo y se la entregó a Ryan con una sonrisa divertida.

Ryan puso los ojos en blanco y aceptó el pesado montón de cómics.

—¿Cómo vas a meter todo esto en la maleta?

—Fácil. Tiraré algo de ropa a la basura.

Ryan resopló y negó con la cabeza. Llevó los libros al mostrador para que Wyatt pudiera pagarlos.

—Bueno —dijo Wyatt al cabo de unos minutos, una vez fuera de la tienda—. Podríamos volver al hotel y ya. O... podríamos ir a ver ¡el mazo más grande del mundo!

—¿Qué?

Wyatt consultó el móvil.

—Está junto al edificio del Tribunal Supremo. —Frunció el ceño—. Vaya. Ahora es el segundo mazo más grande del mundo. Acaban de fabricar uno más grande en Illinois.

—Menuda decepción.

—Pues sí. A la mierda. No pienso cargar con todos estos cómics por Columbus solo para contemplar el segundo mazo más grande del mundo. O es el más grande o nada. Volvamos al hotel.

Parecía que al final a Ryan le quedaría tiempo para soñar despierto con que besaba a Fabian.

Capítulo 11

Cuando Ryan llegó a la cafetería el lunes por la noche, no vio a Fabian por ninguna parte. Había un escenario minúsculo —era poco más que un rincón ligeramente elevado—, que estaba vacío salvo por un taburete y un micro de pie. Había algunos clientes en las mesas, pero la sala estaba muy tranquila.

A Ryan no le gustaba ni un pelo esa situación.

Quizá fuera buena idea escribir a Fabian para confirmar que la sesión de micro abierto era esa noche y que él iba a ir al final. Quizá Ryan se hubiera confundido de sitio. Quizá lo mejor fuera marcharse y pedir disculpas después si hacía falta.

Ay, dios. Ryan se había quedado ahí plantado, congelado, a la entrada de la cafetería, y ahora la gente lo miraba.

Tomó una decisión y fue al mostrador a pedir una bebida. Se sentaría y se quedaría un rato tomando algo y, si Fabian seguía sin aparecer, podría marcharse.

La camarera era una joven con un aspecto autosuficiente que ya le habría gustado tener a Ryan, pero le sonrió con calidez cuando se acercó a la barra.

—¿Has venido por la sesión de micro abierto?

—Eh, sí. Tenía miedo de haberme equivocado de sitio.

—No, no. Nunca hay mucha gente. Es lunes, ¿sabes?

—Ajá.

—¿Sales hoy al ruedo?

Por un momento, Ryan pensó que lo había reconocido y que le preguntaba por el partido de hockey. Entonces cayó en la cuenta de lo que le preguntaba en realidad.

—¿Yo? No, qué va. No, había venido a ver a... un amigo.

—Ah. ¿Qué te pongo?

Ryan pidió un té y le dio rabia no haberse dado cuenta de que en aquella cafetería también servían bebidas alcohólicas. Habría preferido una cerveza. Pero la camarera ya le estaba preparando un Orange Pekoe, así que no dijo nada.

Encontró una mesa vacía, se sentó y esperó mientras contemplaba cómo subía el vapor del té como si fuese lo más fascinante del mundo. Entonces recordó que llevaba un libro electrónico en el móvil y que podía ponerse a leer. Suerte que existían los libros.

Llevaba una media hora leyendo tan tranquilo cuando oyó la voz de Fabian a su espalda. Ryan se dio la vuelta y vio a Fabian con Vanessa y una tercera persona —un chico negro— que no le sonaba.

Fabian lo reconoció de inmediato y le saludó con la mano. Parecía que esa noche había llevado solo el violín.

—¡Has venido! —exclamó con alegría cuando llegó a su mesa. Se desplomó en la silla que había junto a Ryan mientras Vanessa y el otro chico iban a por sillas de otras mesas para sentarse con ellos—. ¿Llevas mucho rato esperando? Tendría que haberte avisado de que esto siempre empieza tarde.

—No pasa nada. Me he puesto a leer.

—Ah, genial. ¿Te acuerdas de Vanessa? Y este es Marcus, su compañero de piso y uno de nuestros mejores amigos. Marcus, te presento a Ryan.

Marcus le tendió la mano.

—Ay, me moría de ganas de conocerte, te lo juro.

Ryan le dio la mano con poco entusiasmo y Fabian le dio un golpe en el brazo a Marcus.

—No le hagas caso, Ryan. Solo quiere dejarme en ridículo.

Ryan intentó no pensar mucho en qué podía significar eso.

—Hay mucha menos gente que en tu actuación del otro día —comentó.

Se fijó en que Fabian iba vestido de manera muy informal: vaqueros, un jersey negro y solo un discreto perfilador de ojos. Cuando Fabian se inclinó hacia delante, Ryan vio que la clavícula asomaba por el cuello ancho del jersey.

—Bah, este local está muerto —dijo Fabian tan tranquilo—. Pero me gusta. Es un buen sitio para probar cosas nuevas.

—Estaría abarrotado si la gente supiera que él toca esta noche —dijo Vanessa.

—Si tú lo dices… —Entonces Fabian sonrió—. Bueno, sí. Probablemente. Pero la sala es muy pequeña.

—¿Así que juegas con los Guardians? —preguntó Marcus.

—Sí. Hasta nuevo aviso.

Era una broma que habría funcionado mejor en los círculos del hockey, pero Marcus sonrió con educación.

—Jugaste el sábado por la noche. En el bar en el que trabajo ponen los partidos de media tarde. No vi el final. ¿Ganasteis?

—Ganamos. Fue un buen partido.

—¿Qué tomas? —preguntó Fabian—. Invito a una ronda.

—Eh, un té.

—No voy a dejar que me invites a nada, Fabian —le reprendió Vanessa—. Siéntate.

—Voy yo a pedir —dijo Ryan—. Estaba pensando en pillarme una cerveza, y en el hockey pagan bastante bien, así que…

—Ya me lo imagino —dijo Marcus con ironía—. Me gusta tu nuevo amigo, Fabian.

Ryan se incorporó y Fabian se ofreció a ir con él. Ryan lo agradeció, porque le preocupaba olvidarse de lo que había pedido cada uno. Una vez lejos de la mesa, Fabian dijo:

—Discúlpalos. Digamos que… sentían mucha curiosidad por ver cómo eras.

—¿En serio? ¿Por qué?

Y, por un instante, pareció que Fabian iba a ruborizarse un poco.

—No lo sé. Supongo que porque saben lo que pienso de los jugadores de hockey y deben de pensar que es gracioso que… —Negó con la cabeza—. Bah, hacen el tonto. Les llamas la atención porque eres la novedad.

—Vale.

Pidieron las bebidas de los cuatro y Ryan pagó. Como todos querían cerveza o vino, no tuvieron que esperar mucho a que les sirvieran. Ryan cogió dos pintas de cerveza y estaba a punto de llevarlas a la mesa cuando Fabian le puso una mano en el brazo.

—Espera.

—¿Qué?

—Esto…, antes de que nos juntemos con esos dos idiotas, a los que quiero con locura, quiero darte las gracias por estar aquí. De verdad.

—Ah, de nada. Si te soy sincero, me hacía mucha ilusión.

Ryan contuvo la respiración y esperó la respuesta de Fabian. Había algo en la mirada de Fabian…, sorpresa, o tal vez confusión. Pero entonces sonrió y dijo:

—A mí también.

Ryan no tenía la menor idea de qué era aquello. Casi parecía una cita, pero sería ridículo. E imposible. A Ryan le gustaba pasar el rato con Fabian y le encantaba verlo actuar, pero alguien tan precioso y alegre como Fabian no cabía en el desgraciado mundo de Ryan. Y seguro que Fabian se había ofrecido a hacerle de guía por el ambiente de Toronto porque era amable. No significaba que deseara nada más con Ryan.

Llevaron las bebidas a la mesa y apenas se habían sentado cuando Vanessa comentó:

—Por cierto, Fabian, ¿has probado ya el vibrador?

Fabian casi se atragantó con el vino. Fulminó a su amiga con la mirada.

—Pero ¿a ti qué te pasa?

Su amiga extendió las manos.

—¿Qué? ¿Ahora nos da vergüenza hablar de vibradores? ¿Es que estamos en una reunión de la iglesia? Tengo que hacer una reseña de esa cosa para la página web.

—Podemos hablarlo más tarde.

Vanessa se dirigió a Ryan.

—Perdona. ¿Eres un adulto que sabe que existen los juguetes sexuales?

—Sí.

—Genial. Fabian, ¿has usado el vibrador?

Este negó con la cabeza despacio y entrecerró los ojos.

—Qué desubicada estás… No. No lo he probado, ¿vale?

—¡Bueno, pues hazlo! O busca a alguien con quien usarlo.

Inclinó la cabeza en dirección a Ryan de forma muy exagerada después de decirlo. Ryan miró la cerveza. Marcus se echó a reír.

—Bueno, ya vale —refunfuñó Fabian—. Voy a preguntar si puedo tocar el primero. Y vosotros dos portaos bien con Ryan.

Cuando Fabian se marchó, Ryan decidió que intentaría soltarse un poco.

—Entonces ¿haces reseñas de juguetes sexuales, Vanessa?

—¡Sí! Pero a veces tengo que encargárselas a otras personas cuando son para partes que no tengo. Muchas de las opiniones de clientes son anónimas, así que si alguna vez quieres…

—No, gracias… O sea… No se me daría bien.

Vanessa se encogió de hombros.

—La oferta sigue en pie. Tú avísame si te apetece. Es una forma genial de conseguir juguetes gratis.

—Eh, gracias.

—Ay, dios, no —dijo Fabian al volver a la mesa—. ¿Aún seguís hablando de juguetes?

—No pasa nada —se apresuró a decir Ryan—. Le he preguntado por su página web.

Fabian miró con sospecha a Vanessa, y luego debió de decidir que era mejor dejar el tema.

—Subo en un minuto. Rashka dice que solo hay tres personas apuntadas para esta noche.

El local se había llenado un poco desde que había llegado Ryan, pero seguía habiendo poca gente, de modo que Fabian sería capaz de distinguir todas las caras cuando estuviera en el escenario. A Ryan se le hizo un nudo en el estómago solo de pensarlo.

—¡Buena suerte! —dijo Vanessa—. Me muero por oír tus últimas creaciones.

Marcus se volvió hacia Ryan.

—La semana pasada desapareció por completo. A veces hace esas cosas. Le entra la inspiración y se pone en plan ermitaño.

—No estaba en plan ermitaño —protestó Fabian—. Doblé turno en la tienda, fui a ver un concierto e incluso hice la compra.

Marcus sacudió la mano.

—Anda, ve. Muéstranos los frutos de tu trabajo.

Fabian agarró el violín con mucho teatro y se dirigió con aire dramático al escenario. A Ryan le resultó curiosamente sexy.

Incluso con tan poco público y un material mínimo, Fabian llenaba el escenario por completo en cuanto se subía. Dedicó unos segundos a prepararse y afinar el instrumento, conectó el móvil a no sé qué cacharro y luego hizo una señal con la cabeza a la camarera, Rashka, para que apagara la música que salía por los altavoces. Se oyeron unos comentarios cuando cesó la música, seguidos de un silencio casi perfecto cuando Fabian se aproximó al micro.

Ryan pensaba que saludaría al público o presentaría la primera canción, pero en lugar de eso Fabian se puso a cantar, a capela. La primera nota sonó fuerte y clara; fue desconcertante. Y tal vez ese fuera el propósito; saltaba a la vista que Fabian sabía cómo captar la atención del público.

Tras una estrofa y un estribillo, entró el acompañamiento de una pista del móvil de Fabian, que empezó a tocar el violín. No podía cantar y tocar al mismo tiempo, así que iba alternando entre voz y violín, como si mantuviera una conversación mágica con su instrumento. Ryan tuvo la sensación de que no le había latido el corazón ni una sola vez en toda la canción.

—¿A que es flipante? —le susurró Vanessa cuando terminó la pieza.

—Sí —dijo Ryan como un bobo.

Fabian sonrió al público y tiró del hombro del jersey, que se le había resbalado por el brazo mientras tocaba, para recolocárselo. Era tan guapo que Ryan se moría. Por mucho que le hubiera deslumbrado en el escenario del club en la actuación anterior que había visto, con el muro de sonido que había creado y el vestuario y la iluminación tan efectistas, había algo en este momento que hechizaba todavía más. La intimidad de la sala —un público reducido, la luz cálida y el atuendo informal de Fabian— hizo que Ryan se sintiera especial, como si fuese uno de los elegidos que tenían permiso para ver actuar a un príncipe.

Por millonésima vez aquella semana, Ryan recordó el roce fugaz de los suaves labios de Fabian en su mejilla. Había sido tan casto —nada, en realidad—, pero había copado los pensamientos de Ryan durante días. ¿Era posible que el corazón se quedara pillado por un capricho ridículo durante trece años? Y, si era así, ¿por qué había elegido su corazón a alguien tan fuera de su alcance? ¿Por qué Ryan deseaba a alguien tan radicalmente incompatible con él?

Pero Fabian, por la razón que fuera, le daba a Ryan la impresión de disfrutar de su compañía. No parecía darse cuenta de que el jugador se sentía atraído por la luz que Fabian irradiaba sin esfuerzo; o, si era consciente, no le importaba. No sabía que, si se acercaba mucho, Ryan seguro que apagaría esa luz y lo arrastraría a las sombras con él.

Fabian tocó cuatro canciones y luego dio las gracias al público por escucharlo. Fue alucinante que le dedicaran un aplauso tan efusivo para tratarse de tan poca gente. Un par de minutos después, Fabian había vuelto a la mesa, con la funda del violín en la mano.

—No digáis nada —dijo—. No quiero oír ni una palabra.

—¿Eh...? —comentó Marcus fingiendo que estaba pendiente del móvil—. Perdona, no estaba prestando atención. ¿Ya has tocado?

Fabian puso los ojos en blanco.

—Qué capullo eres.

—Menudo bodrio —dijo Vanessa—. No puedo creer que nos hayas hecho venir para eso.

—Os lo juro, sois lo puto peor.

Miró a Rayn y este supo que tenía que decir algo, pero a Fabian se le había resbalado el jersey otra vez, de modo que se le veía todo el hombro. A Ryan le entraron ganas de hincarle los dientes.

—Sin palabras —dijo Fabian señalándolo con la mano—. Ahora Ryan es mi favorito.

—Ya lo sabemos —murmuró Marcus.

—Ha sido... —empezó a decir Ryan.

Fabian lo cortó.

—Increíble. Ya lo sé. Vamos a hablar de otra cosa. ¿Irás a bailar con nosotros el viernes?

A Vanessa se le iluminó la cara.

—¡Hey! ¡Sí! ¡Tienes que venir!

—En realidad, no puedo. —Miró a Fabian—. Lo siento. Hay una fiesta del equipo..., un cumple o algo así. Me enteré hace solo un par de días. Si no, iría con vosotros.

Fabian se quedó decepcionado de verdad al oírlo.

—Ah, vaya, pues qué mal. Si la fiesta es una mierda, anímate y ven a la disco. Sospecho que estaremos allí hasta que cierre.

—Muy bien. Vale.

Ojalá Ryan pudiera saltarse la fiesta. No quería ir a la puñetera casa de Dallas Kent. No tenía el menor interés en celebrar el cumpleaños de ese tío. Pero había prometido que ese año haría equipo, tanto dentro como fuera de la pista. Saltarse la fiesta del jugador estrella no sería lo más acertado.

Seguro que era mejor así. Salir a bailar a una discoteca con Fabian y sus preciosos amigos sería una tortura. Ryan ya se imaginaba cómo iría la noche: estaría todo el rato apoyado en la pared, tratando de pasar desapercibido. No bailaría, se moriría de calor y estaría incómodo. La música estaría demasiado alta. Fabian estaría en la pista de baile, frotando su ágil cuerpo contra algún otro hombre fabuloso. Y entonces empezarían a tocarse, a besarse, y Ryan no podría apartar la mirada.

Y entonces Ryan tendría que volver a casa solo para hacerse una paja, que ni siquiera saldría bien.

Bah, a la mierda. Ryan podía hacerse pajas penosas sin tener que contemplar cómo Fabian seducía a otro hombre en la pista de baile.

Las otras personas que participaron en el micro abierto eran dos mujeres con guitarras, y ambas tenían talento, canciones interesantes y voces fuertes. Pero Ryan empezó a agobiarse y le entraron ganas de irse. De no sér porque le preocupaba parecer maleducado, se habría marchado en cuanto había actuado Fabian. A cada minuto que pasaba, Ryan se sentía cada vez más sobrecogido por la sensación de estar fuera de lugar. Ojalá pudiera encajar entre aquella gente creativa y resplandeciente, pero no era así. Él era una nube oscura y ya era hora de alejarse flotando.

—Creo que me voy ya —dijo cuando la última artista bajó del escenario.

—Vaya —dijo Fabian—. ¿Te vas a casa?

—Sí. Pero gracias por invitarme. Me ha encantado volver a verte actuar.

Sin preámbulo, Vanessa le plantó una mano en la muñeca a Ryan.

—Espera. ¿Hacia dónde vas, Ryan?

—Hacia el sur.

—¡Ah, qué bien! Marcus y yo vamos hacia el norte, conque puedes volver con Fabian. No nos gusta que vuelva solo por la noche.

Ryan miró a Fabian, pero él estaba fulminando con la mirada a Vanessa.

—No hace falta, Ryan —contestó sin separar la vista de su amiga.

—No, está bien. Puedo acompañarte.

—¡Genial! —dijo Vanessa—. Fabian te lo agradece mucho.

Marcus resopló y Ryan no tenía muy claro por qué, pero de momento se alegró de poder concentrarse en la tarea noble y en absoluto sexual de asegurarse de que Fabian llegase a casa sano y salvo.

Capítulo 12

Diez minutos después, Fabian se despidió de sus amigos en la acera. Les dio un beso a cada uno en la mejilla y Ryan notó una punzada de vergüenza al ver cuánto le había afectado la semana anterior un gesto que para el otro no significaba nada.

—¿Nos vamos? —le preguntó Fabian una vez que Vanessa y Marcus se hubieron marchado.

Ryan medio esperaba que Fabian se cogiera de su brazo, pero no lo hizo. En lugar de eso, preguntó:

—Entonces ¿no te ha parecido tan cutre?

—¡Qué va! Ha sido alucinante. Se me ha puesto, eh, la piel de gallina. —Ryan extendió el brazo, como si quisiera demostrárselo, antes de caer en la cuenta de que llevaba un abrigo grueso. Bajó el brazo—. ¿Es raro tocar delante de tan poco público?

—En realidad, no. Me gusta porque es muy íntimo. Hasta hace poco solo tocaba en sesiones de micro abierto como esa.

—¿Y lo echas de menos?

Fabian soltó una carcajada.

—No. Me he dejado las pestañas para llegar adonde estoy. Tocaba en locales de mala muerte mientras curraba en tiendas de mierda y de vez en cuando tocaba con algún cuarteto de cuerda si me llamaban. Entonces empecé a grabar música y a subirla a internet. Me pidieron que hiciera de telonero de algunos artistas locales, lo que al final me llevó a poder conseguir conciertos propios. Ahora estoy en un sello indie. —Fabian añadió a toda prisa—: Es pequeño. Bueno, o mediano, si somos generosos. No es que me forre, pero por lo menos el sello se encarga de un montón de tareas aburridas para que yo pueda concentrarme en hacer música.

—Qué guay. ¿Y cuál es el próximo paso?

—La actuación del medio tiempo de la Super Bowl, por supuesto —dijo Fabian con tono seco.

Ryan se echó a reír.

Caminaron en silencio un rato.

—Me gustan tus amigos —dijo entonces Ryan.

Fabian soltó un bufido, pero Ryan se fijó en que sonreía.

—A veces Vanessa satura un poco. No se corta con…, bueno, con nada. Cuando conoce a alguien, siempre va fuerte, como si lo pusiera a prueba. En realidad, es un amor. Tipo, es la mejor amiga del mundo, pero no oculta quién es o en qué cree.

—No, ya lo he visto.

—Por eso se puso a hablar de juguetes sexuales en cuanto entró en el local. Dudo que lo hubiera hecho si no hubieses estado tú. Y ya sé que es un poco retorcido, pero lo que piensa es tipo…

Parecía que Fabian estuviera pensando qué palabras decir a continuación, así que Ryan le echó un cable:

—¿«Si no te gusta, ahí tienes la puerta»?

Fabian sonrió.

—Exacto. Si no eres capaz de aceptar que cree que el sexo es algo positivo y natural, entonces sal del grupo.

Ryan le dio vueltas a eso.

—No parece que tú te sientas tan cómodo como ella al hablar de esas cosas.

—Sí, sí. Bueno, es imposible sentirse tan cómodo como ella, pero, si estoy en la compañía adecuada, no me importa. Aunque soy consciente de que no todo el mundo se siente a gusto hablando de sexo, tanto si lo disfrutan como si no.

—Sí.

—Coincido con ella en que es algo natural. Creo que el sexo es divertido. Por lo menos, debería ser divertido.

A decir verdad, Ryan era incapaz de recordar la última vez que el sexo le había resultado divertido. Las escasas veces que había practicado sexo en los últimos años había sido más o menos un acto de desesperación, sobre todo si había otra persona implicada. Incluso con los hombres con los que había tenido una relación, el tema del sexo siempre había sido estresante para él. La ansiedad que sentía por querer hacerlo bien, sus complejos con su cuerpo y el sentirse totalmente inseguro sobre qué decir o sobre qué quería de él su pareja siempre le habían puesto trabas. Hacerse pajas siempre era más fácil. O, por lo menos, lo había sido hasta que había empezado a medicarse.

Pese a todo, Ryan seguía aferrado a la creencia de que el sexo podía ser divertido con la pareja adecuada. O si alguna vez conseguía liberarse de algunas de sus neuras. En conjunto, la idea del sexo le gustaba mucho.

—Estás callado —comentó Fabian—. ¿Me estoy portando como Vanessa ahora mismo?

—No. —Ryan chasqueó la lengua—. Es solo que me pierdo a menudo en mis pensamientos.

La noche era fría y había un viento fresco que aullaba entre el pasillo que formaban los edificios a ambos lados de la calle. Se notaba el peso ominoso de una tormenta a punto de empezar y Ryan confiaba en que esperase hasta que ambos estuvieran a resguardo.

—¿Tienes, eh…? ¿Estás…? —Ryan se maldijo en silencio por sonar tan estúpido, y luego lo intentó de nuevo—. ¿Hay alguien con el que… eh… estés? ¿Ahora?

Fabian movió las pestañas con gesto coqueto.

—Ryan Price, ¿me estás preguntando si tengo novio?

—No —respondió Ryan a toda prisa—. Es solo curiosidad. Nunca has mencionado a nadie, pero no estaba seguro.

—Ahora mismo no estoy con nadie. —Caminaron un minuto en silencio y luego Fabian añadió—: Nunca se me ha dado demasiado bien encontrar a hombres que me merezcan, como le gusta decir a Vanessa.

A Ryan no le gustaba la idea de que algún imbécil que no valorase a Fabian llegase a tocarlo.

—¿No? —le preguntó.

—No sé si te habrás dado cuenta —dijo Fabian con ironía—, pero digamos que me encanta ser el centro de atención. Y obtengo un montón de atención, junto con una dosis saludable de adoración, por parte de mis fans. Sé que puede sonar arrogante, pero es verdad. Estoy seguro de que me entiendes, teniendo en cuenta quién eres.

—Más o menos. Supongo.

Ryan no estaba seguro de si su carrera en la NHL era la razón por la que algún hombre se había sentido atraído hacia él. Su altura y el cuerpo musculoso que le había proporcionado el hockey sin duda habían influido, pero nadie con quien hubiera follado en su vida había mostrado especial interés por el hockey. Es más, en muchos casos Ryan ni siquiera había comentado a qué se dedicaba.

—Muy bien. Entonces, no debería ser difícil encontrar a un tío a quien le encantara mi música y se muriera de ganas de follar conmigo.

—Claro. Fácil —dijo Ryan con tono seco.

Fabian le dio un golpe con el hombro.

—Oye, lo único que digo es que podría encontrar a un chico majo que ya estuviera medio enamorado de mí solo por haberme visto actuar en el escenario, pero tiendo a gravitar hacia hombres que no suelen tener interés en mí más allá de mi físico. Hombres que suelen estar tan absorbidos por sus propios objetivos creativos que pasan por completo de los de todos los demás. Lo único que quieren es follar conmigo y contarme su magnífica idea para una instalación artística o mostrarme las fotografías que hacen o quejarse de los editores que no comprenden por qué su libro es genial.

Ryan arrugó la frente.

—¿Y por qué ibas a querer estar con tíos así?

—¡No lo sé! —Fabian soltó una risa aguda y frustrada al decirlo—. Créeme, si lo supiera, dejaría de hacerlo.

—Deberías dejar de hacerlo.

—Sí, gracias, «Vanessa». ¿Y qué hay de ti?

Ryan se quedó de piedra un momento y luego se esforzó por responder a Fabian.

—¿A qué te refieres?

—¿Tienes muchos *groupies* del hockey?

—Eh, no. La clase de tíos que me gustan… no suelen ser fans del hockey.

Se detuvieron en un cruce. Mientras esperaban a que el semáforo se pusiera en verde, Fabian se volvió para mirarlo a la cara.

—¿Y qué clase de tíos te gustan?

«Tú. Precisamente tú».

—Eh…

—Perdón. —Fabian retrocedió un paso y miró hacia la acera—. No es asunto mío. No voy a juzgarte, créeme. Tengo amigos a los que les va cualquier cosa que puedas imaginarte. Pero no tienes por qué responderme.

—No, está bien. No soy tan atrevido. Pero me gustan los hombres que son… lo contrario de mí, en pocas palabras.

Fabian se lo quedó mirando un instante, como si tratase de calcular qué sería lo contrario.

—Tipo ¿que abulten poco?

Ryan arrastró los pies con nerviosismo. Nunca había hablado con nadie de forma tan directa sobre sus gustos personales. Ni siquiera con sus anteriores parejas.

—Sí, más o menos. Y otras cosas.

El semáforo se puso en verde y cruzaron la calle. Cuando llegaron a la otra acera, Fabian retomó la conversación donde la había dejado.

—¿*Twinks*?

—No exactamente… Pero supongo que se acerca a eso. No me importa la edad. Ni siquiera que tengan un tipo de cuerpo concreto. Es más sobre… cómo se presentan, qué imagen dan.

—Vaya, ahora sí que estoy intrigado.

Ryan no podía creer que estuviera tratando de describir cómo era su chico perfecto a su chico perfecto.

—Vale. Te lo cuento: me gustan los hombres que digamos que miran lo que se supone que deberían ser los hombres y dicen: «a la mierda». Me gustan los hombres que tienen suficiente confianza para ser ellos mismos, aunque eso implique que mucha gente vaya a mirarlos raro.

Durante un rato larguísimo, que le resultó agónico, no hubo respuesta alguna. Ryan estaba seguro de que había dicho una sarta de idioteces y de que Fabian se estaría preguntando por qué había dejado que un friki como ese lo acompañase a casa. En realidad, Fabian esperó hasta que se acercaron a su calle para decir en una voz tan baja que Ryan apenas la oyó por encima del viento:

—Me encanta.

—¿Qué?

—Todo lo que acabas de decir. Perdona si parece que tiro de clichés, pero oír esas palabras viniendo de alguien como tú…

—¿Un jugador de hockey imbécil y grandullón?

Fabian negó con la cabeza, pero dijo:

—Puede. Aunque no eres imbécil. Ryan, no tienes ni un pelo de imbécil. Pero ya sabes lo que pienso sobre los jugadores de hockey. Sobre los obsesos del deporte en general. Durante toda mi infancia siempre estaban por ahí en medio, invadiendo mi vida. Mis padres ponían a los chicos así (mejor dicho, a los hombres así) en un pedestal. Era superobvio cómo esperaban que fuera yo, y era imposible que yo fuese así. Jamás. Y, en cuanto se dieron cuenta, dejaron de preocuparse por mí.

—Me fijé… —respondió Ryan.

Fabian le sonrió con tristeza.

—Ya lo sé. Por eso eras diferente. ¿Crees que algún otro jugador de hockey se presentó en uno de mis recitales?

A Ryan le dio un vuelco el corazón al oír la mención al concierto de Fabian. No era consciente de que Fabian también recordara aquella noche.

—Solo tú —continuó Fabian—. Nunca te dije cuánto significó eso para mí.

—No fue nada.

—Al contrario, estuvo lejos de no ser nada… Fue… —Se rio sin pizca de humor—. Mi familia ni siquiera se molestó en encontrar tiempo para verme. Era mi audición final en el conservatorio ¡e iba a tocar una pieza que había compuesto yo! Y ni siquiera eso pudo competir con un puto partido de hockey. No te ofendas.

—Descuida.

—Cuando te vi allí, al fondo de la sala, me alegró la vida.

Habían llegado al edificio en el que vivía Fabian, lo que generó una situación rara, porque estaban en medio de un momento importante. Se quedaron mirando el uno al otro al pie de la escalera del portal y Ryan no tenía ni idea de qué debía decir a continuación.

Por suerte, Fabian habló primero:

—Sé que seguramente fui maleducado cuando vivías con mi familia.

—No lo fuiste.

No era del todo cierto. Fabian había manifestado su falta de interés en Ryan, en gran medida pasando de él y, cuando se veía obligado a reconocer su presencia, con palabras secas y de desprecio. Pero con el tiempo se había ablandado un poco y habían sido capaces de forjar una especie de amistad tranquila y precaria.

—Sí lo fui. Daba por hecho que serías como los demás, así que no te di ninguna oportunidad.

—Puede que al principio fuera así. —Ryan le sonrió con timidez—. Pero creo que luego te me fui ganando, ¿no?

Fabian levantó la cara y le sonrió, con la misma timidez, y Ryan contuvo la respiración.

Entonces se puso a llover. Unos goterones que estaban a un paso de ser pedregada azotaron la cara de Ryan, y Fabian soltó un chillido.

—¡Entra! —exclamó mientras echaba a correr escaleras arriba. Forcejeó con la cerradura—. ¡Joder con la puta puerta! Ya está.

La abrió de un empujón y Ryan lo siguió dentro.

Una vez en el diminuto apartamento, Fabian colgó el abrigo de un perchero junto a la puerta e hizo un gesto para coger el de Ryan.

—Puedes quedarte hasta que pare de llover.

—Igual se pasa la noche lloviendo —comentó Ryan, pero le entregó el abrigo a Fabian.

Este hizo oídos sordos a su parte meteorológico y fue hasta la nevera pequeña que había comprimida en un rincón, junto a una cocina con dos fogones y un fregadero. Abrió la nevera y sacó una botella de vino.

—Todavía no la he abierto —dijo contento—. Vamos a entrar en calor. Y ponte cómodo, por favor. Puedes sentarte en la cama o… Bueno, solo en la cama, supongo.

Ryan se fijó en que la silla del escritorio, el único otro lugar en el que sentarse en la habitación, estaba repleta de ropa medio sucia. Se sentó en el borde de la cama, con las manos en el regazo y la espalda recta. Lo más sensato sería decir que no al vino. Y a la cama. Y a estar allí, ya puestos. En lugar de eso, no dijo nada y dedicó un momento a observar la casa de Fabian. En la mesa abarrotada había lo que parecían tres velas votivas católicas, pero cuando Ryan se inclinó vio que las mujeres que había en las estampas no eran la Virgen María, sino Dolly Parton, RuPaul y Beyoncé.

Fabian le pasó una copa a Ryan que parecía un cáliz con las palabras «La hora del vino de mamá» escritas.

—Era el segundo pinot gris más barato que tenían —indicó antes de sentarse junto al cabecero de la cama y apoyar la cabeza en los almohadones.

En su copa ponía «Novia».

Ryan dio un sorbo de vino porque no sabía qué otra cosa hacer.

—Está bueno —dijo—. Me refiero al vino.

Le habría dado igual que fuese malo. Como si era ácido para baterías. En ese momento, Ryan tenía el cerebro partido en un millón de pedazos. ¿Qué hacía ahí? ¿Por qué estaban los dos encima de la cama de Fabian? ¿Acaso Fabian intentaba seducirlo? ¿Quería Ryan que lo hiciera?

Fabian dio un golpecito con el pie enfundado en el calcetín contra el muslo de Ryan.

—Oye, no te quedes ahí sentado de espaldas a mí. Relájate.

Ryan dejó la copa en el escritorio y se quitó las botas. Entonces se tumbó con mucho cuidado en la cama y se apoyó en un codo. Mantuvo tanta distancia como le fue posible entre los dos, preocupado de que la menor invitación pudiera hacer que el pobre Fabian, que solo trataba de ser amable, diera un brinco.

—Bueno —respondió Fabian como si nada—. ¿Y qué tal el hockey?

Ryan reprimió una carcajada.

—El hockey va bien.

—¿Sí?

Ryan frunció el ceño.

—Claro. Bueno, no lo sé. Supongo que últimamente ha sido un poco… estresante.

Fabian resiguió la palabra «Novia» con las yemas de los dedos.

—¿Alguna vez has pensado en dejarlo? O en retirarte. Como se diga.

—A veces. Solo tengo treinta y uno, pero…

—¿Pero?

—Ya no me llena.

—Entonces ¿por qué sigues haciéndolo?

Ryan se removió en la cama, dobló las rodillas y las acercó al cuerpo.

—Porque sé la suerte que tengo. Sé cuántos tíos matarían por poder jugar en algún equipo de la NHL. Tirarlo por la borda sería… una falta de respeto.

Fabian se quedó un momento en silencio.

—¿Sabes que, después de graduarme, hice una audición para la Sinfónica de Toronto? —preguntó luego.

—No. Pero siempre había imaginado que acabarías ahí. La verdad es que me sorprendió enterarme de que no tocabas allí.

—Siempre había soñado con eso. Así que me presenté a una audición. Y… me ofrecieron un puesto.

—Espera. ¿Fuiste miembro de la Sinfónica de Toronto?

—Ajá… Durante dos meses enteros.

—¿Qué ocurrió?

—Lo odiaba —dijo sin tapujos Fabian—. Enseguida me di cuenta de que no era lo que quería hacer desde el punto de vista musical. Era solo que no… encajaba.

—Vaya.

—Ahora soy consciente de que podría haberme quedado y haber hecho mi música aparte. Pero formar parte de semejante monstruo te absorbe mucho tiempo. Estar en algo tan importante… Como la liga principal, ¿sabes?

—Gracias por aclarármelo como si fuera imbécil —dijo Ryan cortante.

Fabian sonrió.

—Da igual. El caso es que lo dejé. No fue una decisión fácil y sabía que estaba quemando un puente muy importante al hacerlo, pero nunca me he arrepentido. Ni siquiera cuando estoy reponiendo bálsamo labial en la tienda o cuando me muero de frío en este apartamento mierdoso con tanta corriente de aire. Porque esto —señaló lo que le rodeaba— soy yo cien por cien. Prefiero pasar apuros para hacer lo que amo a volcarme en algo que aborrezco.

A Ryan le costó asimilar tantas verdades.

—Conque sí. Puede que fuera absurdo que echase por la borda un trabajo por el que muchos músicos matarían, pero ¿no crees que quedarme habría sido egoísta? Pensé que era mejor permitir que otra persona ocupara ese puesto. —Se encogió de hombros—. Por lo menos, eso es lo que me digo a mí mismo.

—En realidad, tiene mucho sentido —contestó despacio Ryan.

—Y hay otra cosa. —Fabian se sentó más erguido y señaló a Ryan con la copa de vino—. Puede que haya más personas que quieran ese puesto en la Sinfónica o en un equipo de la NHL, pero ¿sabes qué? No se lo han dado. Y no se lo han dado porque no se lo merecían. ¡Nosotros sí! Pero que nos lo merezcamos no nos obliga a aceptar esos puestos. No pasa nada por utilizar tu talento para crear felicidad en lugar de riqueza. ¡Incluso no pasa nada por no utilizar tu talento! A la mierda todo el que diga lo contrario.

Ryan le sonrió.

—Deberías ser psicólogo. O dar charlas motivacionales.

Fabian resopló y dejó la copa en la mesilla.

—No, gracias. Me guardo mis enseñanzas para mí y para un selecto grupo de gente que me importa mucho. Lo mismo hago con mis trucos para el maquillaje.

A Ryan le gustó que Fabian lo incluyera en ese selecto grupo de gente que le importaba, aunque fuese sin darse cuenta.

—¿Así que no compartes tus trucos para el maquillaje?

Fabian se apoyó en un codo, con la cara pegada a la de Ryan por un momento.

—Contigo sí los compartiría.

—¿Conmigo? —balbuceó Ryan—. Estaría ridículo.

Fabian negó con la cabeza.

—No si lo dejas en mis manos.

Bajó la mirada a la boca de Ryan, quien se preguntó si trataba de decidir qué tono de pintalabios le favorecería más. Confiaba en que sí, porque no quería ni pensar en ninguna otra razón por la que Fabian pudiera estar analizando sus labios.

—No me quedaría como a ti —dijo Ryan con voz ronca.

—¿Alguna vez te has sentido guapo, Ryan?

¿Acaso Fabian había acercado todavía más la cara?

—No. —Ryan se rio como si fuese una pregunta ridícula—. Claro que no. Mírame.

—Te estoy mirando. —Fabian alargó el brazo y le puso un mechón de pelo por detrás de la oreja—. ¿No crees que eres guapo?

—Eh…

Ryan solo podía pensar en la pinta que debían de tener en ese momento los dos juntos. La marcada diferencia entre la belleza despampanante de Fabian y el viejo saco gastado que era el cuerpo de Ryan.

Fabian se puso a acariciarle el pelo con más confianza, deslizó las yemas por la cabeza y luego bajó por la mejilla para tocarle la barba. Ryan no estaba seguro de cuándo había cerrado los ojos, pero, al abrirlos, se fijó en que Fabian lo miraba como si fuese algo muy valioso.

—Vuelve a contarme qué clase de hombres te gustan —dijo Fabian en voz baja.

«Ay, dios».

—Debería irme.

—Llueve a cántaros. ¿Es que no lo oyes?

«No. No oigo nada salvo la sangre bombeando como loca en mis oídos».

—Quédate. Cuéntamelo. Por favor.

Ryan se estremeció cuando Fabian resiguió sus labios con los dedos. No había duda de lo que iba a pasar y el jugador sabía que tenía que impedirlo, pero, en lugar de eso, le dijo a Fabian lo que quería saber.

—Los hombres guapos, con confianza. Los hombres que contradicen todo lo que nos enseñaron a creer sobre la masculinidad en los vestuarios deportivos. Los hombres que no temen ser ellos mismos. —Tragó saliva y lamentó no ser capaz de callarse—. Los hombres que no tienen miedo de apartarse del trabajo de sus sueños si les hace infelices.

Al parecer, esa era la invitación que Fabian necesitaba. Se inclinó hacia delante y rozó los labios de Ryan con la boca, un beso dulce y sutil al que Ryan no pudo responder porque estaba demasiado aturdido. Por lo menos, durante el primer segundo, luego sí besó también a Fabian. Tenía los labios suaves y preciosos, y Ryan se permitió saborearlos un momento antes de obligarse a parar.

Cuando se apartó, siguió con los ojos cerrados y dijo:

—No, por favor.

—¿No quieres?

La voz de Fabian rebosaba escepticismo.

—Sí quiero. Ya sabes… que sí. Pero no es lo que tú quieres. Créeme.

Abrió los ojos y vio la expresión enfadada de Fabian.

—Si no quisiera hacerlo, no lo haría.

Ryan negó con la cabeza.

—No me…

—Salvo que el resto de la frase sea «interesas nada», no quiero oírla. Quiero besarte, Ryan Price. Quería besarte entonces y quiero besarte ahora. ¿Puedo?

Ryan se quedó boquiabierto.

—¿Querías besarme entonces? Tipo ¿cuando éramos adolescentes?

—Parece que te sorprenda.

—Sí, me sorprende.

Fabian se dejó caer de espaldas sobre los cojines y se tapó los ojos con un brazo.

—Ryan, estaba pilladísimo de ti, ¿vale? Prefiero no ahondar mucho en eso porque me da vergüenza, pero sí. A los diecisiete, ya quería besar tu adorable boca. Si hubiera pensado que había alguna posibilidad de que te gustaran los tíos, lo habría hecho.

Ryan se sentó erguido.

—¡¿Qué?!

—No pensaba que fueras gay, Ryan. Por supuesto que no.

—Yo también te habría besado.

—Bueno, sí. Ahora me doy cuenta.

—Deseaba besarte. ¿Te acuerdas de…?

Fabian levantó el brazo lo suficiente para mirar de reojo por debajo.

—El ferry. Sí. He revivido ese momento unas cuantas veces durante estos años. Entonces, ocurrió de verdad, ¿sí?

Ryan asintió.

—Ocurrió de verdad.

Fabian volvió a taparse los ojos.

—Maldita sea. Habría sido un primer beso de puta madre.

A Ryan le entraron ganas de meterse en el lago Ontario. Podría haberlo besado… Habría sido la primera vez que Ryan besaba a un chico. En lugar de eso, se había besado con un tío que había conocido por internet cuando su equipo júnior había viajado a Victoriaville la temporada siguiente.

—Bueno, no sirve de nada llorar por eso ahora —dijo Fabian. Rodó para salir de la cama, se puso de pie y agarró la botella de vino—. Pero sigo sin entender por qué no podemos compensar el tiempo perdido ahora mismo.

Echó más vino en la copa de Ryan, aunque este apenas había bebido, y se la pasó. Ryan dio un buen sorbo.

—Puede que no se note —dijo Ryan después de tragar—, pero soy un puto desastre.

Fabian puso los ojos en blanco.

—Joder, ¿y quién no?

Ryan negó con la cabeza. Se debatía entre soltarle a Fabian toda la retahíla de fallos que tenía o cerrar el pico y besarlo como si no hubiera un mañana.

O largarse. Que era justo lo que iba a hacer. Pero ya.

Se levantó y dejó la copa en el escritorio.

—Voy a ir tirando.

—Aún llueve.

¿Fabian estaba haciendo pucheros?

—Soy impermeable.

Fabian entró en su espacio personal y lo acorraló contra el escritorio.

—No lo entiendo.

Ryan cerró los ojos, porque no podía decir lo que necesitaba decir si todos sus sentidos estaban dominados por Fabian.

—No te conviene estar conmigo. Te agradezco que…

—Para. No estoy contigo por puta pena, Ryan. Te deseo. ¿Se te ha olvidado ya la parte en la que te he dicho que tengo ganas de besarte desde los diecisiete?

—Eso eran las hormonas juveniles. No es… No puedo. No puedo hacerte esto. Lo siento.

No podía. Si seguía avanzando con Fabian, nunca se lo perdonaría. Y, lo que era peor, Ryan nunca se recuperaría. Le emocionaba ser amigo de Fabian, pero estaba dispuesto a dejarlo pasar a cambio de no correr el riesgo de destrozarlo. Deseaba demasiado a Fabian para limitarse a ser un rollo esporádico. Bueno, en realidad nunca le atraía demasiado el sexo esporádico, pero desde luego no iba a tener un rollo de una noche con Fabian Salah. Ryan sabía que había un montón de gente que estaría encantada de tontear con un amigo atractivo mientras esperaba a que pasara una tormenta, pero él no era de esas personas. Follar con Fabian —incluso volver a besarse— significaría demasiado para Ryan. Mucho más de lo que significaría para Fabian.

—¿Me das mi abrigo?

—Por supuesto —respondió Fabian. Sonaba irritado y confundido. Se apartó de Ryan y cogió el abrigo de la percha que había junto a la puerta. Se lo tiró—. Toma.

—Lo siento —repitió Ryan.

No sabía qué más decir.

Fabian levantó una mano.

—Ya lo pillo. Me siento imbécil, pero lo pillo.

—No eres…

Ay, no, ¿Fabian tenía lágrimas en los ojos?

—Adiós, Ryan.

A Ryan le entraron ganas de abrazarlo fuerte. Quería besarle el pelo y decirle que le encantaría poder hacer esas cosas como una persona normal. Quería contárselo todo con pelos y señales y abrazarlo hasta que dejase de llover.

Toda esa velada no debería haber sucedido. Lo más considerado que podía hacer era marcharse.

Así que se fue.

Capítulo 13

Maldita sea.

Maldita sea, joder.

Los putos jugadores de hockey imbéciles y su puto… todo imbécil.

Cuanto más repasaba Fabian lo ocurrido la noche anterior mentalmente, menos se creía que hubiera sucedido de verdad. Nada tenía sentido. Ni que Fabian se hubiera lanzado sin pensárselo a un jugador de hockey. Ni que Ryan se sintiera tan visible y abiertamente atraído hacia él y lo besara con la dulzura y la ternura que Fabian se había imaginado siempre, y que luego… no. Era como si se hubiera apagado un interruptor dentro de Ryan, y nadie podía haberlo apagado salvo Fabian; era el único que estaba allí.

¿Qué había hecho?

Nada. Eso era lo que no paraba de repetirse. No había hecho ni una puta cosa excepto abrirse y ser sincero sobre sus sentimientos por Ryan. Incluso le había contado que de adolescente se había pillado de él, hostia, algo que ya habría sido bastante bochornoso sin necesidad de que Ryan lo rechazara desde el principio.

No. Si lo hubiera rechazado desde el principio, Fabian lo habría entendido. Si Fabian se hubiera acercado a besarlo y Ryan se hubiera apartado y le hubiera dicho que no le interesaba. Si

Ryan no hubiera dicho esas palabras tan bonitas sobre la valentía de Fabian…

«No es lo que tú quieres. Créeme».

Venga ya, Ryan Price, no me jodas.

Era imposible que Fabian se concentrara en sus canciones estando así. Tenía la cabeza en mil sitios. Mandó un mensaje a Vanessa.

Fabian: ¿Estás en el curro?

Vanessa: Aún falta una hora para que entre.

Fabian: ¿Un café?

Vanessa: Uy, uy, uy…

Fabian: Sí. ¿Quedamos en diez minutos?

Vanessa: Vale.

A veces Fabian se rayaba. Lo admitía. Y Vanessa sabía que si Fabian le pedía quedar para un café urgente era porque seguramente estaba pasando por algo agitado y desagradable. Pero también era la persona que mejor sabía manejarlo para ayudarle a salir de esos agobios.

Nueve minutos después, Fabian estaba haciendo cola en un Starbucks que había a mitad de camino entre su piso y el trabajo de Vanessa. Pidió un café solo para él y uno con leche para su amiga. Ella entró justo cuando los llevaba a la mesa.

—¿Problemas en la ciudad del hockey? —le preguntó.

Fabian gruñó mientras se desplomaba en una de las sillas.

—¿Qué coño pasa conmigo?

—Depende de a qué te refieras. ¿Qué ha ocurrido?

Fabian le contó la versión reducida, convencido de que su amiga iba a reírse de él. Sería comprensible; era una situación absurda.

Pero no se rio.

—Me pregunto… —dijo Vanessa. Sin embargo, no acabó la frase, sino que se limitó a darse golpecitos en los labios con los dedos y a mirar con fijeza a Fabian.

—¿Qué te preguntas?

—Bueno, a ver, no lo conozco, claro, pero ¿crees que podría sufrir algún tipo de trauma?

—¿Trauma? —La verdad era que Fabian no tenía ni idea—. Pues no lo sé. Creo que tiene algunos complejos, falta de autoestima. O, tipo, problemas de ansiedad. Aunque no es que hable mucho, así que cuesta saberlo.

—Jo, ahora me siento mal por haber hablado de juguetes sexuales la otra noche. Mierda, qué poco tacto tuve.

Fabian frunció el ceño al recordar algo.

—No, dudo que eso le molestara. Puede que le sorprendiera, pero hablamos un poco más del tema de camino a mi casa. Y antes me había dicho que sí le gusta el sexo.

—Ah. Bueno, pues mejor. Entonces, le gusta el sexo, le gustas tú, pero no quiere follar contigo.

—Sí. Gracias por resumirlo así.

Vanessa dio un sorbo al café con leche, con la cara arrugada por la concentración.

—Tiene miedo —dijo a modo de conclusión.

—¿Miedo? ¿De qué? ¿De mí?

—No sé. Pero es lo único que tiene sentido. Le gustas y no quiere estropear las cosas.

Vale, en realidad eso tenía mucho sentido. Cuanto más lo pensaba Fabian, más evidente le resultaba.

—No le hubiera presionado para hacer nada con lo que no se sintiera cómodo.

—Yo ya lo sé. Pero él no. Quizá es que no se siente cómodo con nada…

Fabian pensó en las palabras de su amiga.

—Entonces ¿qué debería hacer? ¿Olvidarme de él? O sea, ha sido una gilipollez, ¿no?

Vanessa se cruzó de brazos.

—¿Quieres que te diga que es una gilipollez que te guste?

—Sí, por favor.

—Fabian, ese tío es un osito de peluche. Es todo lo contrario de los payasos con los que sueles acostarte.

—Sí, pero…

—Tendrías que haberlo visto mientras actuabas aquella noche. ¡Menudos ojitos puso! Estaba hechizado… Me apuesto lo que quieras a que se ha estado obligando a salir de su zona de confort para poder estar contigo.

«¿Qué? ¿En serio?».

—Solo nos hemos visto, no sé, tres veces…

Vanessa levantó los brazos.

—Mira, repito que no lo conozco. Pero, si me preguntaran, diría que verse con alguien y salir tres veces es una puta barbaridad para ese tipo.

Fabian cruzó los brazos encima de la mesa y enterró la cara en ellos.

—Soy un capullo de mierda.

—No, eres un ser humano. Una buena persona. Y Ryan también.

—¿Y ahora qué hago? Debería dejarlo en paz, ¿no? ¿Para siempre?

—¿Eso te haría feliz?

Fabian ni siquiera tuvo que pensárselo.

—No.

—Pues ve a buscarlo. Ve con calma y tampoco te machaques mucho. Lo más probable es que también esté obsesionado ahora mismo con todo lo que cree que hizo mal anoche. Confía en mí, sé de lo que hablo. Y sabes que lo digo en serio.

Era cierto. Había habido más de un puñado de veces en las que habían intercambiado los papeles en esa clase de conversación.

—Entonces ¿qué le digo?

Vanessa negó con la cabeza y agarró el bolso, que tenía en el respaldo de la silla.

—Lo siento… No me pagan para eso. Si no eres capaz de averiguar solito qué conversación básica debes tener con él, la vas a cagar de todos modos.

—Pero te he invitado a un café con leche —le recordó Fabian con poco convencimiento.

—¡Adiós! Te quiero. Luego me escribes y me cuentas qué tal.

Se marchó antes de que Fabian pudiera robarle más tiempo y él sacó el móvil. Se quedó mirando el nombre de Ryan en sus contactos durante un buen rato.

¿Qué quería Fabian exactamente? Había vivido feliz más de trece años sin tener a Ryan Price en su vida, y podía volver a ser feliz sin él. Las últimas dos semanas podrían ser como un extraño bache en el camino y Fabian podría ponerles fin ahora mismo si borraba los datos de Ryan. Porque, a ver, ¿qué esperaba que ocurriera? ¿Que Ryan y él empezaran a salir? ¿Acabar siendo el novio de un jugador de la NHL?

Solo con pensarlo le entraron ganas de echarse a reír en medio del Starbucks. A sus padres les encantaría, desde luego.

Mierda. Sus padres.

¿Qué pensarían si Fabian empezase a salir no solo con un jugador de hockey, sino con uno que había vivido con ellos? Para empezar, estaba seguro de que les alucinaría que Ryan fuera gay. Seguro que no les entraba en la cabeza. Y, además, tal vez pensaran que Fabian y él habían tonteado de críos, bajo su techo. Puede que pensaran que Fabian había estado seduciendo en secreto a todos los apreciados jugadores de hockey que acogían.

Puaj. Ya les gustaría.

O tal vez les gustara que su hijo saliera con un jugador de hockey. Tal vez lo comprendieran por fin si todos compartían un interés común. Más o menos.

Uala... Fabian se estaba precipitando un montón. Tenía que retroceder y comprobar primero si Ryan quería volver a hablar con él, eso de entrada, en lugar de preocuparse de cuándo les presentaría a Ryan a sus padres.

Vale. Podía admitir que en realidad no quería borrar el número de Ryan. La idea de no volver a hablar con él le resultaba dolorosa, por sorprendente que fuera. Aunque Ryan no quisiera nada más que una amistad, Fabian lo aceptaría. Seguro que, en realidad, era lo que más les convenía a los dos.

Una eternidad después, Fabian escribió «Hola» y le dio a enviar.

Ya está. Perfecto. «Hola». Simpático y nada amenazador.

El partido del martes por la noche se le hizo más largo que nunca, y lo más probable es que fuera porque Ryan apenas había dormido la noche anterior. Había sido incapaz de parar de repasar todo lo que había ocurrido entre Fabian y él.

No podía parar de sentir los labios de Fabian en su boca.

Había hecho bien en marcharse. Esa era la conclusión a la que había llegado después de una noche de agonía. Fabian se merecía a alguien mucho mejor que él. No sabía explicar por qué entre los dos había una conexión tan fácil y natural, pero daba igual. Que él supiera, Fabian tenía una conexión fácil y natural con todo el mundo, así que en realidad Ryan era el único que salía ganando con esa situación.

Se aferró a esos pensamientos mientras alargaba la ducha mucho más de lo necesario en el vestuario después del partido. La mayoría de sus compañeros de equipo no paraban de hablar emocionados de la fiesta de Kent, y Ryan no tenía ganas de escucharlos. Lo que más le tentaba era quedarse en casa el viernes por la noche.

Por lo menos ya no tendría que sentirse mal por no ir a bailar con Fabian aquella noche. Ryan había eliminado de puta madre cualquier posibilidad de que Fabian todavía quisiera que eso sucediese. Ahora le tocaba volver a la vida real: hockey, terapia, lectura y, cuando estuviera cachondo, porno.

Se tapó la cintura con una toalla y salió de la ducha. La primera persona a la que vio fue Anders Nilsson, que iba vestido con mucho estilo, como siempre. Esa noche llevaba unos pantalones oscuros y elegantes, una camisa azul cobalto y una gabardina marrón algo tiesa. ¿La gente planchaba los abrigos? Ryan no estaba seguro, pero no advirtió ni una sola arruga, ni una sola falta, en ninguna parte del conjunto de Nilsson.

Igual que Ryan, Nilsson tenía una barba poblada y llevaba el pelo bastante largo. Pero, a diferencia de Ryan, tanto el pelo como la barba de su compañero estaban impecables, a la moda, y lo hacían parecer un delicado modelo europeo y no un hombre que llevaba un mes perdido en el mar, como Ryan.

—¿Qué?

Ryan parpadeó. Se había quedado mirando a Anders… Y ahora Anders lo miraba con irritación y seguro que algo de asco.

—Perdón. Pensaba en otra cosa —murmuró Ryan.

Fue a su taquilla a toda prisa y empezó a vestirse. Se preguntó a qué peluquería iba Nilsson. ¿Y si se lo preguntaba? Ryan tenía el pelo y la barba fatal, era imposible domarlos; ni se acordaba de la última vez que había hecho algo más que recortarse la barba en casa con pocas ganas.

No era el tipo ideal para Fabian, pero, joder, por lo menos podría ser el tipo ideal para alguien. No era capaz de indicar en qué momento se había dejado por completo, pero echaba de menos pensar que merecía que hablaran con él. Incluso que lo tocaran.

Ryan tomó una decisión: buscaría barberías en su barrio. Puede que consiguiera cita para el día siguiente. Estaba seguro de que tenía que ver con que Fabian lo hubiera analizado tan de cerca la noche anterior, pero de repente le dio tanta vergüenza su aspecto que necesitaba hacer algo de inmediato.

Cuando se puso el abrigo, sacó el móvil del bolsillo. Lo había tenido apagado todo el día, porque no quería hablar con nadie, y tampoco quería sentirse tentado de escribir a Fabian. Pero ahora quería buscar barberías por internet. Sin embargo, al encenderlo vio el aviso de un mensaje. De Fabian.

Fabian: Hola.

—Hola, Pricey. —Wyatt se acomodó en el asiento de al lado—. ¿Qué vas a hacer el jueves?

—¿Jugar al hockey?

—Ya lo sé… Me refiero a antes.

—Ah. —Ryan volvió a mirar el móvil. «Hola»—. Aún no lo sé.

—Ven al centro cívico conmigo. Vamos a jugar al hockey sobre patines. Serán un par de horas por la tarde, tipo, después del colegio. Acabaremos mucho antes de tener que salir a la pista de hielo.

Ryan oyó a Colleen gritándole por dentro: «¡Di que sí!». Se imaginó la sonrisa de aprobación de su psicóloga.

—Claro. Vamos.

—¡Genial! Te recogeré alrededor de la una. Esos críos te van a encantar.

En realidad, a Ryan le encantaban las criaturas. No tenía muy claro por qué iban a querer unos niños pasar un rato con él, pero, desde luego, estaba dispuesto a ayudar a una buena causa de la forma que fuera.

Wyatt le dio un golpecito amistoso en el brazo y se fue. Ryan volvió a concentrarse en el móvil. Se fijó en que Fabian le había mandado el mensaje hacía horas. Ay, dios, seguro que pensaba que Ryan lo estaba evitando.

Por fin, respondió:

Ryan: Hola.

Esperó un minuto. Al ver que no había respuesta, Ryan volvió al plan original de buscar barbería en el Village. Si iba a pasar la tarde con unos chavales, lo mínimo que podía hacer era no dar tanto miedo.

Hablar con Vanessa y escribir el mensaje a Ryan había servido para despejarle la mente a Fabian lo suficiente para lograr dedicarse a la música el resto del día y hasta bien entrada la tarde. Le daba rabia que sus amigos lo acusaran de entrar en modo ermitaño cuando a veces se ponía a trabajar en sus canciones, pero era cierto que a menudo perdía la noción del tiempo cuando se concentraba en eso.

Esta vez, al salir por fin de aquel estado, notó que el estómago le rugía de hambre. Cogió el móvil y se sorprendió al ver que eran las nueve de la noche.

Ryan no le había contestado.

Cocinó unos *tortellini* con salsa marinera de bote para cenar. No paraba de mirar el móvil, esperando una respuesta. Nada.

Ya pasada la medianoche, cuando Fabian se metió en la cama con intención de mirar un rato Instagram, vio la respuesta de Ryan.

Ryan: Hola.

La había mandado más de una hora antes. Ups.

Fabian: ¡Hola!

Vale, no estaba avanzando en la trama que digamos, pero quería entrar en contacto de verdad. Por fin lo consiguió al cabo de un momento, cuando Ryan escribió:

Ryan: Lo siento. He tenido el móvil apagado todo el día. Y luego partido por la noche.

Partido. Claro. Eso era algo que Fabian podría haber buscado.

Fabian: ¿Habéis ganado?

Ryan: No.

Fabian: Otra vez será…

Ryan: Sí.

Fabian esperó a que salieran los tres puntitos, pero parecía que Ryan había terminado de hablar. Así pues, Fabian escribió:

Fabian: No paro de pensar en anoche.

Se estremeció. ¿Había sido demasiado sincero?
Pero Ryan contestó:

Ryan: Yo tampoco.

Fabian sonrió.

Fabian: ¿Por qué no quedamos un día de estos? Mañana trabajo.

Ryan: Yo tengo partido pasado mañana. Y bastante lío los dos días.

Fabian: Y la fiesta es el viernes, ¿verdad?

Ryan: Sí. ¿La tuya también?

En realidad, Fabian no confiaba en que Ryan saliera a bailar con sus colegas el viernes por la noche, pero saber que definitivamente no iba a ir fue como una bofetada. Le encantaría ver cómo era Ryan cuando se soltaba un poco.

Fabian: Sí. ¿Y el sábado?

Ryan: Vale.

Fabian: Pero TARDE. Tendré resaca.

Ryan: Jaja. OK.

Fabian: ¿Has marcado algún gol esta noche?

Ryan: No. Eso solo pasa si tú ves el partido.

Añadió el emoticono de la cara que guiña un ojo, cosa que a Fabian le pareció tiernísima. Le encantaba Ryan cuando se ponía coqueto y quería ver mucho más esa faceta.

Fabian: Lo dices porque quieres que empiece a ver el hockey. No va a funcionar.

Ryan: Ya lo sé.

Fabian: Buenas noches, Ryan Price.

Ryan: Buenas noches.

Capítulo 14

—Hostia puta. ¿Y tú quién cojones eres? —exclamó Wyatt mientras se quitaba las gafas de sol de forma exagerada cuando Ryan se subió al asiento del copiloto de su Range Rover.

—No hay forma de que no le des mucha bola a esto, ¿verdad? —refunfuñó Ryan.

—¿A qué? ¿Al hecho de que de golpe parezcas el Capitán América con barba en lugar de, yo qué sé, el padre de *Cómo entrenar a tu dragón*?

Ryan puso los ojos en blanco, pero en realidad le gustó ese ridículo cumplido.

—Me he cortado un poco el pelo.

—Eso no es cortarse un poco el pelo. Es como un cambio total digno de un *reality show*. ¡Podrías haberme avisado antes de vernos!

—Solo es un corte de pelo. Déjalo ya…

Wyatt parecía tener más que decir, pero se limitó a volver a ponerse las gafas de sol y sacar el coche del bordillo. Ryan echó un vistazo a su reflejo en el espejo lateral y tuvo que admitirlo: estaba guapo. El peluquero, Guillaume, le había hablado largo y tendido sobre la importancia de los productos. El chico de pueblo que llevaba dentro Ryan sospechaba que Guillaume quería venderle un montón de cosas caras que no necesitaba, pero esa parte de él que quería, quizá, presentarse como un tipo sofisticado, cosmopolita y con estilo decidió seguir los consejos del peluquero. Todos y cada uno de ellos.

Y así fue como Ryan se había gastado más dinero del que jamás se había gastado en su vida en un corte de pelo y había salido de la peluquería con una bolsa llena de productos para el pelo y la barba. Incluso le habían convencido para que se comprara un cepillo nuevo (a un precio demencial) porque, al parecer, había de diferentes tipos. A Guillaume no le había gustado que Ryan le dijera que normalmente los compraba en los bazares.

Así que ahora Ryan tenía una barba bien arreglada, con aroma a avellana por el aceite que llevaba, y una melena que no tenía el largo suficiente como para recogérsela. Además, se había puesto una crema de peinado ideal que hacía que pareciera que se lo había peinado a conciencia en lugar de solo llevarlo amontonado sobre la cabeza.

No pudo evitar preguntarse qué pensaría Fabian.

—No puedes dejar de mirarte —bromeó Wyatt.

Ryan apartó de golpe la vista del espejo.

—Es que es raro, la verdad. Aún no me he acostumbrado.

—¿Hay algún chico al que puedas invitar a la fiesta de Kent mañana por la noche?

Ryan casi se atraganta.

—¿Invitarías a un chico a la fiesta de Kent? ¿Si fueras yo?

Wyatt sonrió.

—¿Si eso hiciera incomodar a Kent? Joder, sí, desde luego.

—Pero no sería justo para tu cita —señaló Ryan.

Él nunca utilizaría a alguien de ese modo. Y, aunque tuviera novio, no lo sometería a tener que ir a la fiesta de cumpleaños de Dallas Kent.

—Iré solo. Y me marcharé en cuanto pueda.

—¡Di que sí!

Cuando llegaron al centro cívico, Wyatt sacó una bolsa de viaje del maletero y la llevó hasta el edificio.

—Los productos de los Guardians —explicó.

Les recibió una mujer agotada, pero con aire agradecido, que medía más o menos la mitad que Ryan, llevaba gafas y tenía el pelo castaño canoso.

—Hola, Anne —dijo Wyatt con alegría—. ¿Te están haciendo pasar un mal rato?

—Me alegro de que estéis aquí, chicos. —Se volvió hacia Ryan y le tendió la mano—. Encantada de conocerte. Soy Anne.

—¿Con «e» o «a»? —no pudo evitar preguntar Ryan. Lo más probable era que hubiera leído demasiadas veces *Ana de las Tejas Verdes*.

—¡Con «e»! ¡Suena casi igual! —le dijo ella con una amplia sonrisa.

—Soy Ryan.

Le soltó la mano y esperó a que le dijera qué tenía que hacer.

—Tengo que hacer unas llamadas, pero ya sabéis adónde ir, Wyatt. Hoy está prácticamente lleno, así que buena suerte.

—Tranquila, traigo refuerzos —bromeó Wyatt mientras señalaba con la cabeza a Ryan—. Vamos a conocer a los chicos.

Wyatt llevó a Ryan a un gran gimnasio, que parecía ocupar la mayor parte del edificio. Había unas canastas de baloncesto de un aspecto bastante tosco en cada extremo y un par de porterías de hockey en cada parte del lado corto de la pista. También había unos quince niños en la sala, que corrían en todas las direcciones mientras gritaban. Un par de chicos lanzaban pelotas de balón prisionero con toda la fuerza que podían sin prestar mucha atención hacia dónde iban ni a quién o qué podrían golpear. Era un caos.

—¡Eh! —grito Wyatt—. Hay famosos en la sala, ¡así que portaos bien!

Una niña de unos doce años frunció el ceño.

—¿Famosos?

Wyatt fingió sentirse ofendido, lo que hizo que la niña se riera.

—¿Quién sabe quién es este tipo? —preguntó.

—Es Ryan Price —dijo otra niña con timidez.

Wyatt la señaló.

—Sabía que lo adivinarías, Nicole. Así es, este es Ryan Price. Juega conmigo en los Guardians.

—Él no juega contigo —dijo mientras sonreía uno de los niños que había estado dando patadas a la pelota de balón prisionero—. Él juega y tú te quedas en el banquillo.

Ryan se rio. Esos chicos ya le caían bien.

—Ajá —dijo Wyatt con tono seco—. Bueno, prepárate para que te haga pasar un mal rato hoy, Xander. No te lo voy a poner fácil.

Wyatt los dividió rápido, al parecer, en dos equipos al azar y le pidió a una de las chicas mayores que fuera a buscar el equipamiento de hockey sobre patines al almacén. Este consistía en un montón de *sticks*, un par de pelotas de goma blanda y equipamiento de portero de hockey callejero bastante bueno. Ryan sospechaba que Wyatt era el responsable de esa donación.

Wyatt se puso uno de los equipos y la chica que había ido a buscarlo se puso el otro. Ryan cogió uno de los *sticks*; todos le quedaban muy cortos. Se dio cuenta de que no había guantes. La verdad es que deberían tener. Quizá podría comprar un montón y donarlos.

—¿Con quién voy? —preguntó Ryan.

—En el equipo en el que no esté Xander —dijo Wyatt en voz alta.

Xander lo abucheó.

Estuvieron jugando más o menos una hora y Ryan disfrutó de cada segundo. Le transportó a su infancia, cuando jugaba al hockey durante horas con los otros niños de Ross Harbour en la pista que su padre había construido en el patio trasero. Entonces le encantaba ese deporte y la fuerza con la que todo eso había cambiado golpeó a Ryan mientras bromeaba con aquellos críos.

Aunque también era agradable ser el mejor jugador del partido, para variar.

Ryan cambió de equipo unas cuantas veces, porque eso era lo justo.

Se divirtió lanzando tiros a Wyatt, quien le ganaba casi siempre. En cualquier caso, los dos se rieron mucho.

Cuando llegó la hora de irse, Anne fue a ayudar a Wyatt a repartir los productos promocionales de los Guardians que había traído. Eran sobre todo gorras y *pucks*, que Ryan y Wyatt se pasaron un rato firmando.

—Muchas gracias por venir —le dijo Anne a Ryan mientras él firmaba el último *puck*—. A los niños les encanta que vengáis a visitarlos.

—Me lo he pasado muy bien —dijo Ryan—. Estaré encantado de volver. Y si hay algo que necesites…

Ella se rio.

—Nosotros necesitamos de todo. Pero, si quieres correr la voz sobre cómo hacernos donaciones, te lo agradecería mucho.

—¿Estás listo para irnos? —preguntó Wyatt.

Llevaba en la mano la bolsa de viaje vacía y arrugada.

—Sí. Vamos.

—¿Te parecería bien si vuelvo contigo la próxima vez? —preguntó Ryan cuando salían del aparcamiento.

Wyatt se mostró encantado.

—¡Pues claro! ¿Te han gustado los niños? Son geniales, ¿a que sí?

Ryan sonrió.

—Me han caído bien.

La casa de Dallas Kent era tal y como Ryan esperaba que fuera: enorme, ostentosa y ridícula. Sin duda reflejaba la personalidad de su propietario.

Ryan había conducido hasta Kleinburg muy a su pesar para asistir a la fiesta de cumpleaños de Kent. Se había pasado todo el trayecto deseando que fuera una celebración tranquila en la que estuvieran poco más que sus compañeros de equipo y sus parejas. Se sintió consternado al descubrir que, a pesar del gigantesco tamaño de la mansión de Kent, estaba a rebosar. La mayoría de los invitados eran chicas jóvenes que Ryan no conocía. De hecho, no vio a muchas de las mujeres y novias de sus compañeros de equipo.

—Kent vive aquí solo, ¿no? —preguntó Ryan.

Medio ausente, deslizó el dedo por las teclas de un piano de cola que, por el motivo que fuera, Kent tenía en casa.

—Bueno —dijo Wyatt—, no creo que pase muchas noches aquí solo.

«Qué asco».

Ryan no iba a fingir que tuviera buen ojo para el diseño y el estilo, pero la casa de Kent parecía haber sido decorada por un grupo de tíos de alguna fraternidad a los que les hubieran dado un millón de dólares por cabeza y les hubieran dicho que lo gastaran en «cosas de tíos ricos». El resultado era un terrible caos de televisores gigantes, estatuas de mármol y fuentes, fotografías en blanco y negro «estilosas» de mujeres desnudas enmarcadas, sofás de cuero y, sí, un piano de cola. Ryan solo había visto unas pocas habitaciones, pero, por lo que podía advertir, todas las luces eran lámparas de araña.

—Supongo que el sótano es donde de verdad se celebra la fiesta —dijo Wyatt—. Ahí abajo se han disputado legendarias partidas de *beer pong*. He oído las historias.

—Genial. —Ryan dio un sorbo a su cerveza—. ¿No te parece que algunas de estas chicas son demasiado jóvenes?

—Últimamente todo el mundo me parece un poco joven. Pero sí.

—¿De dónde han salido?

Wyatt se encogió de hombros.

—Ni idea. Kent siempre se las arregla para rodearse de mujeres. El tío está obsesionado.

Wyatt lo dijo con tacto, pero Ryan se había dado cuenta de que Kent parecía tener una fijación turbia por las mujeres. Y por lo que podía conseguir que esas mujeres hicieran. Ryan había jugado con muchos chicos que hablaban de mujeres de una forma que le ponía los pelos de punta, pero quizá Kent fuera el peor de todos.

—Parece que estuvieras esperando a que el hombre de tus sueños apareciera en esta fiesta —dijo Wyatt mientras sonreía.

—¿Qué?

—Que vas arreglado. O sea, con esa ropa ajustada y sexy. Te queda bien.

—Anda ya —dijo Ryan, pero notó que se le sonrojaban las mejillas.

La verdad era que se había esforzado bastante en cuidar su aspecto esa noche. Se había peinado con los productos de peluquería y se había untado el aceite en la barba, siguiendo las instrucciones que Guillaume le había dado. Y se había puesto un conjunto que había comprado con la intención de llevarlo a alguna discoteca gay la siguiente vez que decidiera ir a una: unos vaqueros color gris carbón de tejido un poco elástico, de modo que se ceñían al notable volumen de los muslos y el culo, y una camisa negra de manga corta que le tensaba los bíceps y los pectorales. El conjunto era mucho más revelador que las camisas holgadas y los vaqueros acampanados que solía llevar.

Ryan no estaba seguro de qué le había llevado a vestirse fuera de su zona de confort esa noche. Sus compañeros de equipo se habían reído un poco de su cambio de imagen cuando lo habían visto por primera vez antes del partido de la noche anterior. Ahora habían vuelto a pasar de él casi por completo.

—Houde acaba de enviarme un mensaje. —Wyatt levantó el móvil—. Va a empezar una timba de póquer abajo. ¿Te apuntas?

—No, gracias. Creo que me voy a quedar aquí.

—Hostia puta, tío. Esto es como la fiesta de Halloween. ¡Que ni siquiera te pusiste disfraz!

—Sí lo hice —protestó Ryan—. Iba de vaquero.

—Sí, pero cuando todo tu disfraz consiste en llevar un sombrero y luego lo dejas en una silla toda la noche, no puede llamarse disfraz. —Wyatt le dio una palmada en el hombro—. No te diviertas tanto, Pricey.

Se abrió paso entre la multitud hacia la puerta que daba al sótano. Ryan vio un sofá de dos plazas vacío y corrió a sentarse. No llevaba ni un minuto sentado cuando una joven se dejó caer en el asiento de al lado.

—Hola…

La mujer era muy guapa. Tenía el pelo rubio y ondulado y unos enormes ojos azules, y Ryan no tenía ni idea de quién era.

—Hola… —respondió él.

No se le ocurría nada más que decir, así que dio un sorbo a su cerveza y apartó la mirada.

Ella se quedó ahí sentada, sin decir nada, y él se preguntó si esperaba que él tonteara con ella o algo así. Se había equivocado de chico. Gay o no, Ryan no podía tontear con nadie.

Al final, la mujer, que estaba seguro de que era encantadora, se rindió y se fue. Ryan se avergonzó por dentro de lo grosero que debía de haber parecido. Ojalá pudiera llevar un cartel que dijera: «Lo siento. Soy horrible socializando. Por favor, no te lo tomes como algo personal».

De hecho, ¿por qué estaba Ryan ahí? Ya no quería beber más. No quería entablar conversación con la gente. No quería rechazar con delicadeza a las pobres mujeres que intentaban flirtear con él. No quería jugar al póquer y, desde luego, no quería ver el legendario sótano de fiestas de Dallas Kent.

Quería bailar con Fabian. Quería celebrar el cumpleaños de Tarek, a quien Ryan apenas conocía. Pero quería conocerlo.

Echó un vistazo al móvil. Eran casi las once y media. Lo más probable era que tardase una hora de coche en llegar al Village, pero eso le dejaría tiempo de sobra para pasar el rato en la discoteca con gente cuya compañía disfrutaba de verdad. En un lugar donde pudiera ser él mismo.

O, mejor aún, ser quien quería ser.

Capítulo 15

Fabian no tenía ganas de bailar.

Había estado semanas esperando con ilusión esa noche y, ahora que estaba en medio de una discoteca ruidosa y vibrante, repleta de gente guapa, se aburría.

Llevaba con sus amigos más de dos horas en el Force. Marcus y Tarek llevaban un rato perdidos entre la multitud que abarrotaba la pista de baile. Vanessa había estado con Fabian en la mesa alta que él había conseguido, pero se había ido al baño hacía rato y no había vuelto. No estaba preocupado por ella, era el típico comportamiento de Vanessa. Lo más seguro era que se hubiera encontrado con alguien que conocía. O quizá con quince personas. Vanessa conocía a todo el mundo.

Fabian usaba la pajita para hurgar entre los cubitos de hielo casi derretidos que quedaban en su vaso de gin-tonic. Ya había rechazado con educación a tres hombres distintos que se le habían acercado. No le sorprendía: estaba solo y tenía un aspecto fantástico, joder. Llevaba una camiseta sin mangas de encaje blanco, que se había metido holgada por dentro de los vaqueros negros, de modo que se hinchaba un poco sobre su esbelto torso. Se había gastado una fortuna en el kit de maquillaje «Moonchild Gold» de Anastasia Beverly Hills y ahora su cara era una obra maestra resplandeciente de lavanda metalizada, rosa y plata.

Pero ¿para quién era todo eso? ¿Podría admitir ante sí mismo que en realidad solo había una persona con la que quería bailar? Una persona que lo admirara. Que lo tocara.

«Ay, Fabian… ¿Qué has hecho contigo?».

Pensó en tomarse otra copa, pero en realidad no le apetecía. Quería irse. ¿Sería de mala educación si lo hacía? Por supuesto, les mandaría un mensaje a sus amigos. Podría decirles que le dolía la cabeza o algo así. No es que fuera temprano, ya era casi la una.

Por el rabillo del ojo, Fabian vio que alguien se acercaba a la mesa. Se volvió, con la boca ya formando el comienzo de su disculpa para marcharse, cuando vio quién era.

—Ryan.

—Hola. Qué bien. Estás aquí.

Fabian parpadeó, atónito.

—Tú también. —Dios, estaba increíble—. Te has cortado el pelo.

—Sí. —Ryan se pasó una mano por el pelo con nerviosismo—. Me he arreglado un poco.

—Ah.

Fabian sabía que debía decir algo más, pero su cerebro se había bloqueado. Su mirada trazó un circuito desde el nuevo y elegante corte de pelo de Ryan y su barba recortada, bajando hasta el cuello de su camisa, y luego hasta la tela que se tensaba sobre su pecho y sus brazos. Por debajo, los vaqueros luchaban por contener los enormes muslos de Ryan. Fabian nunca le había visto unos pantalones tan ajustados, y estaba como hipnotizado por el bulto de su entrepierna.

Cuando su mirada volvió al rostro de Ryan, pudo ver lo mucho que a este también le gustaba el atuendo de Fabian.

—No pensaba que fueras a venir —dijo Fabian, por fin.

—¿Qué?

Se inclinó hacia él y Ryan se agachó hasta que su oído quedó a la altura de los labios de Fabian.

—No pensaba que fueras a venir.

—Ah. —Se puso recto—. He cambiado de opinión.

Fabian sonrió, incapaz de ocultar su alegría. Quería saber qué era exactamente lo que había hecho cambiar de opinión a Ryan, pero había demasiado ruido en la discoteca para mantener esa conversación. Y, además, había cosas mejores que podían estar haciendo en ese momento.

—¿Te apetece bailar?

Ryan le devolvió la sonrisa y asintió.

—Sí. Vamos.

Fabian cogió a Ryan de la mano, se dio la vuelta y lo llevó a la pista de baile. No recordaba haberse sentido tan emocionado en toda su vida.

La pista estaba hasta arriba de gente, y Ryan era bastante corpulento, así que se quedaron cerca de un lateral en lugar de intentar abrirse paso hasta el centro. Fabian tampoco estaba seguro de hasta qué punto Ryan se sentía cómodo con la gente apretujándose contra él. Cuando encontró un lugar con más o menos espacio, se volvió y le dedicó a Ryan una sonrisa tranquilizadora.

Ryan se la devolvió, pero seguía sin parecer seguro de qué hacer a continuación. Fabian supuso que sería él quien llevaría la iniciativa en el baile, así que dejó que su cuerpo encontrara el ritmo del remix de Robyn, que sonaba a todo volumen. Ryan intentó moverse con él, y se notaba mucho que estaba incómodo. Los ojos se movían de un lado a otro, como si buscara a gente que lo estuviera juzgando.

Fabian levantó la mano y se la puso en un lado de la cara, dirigiendo su mirada hacia abajo. Había demasiado ruido como para hablar, así que se limitó a señalar su propia cara. «Concéntrate en mí».

Ryan asintió un poco y Fabian deslizó la mano por su mejilla, bajó por el lado del cuello y llegó al pecho. Al final, se posó en la cadera de Ryan, y Fabian se acercó hasta que la hebilla del cinturón de Ryan chocó con sus costillas. Cuando estuvo seguro de que tenía la atención de Ryan, Fabian cerró los ojos y se dejó llevar.

Bailar siempre le había resultado algo natural. La música le llegaba con tanta claridad que su cuerpo sabía justo cómo responder. Movió las caderas de forma seductora y levantó el brazo libre por encima de la cabeza, dejando que sus dedos jugaran con la música. Ryan estaba rígido contra él, así que Fabian dio un pequeño paso atrás para que pudiera ver mejor.

Cuando volvió a abrir los ojos, Ryan tenía una amplia sonrisa de deleite en la cara. No estaba bailando en sí, pero su cuerpo se movía un poco. Fabian le puso una mano en el cuello y lo atrajo hacia él para poder hablarle al oído.

—¿Te estás riendo de mí?

Ryan negó con la cabeza y luego la ladeó para poder responder.

—No. Es solo que me encanta verte bailar.

El aliento le hizo cosquillas en la oreja a Fabian cuando habló y entonces un hormigueo le recorrió todo el cuerpo. Pasó un brazo sin mucha energía por encima del hombro de Ryan y volvió a colocar la otra mano en su cadera. Ryan iba a bailar con él, joder.

A mitad de la siguiente canción, Ryan por fin se había relajado lo suficiente para seguir el movimiento de las caderas de Fabian mientras se contoneaban y se frotaban. Fabian intentaba no restregarse contra él de forma descarada, pero le resultaba algo complicado porque sus muslos, gruesos como troncos, estaban justo ahí y parecía que los botones de la camisa iban a saltar en cualquier momento.

Con esa idea en mente, Fabian deslizó un dedo hasta el botón superior y lo desabrochó con destreza. Echó un vistazo a la cara de Ryan para ver su reacción. Tenía los labios entreabiertos, quizá por la sorpresa, pero en los ojos se le veía puro deseo. Asintió con mucho disimulo y Fabian desabrochó el siguiente botón. Y, luego, el siguiente.

Llevaba una camiseta de tirantes negra debajo de la camisa, lo cual no sorprendió a Fabian, pero sí le decepcionó un poco. La camiseta interior no ocultaba en absoluto el hecho de que Ryan tenía un físico imponente. Sus pectorales eran enormes y marcados e incluso a través de la tela Fabian podía ver que estaban cubiertos por una buena cantidad de vello.

Las enormes manos de Ryan rodearon a Fabian por la cintura, sujetándolo en su sitio hasta que le desabrochó todos los botones. Cuando terminó, Fabian rodeó con los brazos los hombros de Ryan y tiró de la camisa abierta hacia abajo, hasta que las mangas se deslizaron por los hombros y le inmovilizaron los brazos a los lados.

Fabian se inclinó y presionó su boca, abierta, húmeda y hambrienta, contra el pectoral izquierdo de Ryan. Se dio cuenta, después de haber dejado una mancha húmeda en la camiseta de Ryan, de que quizá se había pasado de atrevido.

A Ryan no parecía importarle. Miraba a Fabian con una intensidad que hacía que Fabian quisiera arrodillarse en medio de aquella multitud. El bulto en los vaqueros de Ryan había crecido bastante y rozaba el estómago de Fabian cada vez que movía las caderas en su dirección.

Fabian lo miró a los ojos, tratando de igualar la intensidad de Ryan. Luego se inclinó de nuevo y le dio otro beso con la boca abierta en la amplia punta del pezón.

Ryan echó la cabeza hacia atrás mientras rozaba con el pulgar el piercing del pezón de Fabian. Fabian contuvo el aliento y mordió con suavidad el pecho de Ryan. Apenas pudo pellizcar.

Fabian quería ver mucho más de ese cuerpo de locos, pero, por ahora, tan solo podían divertirse un rato. Como si le leyera el pensamiento, el DJ pasó a un remix de «Get Me Bodied», de Beyoncé. Fabian saltó de alegría, lo que provocó que Ryan se riera. Se quitó la camisa del todo, la arrugó en un puño y, por fin, se dejó llevar y empezó a bailar de verdad.

Se le daba bien. A Fabian no debería haberle sorprendido —al fin y al cabo, Ryan era deportista—, pero era una fantasía verlo. Sus ojos brillaban de alegría desvergonzada mientras veía a Fabian hacer piruetas y giros con movimientos ridículos y exagerados, pensados para divertirlo.

Cuando Ryan hizo *playback* con las primeras líneas del estribillo, acompañándolas con un gesto exagerado de secarse el sudor de la frente con la camisa que se había quitado al llegar a la frase «A little sweat ain't never hurt nobody», Fabian se partió de risa. Ryan le devolvió una amplia sonrisa y Fabian lo deseó con todas sus fuerzas en ese momento.

Un brazo se posó sobre Fabian por detrás, y una voz familiar dijo:

—Hacéis muy buena pareja.

Fabian volvió la cabeza y se encontró con la cara de Marcus justo al lado de la suya. Sonrió y besó a Marcus en la mejilla.

—¿Dónde está Tarek?

—Unos encantadores caballeros le están invitando a chupitos de cumpleaños.

—Ups.

—Mmm. Vanessa y yo hemos encontrado una mesa por ahí. —Marcus señaló una mesa con sillas de verdad cerca de la mesa alta en la que Fabian había estado de pie—. Ven a buscarnos si no estás demasiado ocupado.

Se fue lanzándole una mirada lasciva a Ryan.

Fabian y Ryan se quedaron en la pista de baile un par de canciones más, y luego Fabian lo llevó hacia la mesa de Vanessa y Marcus. En cuanto Vanessa vio a Ryan, se tapó la boca con las manos.

—¿Te acuerdas de Ryan? —dijo Fabian con naturalidad cuando se sentaron en los dos asientos que quedaban libres.

—¡Dios mío! ¡Qué guapo estás! ¡Y has venido! Pensaba que estabas en otra fiesta.

—Me he ido —dijo Ryan.

—Pues bien hecho.

—¿Se me está corriendo el maquillaje por el sudor? —preguntó Fabian—. Está hecho un cuadro, ¿no?

Marcus negó con la cabeza.

—Estás impecable, como siempre. Deja de ser la protagonista.

—Estás muy guapo —confirmó Ryan.

Tenía esa sonrisa adorable y tímida que tanto le gustaba a Fabian. Fabian se alegró de llevar maquillaje, porque estaba seguro de que se estaba poniendo rojo.

—Sois tan puto monos… —dijo Vanessa—. ¡Ay! ¡Ahí está el cumpleañero!

Tarek se acercó, y, aunque estaba lejos, Fabian se dio cuenta de que iba bastante contento. La camiseta ajustada se le había arrugado bajo las costillas, dejándole al descubierto la barriga; parecía como si alguien lo hubiera despeinado a conciencia y Fabian intentó recordar si antes Tarek llevaba las gafas puestas. Esperaba que no, porque ahora ya no las llevaba.

—Hooolaaa —dijo Tarek con voz arrastrada cuando llegó hasta ellos. Se dejó caer sobre el respaldo de la silla de Marcus, dejando que sus brazos cayeran sobre sus hombros—. Cumplir treinta es chulísimo.

—Diiilo —respondió Vanessa.

—Ay, hola, eres ese tío —dijo Tarek señalando con la cabeza a Ryan—. ¿Ya sois novios?

Fabian puso una cara que intentaba decir en silencio «Cállate la puta boca, borracho bocazas», pero no pareció funcionar, porque Tarek siguió hablando.

—Me alegro mucho por vosotros. Fabian está, tipo, obsesionado contigo. ¿Cómo te llamabas?

—Eeeh, Ryan...

—Ryan. Es verdad. Me alegro por ti, tío.

Ay, dios. Qué puto desastre. Fabian se inclinó hacia Ryan.

—Lo siento, si te ha...

Ryan hizo un gesto con la mano para restarle importancia.

—No pasa nada. Está borracho. —Se tapó la boca con el dorso de la mano y bostezó—. Debe de ser tarde... —dijo guiñando un ojo.

—Mmm.

—Podría, eeeh, acompañarte a casa si te vas pronto.

—Podrías —asintió Fabian—. O...

Ryan se inclinó más hacia él.

—¿O?

—Podría acompañarte a casa yo. Creo que la tuya está más cerca, ¿no?

No apartó la mirada de Ryan, asegurándose de que lo entendiera.

—Sí —dijo Ryan—. Lo está. Pues vamos.

Los dos se levantaron y, por supuesto, Vanessa tuvo algo que decir al respecto.

—¿Os vais? ¿Los dos? ¿Juntos?

Fabian la miró con los ojos entrecerrados.

—Sí. Muy bien.

Marcus se unió a la conversación.

—Espera, espera. ¿Os vais los dos juntos a la vez? Qué raro...

—Me cago en dios, Marcus...

Fabian esperaba que Tarek dijera algo, pero este se había acercado a un tipo sin camiseta que llevaba un tatuaje gigante en la espalda. El chico parecía haber captado toda su atención.

Fabian se despidió de sus horribles amigos con un abrazo y luego salió del club lo más rápido posible. Después de recoger sus chaquetas del guardarropa, Ryan y Fabian se quedaron juntos en la acera. Fabian no estaba seguro de qué pensaba Ryan, pero de repente se sintió abrumado por lo que, al parecer, habían planeado.

—¿Dónde era la fiesta a la que has ido? —preguntó queriendo aliviar un poco la tensión.

—En Kleinburg.

—Joder. Eso está lejos. Y es de ricos.

Ryan se rio.

—Sip. He vuelto aquí conduciendo lo más rápido que he podido, he aparcado en mi garaje y, bueno, he venido casi corriendo hasta la sala.

—Qué impaciente —bromeó Fabian.

—Pues sí —dijo Ryan, que no hablaba en broma. La sinceridad de su voz hizo que el corazón de Fabian se acelerara.

—Pues, mira —dijo sin aliento—, haremos que todo ese esfuerzo merezca la pena.

Una vez más, Fabian se debatía entre querer preguntarle qué había hecho que Ryan cambiara de opinión sobre divertirse de forma sexy y querer guardarse las preguntas para sí mismo para no destruir sin querer la posibilidad de que quisiera divertirse siendo sexy. Caminaron en silencio durante un minuto y luego Ryan unió su boca a la de Fabian.

No se parecía en nada al tímido beso que se habían dado en la cama de Fabian el lunes por la noche. Este era apasionado y posesivo. Ryan se lo estaba comiendo y Fabian intentó corresponderle, pero le temblaban las rodillas y no convenía aumentar la diferencia de altura entre ellos. Tal y como estaban, Ryan tenía las rodillas tan flexionadas que parecía que estuviera arrodillado en la acera.

Dios, estaban en la acera. A lo lejos, Fabian oía a la gente silbándoles, pero no le importaba. No le importaba nada más que la cálida y maravillosa boca de Ryan sobre la suya.

—Lo siento —dijo Ryan cuando se separaron—. Llevaba queriendo hacer eso desde que te he visto esta noche.

Fabian estaba a punto de desmayarse. Le iba a dar algo. Las preguntas podían esperar. Sin duda, era hora de divertirse siendo sexy.

—No pasa nada —le contestó con voz ronca—. Yo también me moría de ganas de hacer muchas cosas desde que te vi por primera vez.

—¿Ah, sí?

Fabian se mordió un poco el labio inferior mientras saboreaba el regusto persistente del beso de Ryan.

—Mmm. Sí. Llévame a casa, Ryan Price.

Capítulo 16

Ryan abrió la puerta del piso.

—La verdad es que todavía me queda bastante por hacer.

Los nervios le habían vuelto durante el paseo, una vez que se había quitado de encima la imperiosa necesidad de besar a Fabian. Ahora que había llegado a casa, no tenía ni idea de qué hacer a continuación.

—No veas —dijo Fabian mientras lo seguía hacia el salón—. Nunca había estado en uno de estos edificios.

—No me podía permitir un piso con vistas a la Torre CN, pero creo que aun así tengo unas vistas bastante buenas.

Fabian resopló.

—Mi piso tiene vistas a un callejón donde a los mapaches les gusta follar. Hay una razón detrás de por qué mantengo las cortinas cerradas.

Ryan se rio, pero le preocupaba que su apartamento estuviera incomodando a Fabian. En comparación con la estúpida mansión de Dallas Kent, no parecía excesivamente ostentoso, pero aun así le había costado un dineral.

Fabian se quitó el abrigo y lo dejó sobre el respaldo del sofá de Ryan. A Ryan le conmovió de algún modo la naturalidad con la que Fabian lo hizo, como si estuviera en su propia casa.

Ryan colgó su abrigo en el armario y se descalzó. Fabian se dio cuenta de lo que hacía y puso cara de estar avergonzado.

—Mierda. Perdona. Soy un puto maleducado.

Cogió el abrigo del sofá y Ryan se lo quitó de las manos.

—No te preocupes. ¿Quieres tomar algo?

—No. Me gustaría más bien… ¿relajarnos?

Fabian fue hacia el sofá, se dejó caer sobre él y luego le dio una palmadita al cojín que tenía a su lado.

Ryan se había vuelto a poner la camisa antes de salir de la discoteca, pero Fabian solo llevaba la camiseta de tirantes de encaje blanco que había tenido a Ryan distraído por completo durante toda la noche. Sin mangas que le estorbaran, Ryan podía ver la definición muscular de los brazos fibrosos de Fabian y deleitarse con las curvas suaves y lisas de sus hombros. El piercing en el pezón que tanto había intrigado a Ryan durante semanas se veía por completo a través de la delicada tela de la camiseta.

—Lo estás mirando fijamente —dijo Fabian.

—Puede.

—Puedes verlo mejor desde aquí.

Ryan no estaba seguro de hasta dónde se sentiría cómodo llegando esa noche, pero decidió que dejaría que su cuerpo, y Fabian, lo guiaran. Su cabeza solía echar todo a perder.

Se sentó en el centro del sofá, y Fabian se subió enseguida a su regazo y se sentó a horcajadas sobre él. Ryan apoyó una mano en un lado de la cabeza de Fabian y dejó que sus dedos se perdieran en su sedosa melena oscura.

—Mmm. Si juegas con mi pelo, te dejaré hacer lo que quieras —ronroneó Fabian.

—Lo que quiera, ¿eh? ¿Como qué?

—¿Puedes… besarme?

No se lo tenían que preguntar dos veces. Había pasado demasiado tiempo desde la última vez que Ryan había besado a alguien, pero no habría importado si se hubiera liado con cinco tíos esa misma mañana: ahora era con Fabian. Eran los dientes de Fabian los que mordisqueaban el labio inferior de Ryan, la lengua de Fabian la que se deslizaba sobre la suya y los dulces suspiros de Fabian los que Ryan se tragaba.

Sin siquiera darse cuenta de lo que hacía, Ryan empujó a Fabian hacia los cojines del sofá y se tumbó sobre él. Fabian le sonrió desde su nueva posición debajo de él y Ryan volvió a besarlo.

Ryan sabía que aquello era egoísta. Quizá era lo más egoísta que había hecho nunca, y sabía que luego se sentiría mal por ello. Pero eso sería más tarde. En ese momento, por fin estaba besando a Fabian Salah.

Besándolo de verdad. Por fin estaba haciendo que Fabian se retorciera debajo de él al besar la piel sensible bajo su mandíbula lisa y marcada. Dios, su cuello… Ryan quería conocer cada centímetro de su cuello, de sus hombros y de su clavícula.

Fabian se arqueó para que su erección se presionara contra el muslo de Ryan.

—¿Qué quieres? ¿Qué te gusta? Estoy dispuesto a casi cualquier cosa.

Ryan se quedó paralizado con el rostro suspendido sobre el de Fabian. De golpe, recordó lo mal que se le daba el sexo. Besarse estaba bien, pero cualquier cosa más allá de eso sin duda dejaría a Fabian decepcionado.

—Eeeh, ¿podríamos… besarnos y ya?

Fabian parecía confundido.

—Podemos, claro. ¿Es eso todo lo que quieres hacer?

—De momento. ¿Quizá?

Fabian acarició suavemente con los dedos la barba de Ryan.

—Por mí está bien. Pero ¿pasa algo?

—No. No, es solo que… —Ryan suspiró y se incorporó. Su mente había aparecido para boicotear todo, como siempre—.

Necesito que sepas, antes de que hagamos nada, que no soy... normal en estas cosas.

—¿Normal? ¿Quién quiere lo normal? —bromeó Fabian.

Ryan se pasó una mano por el pelo. No tenía ni idea de cómo explicar nada de eso, así que se limitó a hablar.

—Lo digo en serio. Tengo ansiedad. Tipo, diagnosticada.

—Mucha gente tiene.

—Sí, vale. Pero es que yo también soy malísimo hablando con la gente. Me gano la vista pegando a la gente y... cuando estoy en plena acción, cuando me peleo, me refiero, es el único momento en el que tengo la mente despejada. Es como si... fuera fácil. Es una locura que esté relajado cuando le estoy dando puñetazos a alguien, pero que sea un manojo de nervios cuando pido en un restaurante cualquier cosa. —Ryan estaba divagando, pero necesitaba que Fabian lo entendiera—. No estoy bien. Voy a terapia, tomo medicación. Y soy un paquete en la cama. Así que si al final vamos a...

Fabian se colocó entre las piernas de Ryan. Le puso las manos en los hombros, tratando de llamar su atención.

—¿Te cuesta hablar conmigo?

Ryan respondió con sinceridad.

—No.

—¿Quieres saber qué pienso de ti? —Ryan no estaba seguro. Al ver que no contestaba, Fabian continuó—. Creo que eres la hostia de sexy. Y que eres muy tierno. Y no creo que te ganes la vida pegando a la gente. Creo que te ganas la vida protegiéndola. Porque eres así, Ryan. Tienes un corazón enorme en ese pecho enorme y... —Se inclinó, rozando los labios contra la oreja de Ryan—. No. Te. Tengo. Miedo.

La fuerza de las palabras de Fabian hizo que Ryan se quedara sin aliento y, antes de que pudiera contenerse, agarró la parte delantera de la camisa de Fabian y lo atrajo hacia él hasta que este volvió a sentarse en su regazo. Se besaron con pasión, y, esta vez, fue Ryan quien acabó tumbado con Fabian encima de él. Fabian se sentó a horcajadas sobre la cintura de Ryan y este rodeó con las manos sus bíceps delgados y fuertes. La polla de Ryan, que había estado medio dura desde que habían salido de la discoteca, estaba ahora dura como una roca, y podía sentir la excitación de Fabian presionándole la pierna.

—Podemos besarnos y ya —dijo Fabian sin aliento—, pero, si eso es lo que quieres, entonces tengo que cambiar de posición. Porque, si seguimos así, seguro que voy a acabar restregándome con el muslo y te voy a dejar hecho un cristo.

«Dios mío».

—No me parece mal. Si te apetece. A mí no me importa.

Fabian parecía contento.

—Bueno, la verdad es que con la gente que me acuesto intento apuntar un poco más alto que a que no les parezca mal y ya.

Ryan ya estaba echándolo todo a perder.

—Lo siento. Es por mi culpa. Ya te lo he dicho, no se me da bien follar.

Cerró los ojos y esperó a que Fabian se despidiera con educación al irse.

—No tengo ni idea de lo que eso significa —dijo Fabian. Se apartó de Ryan y se arrodilló entre sus piernas sobre los cojines del sofá—. ¿Te aseguras de tener el consentimiento de tu pareja?

—Sí.

—¿Te proteges? ¿Usas protección?

—Siempre.

—¿Te preocupas por el placer de tu pareja?

—Claro.

—Pues ya está. —Fabian apoyó una mano en el estómago de Ryan y le sonrió—. Es que yo no veo ningún problema.

Ryan negó con la cabeza.

Fabian suspiró.

—Vale. Dime cuál es entonces. Cuéntamelo.

Como el ambiente ya se había estropeado, Ryan decidió jugársela a todo o nada.

—Necesito… instrucciones.

Fabian abrió mucho los ojos.

—Tipo… ¿dominación?

—¡No! No. No me refiero a eso. Solo necesito tener… —Le llevó un momento, pero Ryan al final encontró la palabra—. Seguridad. Saber que lo que estoy haciendo está bien. Porque, si no, me paso todo el rato preocupándome por si lo que estoy haciendo está todo mal.

Fabian pareció entenderlo.

—Bueno, eso sin duda se puede hacer. ¿Y ya está?

—No. También… tengo ciertos complejos con mi cuerpo. No me gusta que la gente me mire demasiado de cerca.

—¿Te refieres a desnudo?

—Tipo sexual, creo. O sea, en el vestuario y en esos sitios estoy desnudo todo el rato. Se trata más bien de… que me juzguen. De que me comparen con los demás.

Fabian frunció el ceño.

—No tienes muy buena opinión de ti mismo, ¿verdad?

Ryan apartó la mirada, con vergüenza.

—La verdad es que no. No.

—Bueno, y si dejamos las luces apagadas y te doy mucho refuerzo positivo. ¿Eso lo haría más fácil?

Ryan agradecía de verdad lo comprensivo que estaba siendo Fabian y deseaba poder decir que sí y ya. Que con eso ya bastaba. Pero…

—No puedo… O sea, la verdad es que, casi nunca, eh, me corro. Aunque me guste lo que esté haciendo. En parte es un efecto secundario de la medicación que estoy tomando, pero también es por… mí. A veces me quedo atrapado en mi cabeza. —Exhaló un suspiro—. Así que sí. Quizá no merezca la pena follar conmigo.

Reunió todo su valor y volvió a mirar a Fabian y se sorprendió al ver que le sonreía con cariño.

—No tenemos que hacer nada si no quieres. Pero me gustaría hacerte sentir bien. No tiene por qué haber orgasmos. Incluso podemos quedarnos vestidos. —Le cogió la mano a Ryan y se la llevó a los labios. Le besó los nudillos y dijo—: Me gusta cómo me miras. Y cómo me tocas y cómo me besas.

—Me gusta tocarte. Y besarte.

—Entonces quizá podríamos empezar por ahí y ver qué pasa. Sin presiones. —Le dio la vuelta a la mano de Ryan y empezó a hacerle un suave masaje—. Pero debo advertirte… Tengo más bien el problema contrario. En la cama, me refiero.

Ryan frunció el ceño.

—¿Qué? ¿Tipo que no tienes complejos con tu cuerpo?

Fabian se rio.

—Creo que los dos sabemos que no los tengo. Pero no me refiero a eso. Tiendo a correrme muy rápido. Así que no puedo garantizar que no vaya a pasar si nos ponemos a tontear un poco.

—Ah.

—Tengo mis trucos para… aguantar. Y la buena noticia es que suelo poder correrme al menos dos veces. Así que no es como si se acabara todo después de la primera vez. Pero solo quería avisarte. Aunque solo estemos besándonos, puede que me corra.

Ryan parpadeó.

—No hacemos buena pareja.

—Qué va. ¿Quieres que nos besemos?

—Sí. ¿En el dormitorio?

—Sí, por favor.

Fabian se tumbó sobre el enorme cuerpo de Ryan y lo besó. Le costó hacerlo porque no podía dejar de reír. Y quizá Ryan también se estuviera riendo. Haber sacado a relucir todos sus secretos sexuales antes de empezar a tontear le hacía sentir bien. Era reconfortante ser tan sincero con alguien nuevo.

Ryan acababa de confesarle a Fabian un montón de cosas personales y Fabian no se lo había tomado a la ligera. Estaba decidido a que eso fuera lo mejor posible para Ryan, quien, al parecer, no había tenido muchas experiencias sexuales positivas.

A la mierda con eso. Resultaba que Fabian era bastante bueno follando. O eso suponía, vaya. No tenía motivos para creer lo contrario.

Y Ryan, a pesar de todas sus advertencias en sentido contrario, besaba muy bien. Quizá la barba le molestaba un poco, incluso corta, pero su boca era celestial. Cálida, suave y acogedora. Fabian apretó las caderas de Ryan con las rodillas y se sumergió en su boca.

Ryan tenía las enormes manos en la espalda de Fabian, pero las mantenía sobre la camisa. Fabian quería arrancársela. Quería que desapareciera hasta el último trozo de tela que los separaba, pero, todavía más, quería respetar los límites de Ryan. Así que hundió los dedos de una mano en la espesa melena de Ryan y apoyó la otra en el colchón. Iba a dejar que Ryan marcase el ritmo.

La cosa era que podía notar la erección de Ryan. Era… difícil no darse cuenta. No le gustaba pensar en sí mismo como alguien a quien le importara el tamaño, pero el bulto de los vaqueros de Ryan era sin duda intrigante. Y alentador. Ryan no podía estar del todo incómodo en ese momento.

—Besas tan bien… —murmuró Fabian recordando que se suponía que debía ofrecerle refuerzos positivos.

—Gracias.

—Puedes tocarme si quieres. Me refiero a debajo de la camiseta. —Le mordisqueó el lóbulo de la oreja a Ryan y le susurró—: Te dejo llegar a la segunda base...

Ryan se rio y le soltó con delicadeza el bajo de la camiseta a Fabian, que se la había metido por dentro de los pantalones. Deslizó las manos bajo la camiseta, agarró la cintura de Fabian y curvó los pulgares para apoyarlos en su estómago. Las manos de Ryan eran tan grandes sobre el delgado cuerpo de Fabian que sus dedos casi se tocaban en su columna vertebral. Fabian quería esas manos por todas partes. Se retorció, tratando de animar a Ryan a explorar, y su culo rozó la erección de Ryan.

—Lo siento —dijo Fabian—. ¿Quieres que me mueva a otro sitio? Es un poco difícil evitar eso. —Luego añadió, rápido—: No es que quiera evitarlo. Pero quieres que lo haga, ¿verdad?

—Yo, pues...

—Lo que quieras. Tú dime.

—¿Podrías... podrías hacerlo de nuevo?

Fabian se dio cuenta de que le había costado soltar esas palabras, así que no se burló de él.

—Con mucho gusto.

Giró las caderas, más despacio esta vez, mientras le ofrecía a Ryan su mejor intento de baile erótico.

Mientras su culo acariciaba la importante longitud de la polla de Ryan, él se estremecía debajo de Fabian.

—Ay, dios.

—¿Te gusta?

—Sí. Joder. Sigue.

Animado, Fabian se puso recto y siguió moviendo las caderas con un vaivén lento y sensual mientras se quitaba la camiseta por la cabeza.

—Uf —susurró Ryan—. Por favor.

Las manos de Ryan se deslizaron por los costados y le cruzaron el pecho, donde se pararon para frotar con suavidad el piercing del pezón. Esa noche llevaba uno de los más ornamentados: un aro cerrado de filigrana plateada con piedras azul oscuro. Cuando Ryan lo rozó con el pulgar, Fabian perdió el ritmo.

—Hostia puta —dijo, y luego se rio—. Te pensarás que ya me había acostumbrado a eso.

—Me gusta —dijo Ryan. Su voz era un murmullo grave que le llegaba justo a los huevos a Fabian—. Te queda bien.

—Adelante —jadeó Fabian.

—Ven aquí. Quiero besarte.

Fabian se inclinó hacia delante, deslizó las manos por debajo del dobladillo de la camiseta de tirantes de Ryan mientras unía sus labios. Ryan le sujetó la nuca a Fabian mientras lo besaba, acariciándole el lateral del cuello con el pulgar. A Fabian le encantaban sus manos. Quería sentir esos dedos largos y gruesos rodeándole la polla. Quería sentirlos dentro de él.

—¿Puedo quitártela? —preguntó Fabian mientras tiraba de la camiseta de Ryan.

—Sí. Vale. Déjame…

Hizo un abdominal y se quitó con rapidez las dos prendas, luego se tumbó sobre el colchón.

—Mírate. Estás increíble.

Ryan tenía el abdomen plano, no era un *six-pack*, pero sin duda estaba tonificado, y tenía un rastro de vello pelirrojo oscuro que bajaba desde el ombligo. Los pectorales eran impresionantes: enormes, sólidos y cubiertos de más vello pelirrojo. No tenía tatuajes ni piercings a la vista, pero sí varios moretones y cicatrices.

Fabian ni siquiera se dio cuenta de que había estado acariciando distraído con las palmas el torso de Ryan hasta que él lo detuvo, llevándose con suavidad una de las manos a la boca y besándole el interior de la muñeca.

—¿Quieres que pare? —preguntó Fabian.

—No. La verdad es que ahora mismo estoy la hostia de cachondo.

Fabian movió el culo contra la erección de Ryan.

—Me he percatado. —Se inclinó y le susurró al oído a Ryan—. ¿Quiere salir a jugar?

Ryan soltó una risita.

—Creo que sí.

—Bien. Porque conozco a alguien que se muere de ganas por conocerla.

—Eres un ridículo.

Fabian le guiñó un ojo y luego se deslizó por el cuerpo de Ryan para poder desabrocharle el botón de los vaqueros.

—Dime si quieres parar. Cuando quieras, ¿vale?

—Vale. Sigue…

Fabian bajó despacio la bragueta de Ryan y la abrió para dejar al descubierto el apetecible bulto de sus calzoncillos. Sin apartar la mirada de Ryan en ningún momento, Fabian posó la palma dc la mano sobre ella.

—Joder, la tienes enorme. ¿Puedo sacarla?

—Sí. Aunque es rara —comentó Ryan.

—¿Rara?

Vale, ahora Fabian lo comprobaría. Le bajó con cuidado la cintura de los calzoncillos hasta los muslos, y la polla de Ryan le dio un golpe contra el estómago, enorme y dura.

Por lo que Fabian podía ver, no había nada de raro en ella. Sin duda era una bestia, larga, gruesa y sin circuncidar. La punta era de un rojo intenso y sus pelotas eran enormes de la hostia, pero nada de eso era algo que Fabian considerara raro. «Gloriosa» era un término más apropiado.

—Sí —suspiró Ryan—. Como te he dicho…

—¡No! ¡Me encanta! —Para demostrárselo, Fabian inclinó la cabeza y le besó la parte inferior de la polla—. Hay tantas cosas que quiero hacerte…

—No tienes por qué…

Fabian levantó una mano.

—Ryan. Estoy hablando con mi nueva amiga. Silencio.

Ryan se rio, lo que hizo que Fabian se sintiera un poco orgulloso.

—Lo siento. Continúa.

—¿Qué tal si nos quitamos estos pantalones del todo? —sugirió Fabian.

—Sí. Voy. Yo lo hago. Me aprietan un poco.

Fabian se apartó de él para que Ryan pudiera incorporarse y quitarse los vaqueros, los calzoncillos y los calcetines. Cuando Ryan se quedó desnudo por completo, Fabian se dio cuenta de que empezaba a sentirse incómodo de nuevo. Apretaba las manos contra el edredón y no era capaz de mirar a Fabian a los ojos.

—¿Te importa si me uno a ti? —preguntó Fabian—. Para ser sincero, me preocupa un poco que se rompan estos pantalones. La situación se está volviendo crítica.

—Lo siento. Sí. Por favor.

Fabian se puso de pie y se quitó el resto de la ropa. Su polla, que ya estaba dura, saltó con impaciencia de los calzoncillos en cuanto empezó a quitárselos. Se la acarició un par de veces como recompensa por haber sido tan paciente.

—Vaya. ¿Puedo hacerlo yo? Me refiero, ¿por ti? —preguntó Ryan.

—Por supuesto.

Fabian se colocó entre los muslos abiertos de Ryan y se apoyó con una mano en el musculoso hombro de él. Hundió los dedos de la otra mano en el pelo de Ryan. Su mano estaba seca, pero era enorme y cálida.

Fabian gimió al sentir contacto y aún más cuando Ryan lo acarició. Dios, cuánto había querido eso. Justo eso: a Ryan desnudo, con la mano sobre la polla de Fabian. Era perfecto.

—Eres muy puto sexy —murmuró Ryan—. Me encanta tu cuerpo.

Fabian solo pudo gemir feliz en respuesta. Lo decía en serio cuando le había dicho a Ryan que le encantaba que le prestaran atención. Era adicto a la adoración y a los elogios. Había dejado todas las redes sociales hacía poco, porque se había vuelto adicto a ver cuántos «me gusta» recibía cada una de sus publicaciones. Ahora su discográfica gestionaba su cuenta de Instagram por él.

Rara vez recibía la adoración que ansiaba de los hombres con los que se acostaba. No así. No como la admiración que veía ahora en los ojos de Ryan o la forma respetuosa en que lo tocaba.

Fabian tensó los dedos de los pies en la elegante alfombra de la habitación de Ryan cuando él le acarició la raja con la yema del pulgar. Entonces Ryan se inclinó y le lamió el piercing del pezón, y Fabian estuvo a punto de volverse loco.

—¡Joder! Joder. Para. Para un segundo.

Ryan lo soltó al momento y lo miró con preocupación.

—¿Estás bien?

—Sí. —Se rio—. Antes no estaba de broma. Sobre mi problemilla.

Ryan puso cara de desconcierto, pero enseguida lo entendió.

—No es un problema. Me gustaría hacer que te corras. ¿Puedo?

Fabian asintió, con la mente nublada por el deseo.

—Vale. Sí. Hazlo. Después nos lo podemos tomar con calma.

Ryan volvió a rodearlo con los dedos y la polla de Fabian se estremeció de excitación. No le iba a llevar mucho tiempo. La otra mano de Ryan acarició con suavidad las pelotas de Fabian mientras, ahora sí, se la meneaba, y Fabian echó la cabeza hacia atrás.

—Joder. Sí. Así. Justo así. Me voy a…

Como siempre, el orgasmo estalló antes de que pudiera acabar el aviso. Pero no podía enfadarse por ello. Joder, qué bien se sentía.

Cuando volvió a abrir los ojos, vio que su semen había caído sobre el pecho de Ryan y se había pegado a su vello.

—Ups —dijo.

Ryan se quedó con la boca abierta, con una expresión de puro asombro.

—Te lo dije… —insistió Fabian, pero Ryan lo interrumpió.

—Tu cara estaba preciosa cuando has hecho eso. Dios santo.

Fabian se dejó caer, medio arrastrándose, medio desplomándose, en el regazo de Ryan.

—Gracias.

Apoyó la cabeza en el hombro de Ryan y cerró los ojos. Ryan comenzó a acariciarle el pelo, y Fabian se sintió de repente tan a gusto que se habría quedado así siempre.

—Tienes sueño —observó Ryan.

—No —murmuró Fabian, pero su argumento se vino abajo al bostezar.

Ryan se rio entre dientes, luego lo abrazó con fuerza y se puso de pie para llevar a Fabian como a un niño y acostarlo con delicadeza en la cama, con la cabeza sobre una almohada.

—Son las tres de la madrugada. Podemos dar por terminada la noche.

—Pero te iba a enseñar mi truco —protestó Fabian.

La almohada tenía el equilibrio perfecto entre suavidad y firmeza. Volvió a cerrar los ojos.

—Puede esperar. Enseguida vuelvo.

A lo lejos, Fabian oyó a Ryan en el baño, con el agua corriendo y, lo más seguro, lavándose el semen del vello que tenía en el pecho. Seguro que también se cepillaba los dientes. Y quizá ponía su erección en agua fría. Una punzada de culpabilidad hizo que Fabian abriera los ojos.

—¿Y tú? —preguntó cuando Ryan regresó del baño con un paño húmedo.

—¿A qué te refieres?

Ryan limpió con cuidado con la toalla húmeda el torso de Fabian, que se había quedado pegajoso al apretarse contra el pecho sucio de Ryan.

—Quiero decir que has hecho que me corra y yo ni siquiera lo he intentado contigo.

Se dio cuenta, mientras Ryan se levantaba y tiraba la toalla a la cesta de la ropa sucia, de que su erección había desaparecido casi por completo.

—No pasa nada. Lo más probable es que esté demasiado cansado para eso. —Ryan abrió un cajón de la cómoda y sacó un par de calzoncillos limpios—. Como te he comentado, incluso en el mejor de los casos es una odisea.

—No es una odisea —replicó Fabian, pero las palabras le salían entrecortadas mientras volvía a cerrar los ojos.

Ryan se metió en la cama a su lado y Fabian se acurrucó rápido para ponerse en posición de cucharita.

—Qué calentito eres —murmuró contento.

Ryan le besó la coronilla.

—Buenas noches. Y gracias.

—Es un placer.

El último pensamiento de Fabian antes de quedarse dormido fue que lo decía en serio.

Capítulo 17

Despertarse con los brazos ocupados por Fabian fue tan maravilloso como Ryan siempre se había imaginado.

Ryan se despertó primero y se quedó un buen rato tumbado, lo más quieto posible, respirando el aroma de Fabian. No quería molestarlo porque le preocupaba que, cuando Fabian se despertara y se diera cuenta de dónde estaba, todo se acabara. Fabian se tomaba el sexo y las relaciones personales con una naturalidad que Ryan nunca podría mostrar. Sabía que la noche anterior no había significado tanto para Fabian como para él. Había sido una curiosidad para Fabian; una que había intrigado al otro durante mucho tiempo, claro, pero Ryan estaba seguro de que Fabian ya había saciado esa curiosidad y seguiría adelante.

Al final, cuando ya no pudo resistirse más, acarició con la nariz el pelo de Fabian y luego le besó la sien. Fabian se retorció entre sus brazos y suspiró. Ryan pudo ver cómo sus labios se curvaban en una sonrisa somnolienta.

—Esta cama mola.

Ryan no creía haber apreciado nunca del todo lo genial que era su cama hasta la noche anterior. Había dormido mejor de lo que lo había hecho en mucho tiempo. Apretó el brazo alrededor de Fabian, acercándolo más a él.

—¿Me dejarás ir en algún momento? —bromeó Fabian.

—Nop.

Fabian soltó una risita.

—¡Que tengo que hacer pis!

Con un suspiro exagerado, Ryan lo soltó y Fabian se escurrió por debajo de las sábanas. Seguía desnudo y estaba impresionante a la luz de la mañana que entraba a raudales por las ventanas, cuyas cortinas Ryan había olvidado correr. Se apresuró hacia el baño y, un minuto después, gritó:

—¡Mierda! ¡Mi maquillaje!

Asomó la cabeza por la puerta del baño y Ryan pudo ver lo mucho que se le había corrido el maquillaje.

—¿No tendrás por casualidad algún desmaquillante? ¿A ser posible sin sulfatos?

Ryan se rio.

—No. Lo siento.

—Bueno, pues un limpiador facial. Alguno suave.

—Hay una pastilla de jabón en la ducha.

Fabian lo miró mientras parpadeaba.

—Perdona. ¿Con qué te lavas la cara?

—Con jabón. ¿Por qué?

Le pareció escuchar a Fabian murmurar algo tipo «Esto es una pesadilla» mientras se retiraba al cuarto de baño. Al instante, Ryan oyó el grifo del baño abierto. Se le hizo un poco larga la espera, pero, al final, Fabian salió del baño con la cara sin maquillaje y el flequillo húmedo. Se abalanzó hacia la cama, con la polla meneándose mientras corría, lo que provocó que Ryan se riera.

—¡Qué frío! —se quejó Fabian mientras se metía bajo las sábanas y se acurrucaba de nuevo contra Ryan—. No me puedo creer que me durmiera con el maquillaje puesto. Dios, mi piel va a quedar hecha un cuadro.

Ryan lo volteó para que quedaran cara a cara.

—A mí me parece que estás bien.

Le encantaba cómo le sentaba a Fabian el maquillaje, pero también era un gran admirador de esta versión de él, sin adornos y con aspecto juvenil, incluso a sus treinta y un años.

—¿Qué tienes pensado hacer hoy? —preguntó Fabian.

—Nada.

—Yo tengo que ir al trabajo a las cuatro. A la tienda.

—¿Pero hasta esa hora estás libre?

Fabian sonrió.

—Soy todo para ti.

Dios, ojalá. Pero, de momento, sí. Estaba en los brazos de Ryan, en la cama de Ryan, así que Ryan lo besó. Se dio cuenta, una vez que empezaron, de que aún no se había lavado los dientes. Fabian sabía como si se hubiera pasado un poco de pasta de dientes de Ryan para enjuagarse rápido. Paró el beso.

—Lo siento. Debo de dar asco.

—Qué va.

—Me voy a dar una ducha. No sé si te apetece, ya sabes, hacer cosas sexuales. Pero no puedo a menos que me asee un poco.

Fabian lo besó en la mejilla.

—Pues mejor que te asees, porque me apetece mucho hacer cosas sexuales.

A Ryan le gustó cómo sonaba eso, y a la polla de Ryan le gustó muchísimo cómo sonaba eso. Era agradable estar de acuerdo por primera vez.

—A mí también me vendría bien echarme un agua —dijo Fabian con naturalidad—. Me he fijado en que tu ducha es bastante grande. Quizá, incluso, haya espacio para dos…

—Es que yo ocupo mucho.

—Seguro que yo me las apaño para meterme en algún sitio.

Ryan se puso rojo. Fabian era tan sexy sin apenas esforzarse… ¿Cómo lo haría? Lo mejor que se le ocurría a Ryan en cuanto a conversación subida de tono era balbucear sugerencias de «cosas sexuales».

Ryan abrió el grifo de la ducha y esperó un momento para lavarse los dientes antes de reunirse con Fabian bajo el chorro de agua. El cuerpo de Fabian ya le había cautivado antes, pero verlo mojado, con el agua resbalando por las líneas suaves y esbeltas de su cuerpo, era otra cosa. Era tan fascinante que Ryan no tuvo ni un segundo para sentirse cohibido por su propio cuerpo.

—Si no estás muy ocupado —dijo Fabian, con una sonrisa que daba a entender que era muy consciente de lo mucho que Ryan estaba disfrutando de la vista—, ¿te importaría pasarme el champú?

—Ah. Claro.

Fabian frunció el ceño al ver el bote de H&S que Ryan le ofrecía. Con un profundo suspiro, sacó un poco de champú y le devolvió el bote a Ryan.

—¿Puedo? —preguntó Ryan con las manos suspendidas sobre el cuero cabelludo de Fabian.

Era posible que Fabian tuviera un método muy concreto para hacer espuma, pero Ryan esperaba que su gusto por que le acariciaran el pelo se impusiera.

Fabian asintió y cerró los ojos. Ryan hundió los dedos, tratando de masajear el cuero cabelludo de Fabian y de lavarle el pelo. Fabian se dio la vuelta y se recostó contra el pecho de Ryan.

—Dios, qué sensación tan increíble —gimió—. Tus manos son tan fuertes…

Le sentaba bien, para variar, usar sus fuertes manos para cuidar de alguien. Todavía no estaba seguro de cómo había tenido la suerte de tener a Fabian así, pero estaba decidido a aprovecharlo al máximo.

Observó cómo Fabian se aclaraba la espuma del pelo y se sintió avergonzado por lo rápido que había reaccionado su polla.

La polla de Fabian se había puesto un poco más dura desde que se habían metido en la ducha, pero Ryan estaba durísimo.

—Te toca —dijo Fabian y se deslizó a su lado para que Ryan pudiera ocupar su lugar bajo el chorro de agua—. Te ofrecería devolverte el favor, pero me temo que no llego.

—No pasa nada.

Ryan cogió el champú. Se enjabonó y se enjuagó rápido, y, cuando abrió los ojos, se encontró a Fabian arrodillado frente a él.

—¿Qué…?

—He encontrado un sitio al que sí llego —dijo con una sonrisa pícara—. ¿Puedo?

Ryan no se permitió darle demasiadas vueltas al asunto. De todos modos, no podía pensar, no con la polla gritándole que dijera que sí y ya. Asintió con la cabeza y Fabian se inclinó hacia él.

—Joder —jadeó Ryan cuando Fabian se metió la punta de su polla en la boca. Hacía tanto tiempo que nadie le hacía eso… Tanto desde que había dejado a alguien hacerlo…

Fabian, al parecer, era un experto. No se la metía del todo —Ryan no habría esperado que lo hiciera—, pero sabía justo dónde centrar la atención. Mantenía las mejillas huecas y la lengua ocupada, y era puto increíble.

Ryan extendió un brazo para apoyarse contra la pared. Fabian rodeó con una mano la parte baja de la polla de Ryan y empezó a acariciarla, dejando que el puño cubriera la zona a la que su boca no llegaba. La otra mano se deslizó por el muslo de Ryan y luego se desplazó para coger por debajo sus pelotas.

A Ryan no le iba mucho decir marranadas. Para nada. Pero, si se hubiera animado a hablar en ese momento, le hubiera gustado decir algo alentador como: «Joder, sí. Juega con mis pelotas. Haz que me corra en tu cara. Haz que me corra, por favor. Necesito correrme».

Pero Ryan se mantuvo en silencio, salvo por algunos gruñidos y gemidos involuntarios y alguna que otra palabrota. Fabian lo miró a través de sus largas y preciosas pestañas, y luego bajó la mano para acariciarse la polla un par de veces. A Ryan le encantaba lo dura que se le había puesto la polla a Fabian mientras le hacía eso.

Ryan se sentía bien. Se sentía tan bien que pensó que de verdad podría llegar a correrse. No estaba del todo al límite, pero lo veía en el horizonte. La posibilidad le excitaba, y enredó los dedos en el pelo mojado de Fabian, tratando de animarlo sin hacerle daño ni forzarlo. Ni hablar.

Fabian movió la cabeza arriba y abajo y se la chupó con fuerza y rápido. Le acarició los huevos a Ryan con la palma de la mano y le hizo cosquillas alrededor de la polla. Dios, el orgasmo de Ryan estaba a punto de llegar. Podría conseguirlo.

Debió de empujar sin querer, porque de golpe Fabian empezó a toser y a escupir. Se apartó y levantó un dedo.

—Perdona. Dame un segundo.

—Dios, ¿te he hecho daño? —preguntó Ryan—. No era mi intención. Lo siento. Es que…

—No pasa nada. Es solo que no me lo esperaba. —Fabian se rio—. La tienes muy grande. No estoy acostumbrado.

Ryan cerró el grifo y se agachó a su lado. El orgasmo ya era, sin duda, una causa perdida.

—Lo siento muchísimo.

—¡Que no pasa nada! Ya te he dicho que estoy bien. ¿Por dónde íbamos?

Ryan le puso una mano en el hombro.

—Déjalo.

Se puso de pie y le tendió la mano a Fabian. Fabian lo miró fijamente, con cara de confusión, después le cogió la mano y dejó que lo ayudara a ponerse de pie.

Salieron de la ducha y Ryan le buscó rápido una toalla a Fabian. Mientras se secaban, Fabian le preguntó:

—¿Te ha gustado? Parecía que lo estabas disfrutando.

—Lo estaba. Mucho. Ha estado genial. —Ryan apartó la mirada—. Una pasada, la verdad. Me he dejado llevar un poco demasiado.

—No me importa volver a intentarlo —dijo Fabian con dulzura.

Ryan agradeció de verdad la oferta, pero no podía aceptarla.

—Gracias, pero no hace falta. De verdad.

—¿O podríamos besarnos… y ya? ¿Revolcarnos en esa cama tan increíble que tienes?

Ryan sonrió.

—Suena bien.

Menuda mierda. Fabian había tenido a Ryan tan cerca… Estaba seguro de ello.

El fracaso nunca había sido algo que Fabian pudiera aceptar con facilidad. Sabía que no debía ver el orgasmo de Ryan como un reto, sobre todo después de que Ryan le hubiera explicado por qué le resultaba difícil follar, pero no podía evitarlo. Tenía muchas muchas ganas de hacer que Ryan se corriera.

A él tampoco le habría importado correrse. Aquella mamada lo había puesto hipercachondo, y ni siquiera el hecho de haber estado a punto de morir ahogado por una polla enorme había logrado calmar su excitación en absoluto.

Se acomodó con delicadeza sobre las sábanas arrugadas de Ryan, con las piernas estiradas y cruzadas por los tobillos y con un brazo colgando por encima de la cabeza.

—Ah —dijo Ryan.

Estaba de pie al final de la cama, con los nudillos blancos de apretar la toalla que se había envuelto alrededor de la cintura.

Sus ojos recorrieron el cuerpo de Fabian, quien disfrutó al darse cuenta. Quería toda la atención de Ryan.

Fabian bajó la mano y acarició con suavidad su propia erección.

—Apuesto —dijo despacio— a que has imaginado algunas cosas que te gustaría hacer conmigo.

La nuez de Ryan se movió.

—Sí —dijo. Fue poco más que un susurro, pero Fabian lo oyó bien claro.

—¿Por qué no te acercas y me lo cuentas?

Ryan se quedó con la boca abierta un momento, como si su cerebro hubiera cortocircuitado, y luego dijo:

—No sé si puedo. Contártelas, quiero decir.

—Pues ven y enséñamelas.

Ryan soltó la toalla y se arrastró hasta la cama, cubriendo el cuerpo de Fabian con el suyo. Besó a Fabian, con fuerza, intensidad y posesividad, y la sangre de Fabian se disparó. «Sí, por favor. Reclámame. Hazme tuyo».

—Dime si hago algo mal —dijo Ryan y luego besó y chupó el cuello de Fabian. Fabian echó la cabeza hacia atrás con entusiasmo. Le encantaba que le besara el cuello.

—Joder, eso es todo lo contrario a hacerlo mal —dijo Fabian—. Adoro sentir tu barba en la piel.

Ryan respondió con un gruñido, que lo más seguro era lo máximo que Fabian iba a sacarle. Le encantaría que Ryan le murmurara cochinadas. Dios, ¿cómo sería? Intentó imaginarse al dulce y tímido Ryan diciéndole cochinadas con su suave acento de South Shore. La idea hizo que la polla de Fabian se estremeciera en su mano.

Menos mal que Fabian hablaba lo suficiente para cubrir el cupo de los dos.

—Quiero volver a tener tu polla en la boca. Cuando tú quieras. La invitación está ahí. Nunca había tenido una tan grande. Quiero llegar a hacerte una garganta profunda. Apuesto a que podría conseguirlo.

Quizá estuviera diciendo tonterías, pero de verdad que quería intentar meterse a Ryan entero.

—¿Tú crees? —dijo Ryan, y luego se llevó el piercing del pezón de Fabian a la boca.

Tiró con la fuerza justa para que una dulce descarga de dolor y placer recorriera el cuerpo de Fabian hasta los dedos de los pies. Él gritó y Ryan se rio.

—Estás obsesionado con él —dijo Fabian.

—Nunca había visto uno de cerca.

—Bueno, me esfuerzo en ser educativo.

Ryan siguió jugando con la joya con la lengua durante un minuto más mientras Fabian se retorcía en la cama. No quería presionarlo, pero la verdad era que a Fabian no le habría importado que alguna parte de Ryan entrara en contacto con su polla. Pronto. Levantó las caderas para que su erección rozara un poco el pecho de Ryan, con la esperanza de que captara la indirecta.

Quizá lo entendió, o quizá fue una coincidencia, pero al final Ryan empezó a recorrer con besos el vientre de Fabian, deteniéndose al llegar a su polla.

—¿Puedo…?

—¡Sí! —soltó Fabian casi gritando. Se tapó la boca con la mano, avergonzado—. Quiero decir, sí. Puedes. Por favor.

—Dime algo, que hace tiempo que no…

—Ryyyyyy… aaaaaan… —gimió Fabian.

Ryan frunció el ceño mientras miraba fijo la polla de Fabian, como si estuviera tratando de averiguar cómo abordarla. Entonces, por suerte, se lanzó y ya, envolvió la punta con los labios y se deslizó hacia abajo.

—Ay, joder, sí. Hostia puta, Ryan. Sigue así.

La verdad era que a Fabian le costaba muy poco correrse, pero aun así sabía apreciar la técnica de Ryan. No era nada llamativa, ni siquiera parecía ensayada, pero era tan sincera que Fabian no pudo evitar sentirse cautivado.

Además, la barba de Ryan le hacía cosquillas en los huevos, lo cual era una fantasía.

Al cabo de lo que no pudieron ser más de tres minutos, Fabian le advirtió:

—Si no quieres que me corra en tu boca, más te vale que te apartes.

Ryan se apartó, pero luego dijo:

—¿Qué?

Y entonces Fabian se corrió por toda su cara de desconcierto.

—Lo siento muchísimo, joder. Ay, madre mía. —Fabian sabía que su risa nerviosa no le hacía parecer muy arrepentido—. Intentaba avisarte.

Ryan se pasó la mano por la barba, quitándose la mayor parte del desastre, y luego sonrió.

—¿Entonces ha estado bien?

—Ha sido perfecto.

Fabian se tapó la cara con una almohada y gimió. Ryan le quitó la almohada.

—No pasa nada. Me ha gustado verlo. Solo es que me ha sorprendido. —Se levantó y se dirigió al cuarto de baño—. Ahora mismo vuelvo.

¿Iba bien de momento? Fabian no estaba seguro. Sin duda disfrutaba de despertarse junto a Ryan, y tenía la impresión de que Ryan se lo estaba pasando bastante bien, pero no tenía ni idea de lo que ocurriría después de que se fuera del apartamento de Ryan más tarde.

—¿Qué te parece si vuelvo a intentar hacer que te corras? —siguió Fabian cuando Ryan volvió a la habitación.

La sonrisa de Ryan se desvaneció.

—La verdad es que tengo mucha hambre. ¿Tú no?

Fabian lo miró con recelo.

—Supongo que podría comer algo.

—Tengo algo por ahí. Puedo preparar el desayuno. O podemos ir a algún sitio si lo prefieres.

Fabian se incorporó.

—Me temo que no tengo nada que ponerme para ir a ningún sitio a comer nada. —Señaló con un gesto el pequeño montón de ropa asquerosa y sudada de la discoteca que había en el suelo.

—Ah. Podría lavarte la ropa, así al menos no tendrás que ponerte ropa sucia para volver a casa más tarde.

En realidad, eso tenía mucho sentido, así que Fabian aceptó. La ropa interior limpia era demasiado tentadora como para negarse. Ryan rebuscó en su armario y sacó algo.

—Sé que esto no es para nada tu estilo, pero se lo compré a Colleen y ella tiene una talla más parecida a la tuya que yo. —Le dio a Fabian un pequeño montón de ropa de los Toronto Guardians. Parecía una sudadera con capucha y unos pantalones de pijama—. Solo hasta que tu ropa esté limpia.

El horror que Fabian sintió debió de reflejarse con claridad en su cara, porque Ryan se rio y dijo:

—Te prometo que no te haré fotos.

Fabian negó con la cabeza, disgustado consigo mismo.

—Estoy siendo un esnob. Lo siento. Gracias por la ropa, parece muy… suave.

—Si te gusta, te la puedes quedar. ¿Te gustan los huevos?

—Si son revueltos, sí.

Ryan le besó en la mejilla.

—Huevos revueltos. Marchando.

Ryan no estaba en absoluto preparado para el efecto que le causaría ver a Fabian con ropa oficial del equipo.

Salió de la habitación justo cuando Ryan estaba removiendo los huevos en la cocina, con sus esbeltos pies descalzos asomando por debajo de los pantalones de pijama de franela de los Guardians. Había algo que sin duda no encajaba con que Fabian llevara ropa de fan del hockey, pero a Ryan se le aceleró el corazón de todos modos. Le gustaba ver a Fabian vestido con sus colores. En su casa.

—¿Qué tal estoy? —preguntó Fabian con ironía.

—Cómodo.

Fabian se metió las manos en los bolsillos de la sudadera.

—La verdad es que sí que es cómodo. No puedo mentir.

Ryan se mordió el labio y luego volvió a los huevos.

—¿Qué? —preguntó Fabian—. Sé que parezco un idiota, pero…

—No. Es que… —A Ryan se le puso la cara roja—. Me estoy excitando un poco. Al verte con esa ropa. Sé que es horrible.

Fabian sonrió y se acercó a él despacio, y luego le rodeó la cintura con los brazos.

—Bueno, pues, en ese caso, ¡vamos, Guardians!

Ryan se rio.

—Siéntate, porfa. —Señaló con la espátula los taburetes altos que rodeaban la barra del desayuno—. ¿Quieres una tostada para acompañar los huevos?

Fabian se subió a uno de los taburetes.

—Estaría genial.

—¿Café? ¿Té? Yo soy más de té, pero por la mañana me gusta el café.

—Me encanta el té, pero sí. Café, porfa. ¿Quieres que lo prepare yo?

—Nop. Tú siéntate y ya. —Y, antes de que pudiera contenerse, añadió—: Si te acercas más, me voy a distraer y se me quemarán los huevos.

Fabian se rio al oír eso. A Ryan le encantaba la musicalidad de la risa de Fabian. No se podía creer que Fabian estuviera ahí de verdad, en su cocina, tras una noche y una mañana increíbles en las que habían estado explorando los cuerpos el uno del otro. No importaba que solo hubieran tonteado un poco o que Ryan no hubiera llegado, sin duda había sido lo mejor que le había pasado nunca. Y eso que era campeón de la Copa Stanley.

Cuando los huevos y las tostadas estaban listos, Ryan repartió todo en dos platos y los dejó sobre la encimera. Sirvió un café a cada uno y confió en que Fabian no quisiera leche entera, porque Ryan aún no había comprado. Pero, si a Fabian le gustaba, Ryan llenaría la nevera con lo que fuera.

—¿Le pones algo al café?

—Nop. Solo está perfecto —dijo Fabian con alegría. Acercó la nariz a la taza, que echaba humo—. Huele superbién.

Ryan se rio.

—Es solo Folgers.

—¿Folgers, la marca? ¿Tipo, no es marca genérica? No veas, ricachón.

Ryan se quedó de pie junto a la encimera, justo frente a Fabian.

—Pues espérate a que luego saque el lavavajillas de marca cuando friegue los platos.

—Para. Me vas a malacostumbrar.

Ryan esbozó una amplia sonrisa, se inclinó sobre la encimera y lo besó.

—Ahora tienes una altura perfecta para besarte.

Fabian le devolvió la sonrisa y apartó el plato.

—De golpe, me he llenado.

—No has tocado el plato. Come.

Fabian puso los ojos en blanco de forma exagerada mientras recuperaba el plato.

—Vale.

Mientras comían, Ryan se maravillaba de lo a gusto que estaba en compañía de Fabian. Incluso cuando eran adolescentes, y a pesar de la aterradora atracción que siempre había sentido por él, Ryan se había encontrado a menudo a gusto con él. Sabía que a Fabian no le había resultado fácil superar sus prejuicios hacia los jugadores de hockey, unos prejuicios que Ryan podía entender a la perfección, ya que había escuchado innumerables insultos homófobos durante su carrera en el hockey. Había visto cómo trataban los jugadores de hockey del instituto a chicos como Fabian. Pero Fabian se había fijado en Ryan, incluso entonces. No era solo otro deportista, ni una amenaza, sino una persona con la que merecía la pena compartir pequeñas partes de sí mismo.

—¿En qué piensas? —preguntó Fabian, porque quizá lo estuviera contemplando con una mirada ensimismada.

—En nada —respondió Ryan mientras se metía el último bocado de huevos en la boca.

—No te creo en absoluto.

—Estaba pensando en antes. En cuando éramos jóvenes.

—Yo sigo siendo joven. Pero, si te refieres a cuando éramos adolescentes, yo también he estado pensando mucho en eso estos días.

—Supongo que, ahora que hemos puesto las cartas sobre la mesa, te lo puedo decir: en aquella época estaba obsesionado contigo.

Fabian apoyó la barbilla en la palma de la mano y sonrió.

—¿Obsesionado?

—Más o menos. Es que me parecías tan… guapo.

Fabian hizo un gesto con la mano.

—Era un adolescente flacucho y rarito que se esforzaba demasiado en parecer un chulo.

—No. Eras genial. Y sigues siéndolo.

Fabian se pavoneó un poco y luego dijo:

—Pues bien, Ryan Price, déjame contarte lo que yo pensaba de ti.

—Ah, no hace fal…

—¿Te acuerdas de cuando nos conocimos? Acababas de llegar a nuestra casa y mamá me llamó al salón para presentarme al último jugador de hockey que iba a invadir mi vida.

—Recuerdo que no me diste la mano.

—Tenía las uñas recién pintadas.

Ryan se animó.

—¿No lo hiciste por eso?

Fabian se encogió de hombros.

—Sí. Bueno, no puedo jurar que hubiera sido mucho más simpático aunque no me las hubiera pintado, pero, la verdad, me preocupaban mis uñas.

Ryan se rio.

—Pues pensé que me odiabas.

—Y lo hacía. Bueno, no te conocía, pero supuse que serías un capullo. Los demás lo eran. Y tú eras tan alto, y mis padres te miraban como si fueras un dios. Como si fueras el hijo que siempre habían querido.

A Ryan se le encogió el corazón.

—No, ellos…

—No pasa nada. Apenas lo ocultaban. Así que estaba dispuesto a odiarte, pero entonces hablaste y tu voz era tan suave… Y tenías esa adorable sonrisa tímida. Sí, justo esa.

Ryan se sonrojó, pero no pudo evitar sonreír aún más.

—Nunca había visto a nadie que fuera como tú.

—¿Libanés? —bromeó Fabian.

—No, no. Me refiero a que tenías un aire sofisticado y glamuroso.

Fabian soltó una carcajada.

—¿Glamuroso? Dios mío, de verdad que has estado metido en una burbuja.

—Es que… parecías un miembro de Panic! At The Disco o algo así.

A Ryan le preocupaba que Fabian se cayera del taburete.

—¡Ay, para! Hostia puta —jadeó—. Era un puto friki que tocaba en la banda escolar y llevaba esmalte de uñas barato.

—Tenías un pelo bonito.

—Bueno —dijo Fabian cuando dejó de reírse—, tú parecías Archie Andrews. Pero no me miraste con asco, y no pude evitar sentir… curiosidad.

—Creo que lo último que sentí cuando te miré fue repulsión.

—Es una pena que nunca me lo dijeras.

Ryan llevó los dos platos al fregadero.

—Todavía estaba descubriendo quién era.

—¿Así que nunca habías besado a nadie antes?

—A una chica. En Ross Harbour. Estábamos en una fiesta y me pareció algo que tenía que hacer. Era la estrella del hockey, así que por aquel entonces las chicas me prestaban mucha atención.

—¿Había chicos a los que hubieras preferido besar?

—La verdad es que no. No hasta…

Ryan se calló. Incluso después de todo lo que había confesado, eso le podía parecer demasiado.

Fabian se acercó y se colocó a su lado junto al fregadero. Le puso una mano en el brazo.

—¿No hasta qué?

Ryan se mordió el labio y luego dijo:

—No hasta que te conocí.

Al ver que Fabian no respondía, Ryan se atrevió a bajar la mirada hacia él. Se quedó sorprendido al ver lágrimas en los ojos de Fabian.

—Ay, dios. ¿Estás bien?

Fabian asintió con la cabeza mientras apretaba los labios con fuerza.

—Lo siento, si…

—No. Soy de lágrima fácil —dijo Fabian—. Es que eso ha sido muy bonito. No lo sabía. —Exhaló con fuerza—. Nunca había besado a nadie cuando te conocí. Supongo que ya te lo había dicho. Pero me había pillado de amigos que… no podían corresponderme. Y eso hacía difícil seguir siendo amigo de algunos de ellos. Pero nunca esperé sentir ese tipo de cosas por un jugador de hockey. Por el enemigo. —Puso los ojos en blanco—. Era un capullo criticón.

—Lo entiendo. Créeme. Yo nunca he acabado de encajar del todo con mis compañeros de equipo.

—Lo admito, incluso ahora me sorprende que me…

Suspiró y bajó la mirada al suelo.

Ryan podía adivinar el resto de la frase. «Me sorprende que me atraiga alguien como tú». No se ofendió porque él tampoco se lo acababa de creer.

—Tu ropa ya debe de estar lista para meterla en la secadora —dijo Ryan—. ¿Se puede meter en la secadora?

Fabian se rio y luego sorbió por la nariz.

—Mi ropa es baratísima. Se puede meter en la secadora.

Una vez hecho, Ryan sugirió que tomaran más café en el salón. Fabian se acurrucó en una punta del sofá, con las piernas cubiertas por la camisa de franela. Ryan se sentó en el otro extremo, pero se volvió hacia él.

—Siento lo de tus padres —dijo. Era algo que había querido decirle cuando eran adolescentes.

Fabian pasó la yema del dedo por uno de los logotipos de los Guardians que llevaba en los pantalones.

—¿El qué? No es su culpa que no tuvieran el hijo que querían.

—Sí lo es. —Ryan pensó en lo que acababa de decir y luego se corrigió—. No quiero decir que… Solo intento decir que son unos estúpidos por no valorarte tal y como eres.

—Bueno, como me gusta decir, ellos se lo pierden. Pero nunca sienta bien ser tan decepcionante como para que tus padres se dediquen a adoptar hijos sustitutos. Mejores que yo. —Fabian resopló—. Año tras año me presentaban a alguna versión de su hijo ideal. Mis padres rebosaban de orgullo cada vez que sus pequeños deportistas, grandiosos, marcaban un gol o cuando los entrevistaban en la tele. No podía competir contra eso bajo ningún concepto.

—Lo siento —dijo Ryan.

—Pero ¿por qué?

—Por ser parte del problema.

Fabian se arrastró por el sofá, luego le puso una mano a cada lado de la cara a Ryan y le obligó a mirarle a los ojos.

—No tiene nada que ver contigo. Eres increíble.

Ryan se perdió por un momento en los ojos oscuros y preciosos de Fabian. Volvió a la realidad cuando Fabian lo soltó mientras le sonreía.

—Dios, escúchame. Tengo treinta y un años. ¿Por qué sigo quejándome de mis padres? Me va genial, ellos parecen felices, todo ha salido bien.

Ryan quiso discutir, pero en lugar de eso decidió sentar a Fabian en su regazo y besarlo.

—¿Cuánto falta para que termine la secadora? —preguntó Fabian sin aliento cuando Ryan al final dejó de besarlo.

—¿Treinta minutos, quizá?

—Tengo una idea para pasar el rato.

—¿Ah, sí?

—Mmm. Y la buena noticia es que implica que tú me quites toda esta ropa tan abrigada.

Capítulo 18

—Hay algo distinto en Fabian —reflexionó Marcus.

—Mmm… ¿Se ha cortado el pelo? —sugirió Tarek.

—No. ¡Ay! ¡Ya sé! Acaba de tener un maratón de sexo increíble con un jugador de la NHL.

Fabian le sacó la lengua a Marcus.

—Pues no. Sobre todo, hemos estado hablando. ¿Queda más café?

—Te preparo un poco —se ofreció Tarek—. Pero entonces quiero que me lo cuentes todo.

—No os limitasteis a hablar, ¿verdad, Fabe? —preguntó Vanessa—. Eso sería una tragedia.

Fabian no pudo evitar que se le escapara una sonrisa, lo que hizo que Vanessa chillara.

—¡Te lo has tirado, no hay dudas! ¿Ha sido increíble?

—En realidad, no. Técnicamente. Depende de cómo definas las cosas.

Vanessa dejó el plato de gofres sobre la mesita y se recostó en el sillón.

—Sabes que no creo que el sexo sea solo penetración.

—Así que no nos andamos con rodeos, ya veo —murmuró Marcus.

—Pues, según tu punto de vista —dijo Fabian—, sí. Follamos. Pero…

—¡Espera! ¡Espérame! —dijo Tarek mientras volvía a toda prisa de la cocina para reunirse con Marcus y Fabian en el futón—. El hervidor está encendido. Contadme.

—Vale, pues... Es que lo del sexo le da algo de ansiedad. Tiene algunos... problemas... para correrse.

—Suena a todo un reto —bromeó Marcus.

Fabian lo miró con los ojos entrecerrados, aunque, en el fondo, él pensaba justo igual.

—No es un reto —reprendió Vanessa—. A mucha gente le cuesta llegar al orgasmo, por muchos motivos distintos. El sexo no tiene por qué girar solo en torno a correrse...

—Sí, total —asintió Fabian con aire recatado—. Lo pasamos genial. Fue... muy cariñoso. Besa de maravilla. Y es tan fuerte y sexy... —Suspiró—. Estoy pilladísimo.

Vanessa aplaudió.

—¡Me encanta este chico!

—Pensaba que lo ibas a traer al brunch —dijo Tarek.

—Lo pensé, pero tenía un entrenamiento o algo así esta mañana, y además... Quería soltar el chisme con vosotros.

—¿Así que ahora sois novios? —preguntó Marcus—. ¿Estás saliendo oficialmente con un jugador de la NHL?

La sonrisa de Fabian se desvaneció.

—Pues no lo sé.

—¿No lo habéis hablado? —preguntó Vanessa.

—No. Pero vamos a vernos mañana por la noche antes de que se vaya de viaje.

—¿De viaje? ¡Qué mal!

—Sí, lo sé, es una mierda, pero... —Fabian se encogió de hombros—. Yo también estaré ocupado. Tengo que terminar de grabar un álbum, organizar un lanzamiento y planificar una minigira.

—¿Cuándo sales de gira? — preguntó Vanessa.

—Hay un festival de música en pleno invierno que se celebra en Kingston al que me han invitado a tocar. He pensado en organizar una pequeña gira a partir de ahí. Podría ir en tren en lugar de conducir por Ontario en febrero.

—Eeeh, no vas a ir solo —le dijo ella.

—¡Puedo hacerlo solo!

—Fabian —le advirtió Tarek—, busca al menos a otro músico con quien ir de gira.

Fabian quería justificarse, pero sabía que sus amigos tenían razón preocupándose.

—Preguntaré por ahí —prometió—. Quizá mi discográfica quiera emparejarme con alguien.

—Quizá Ryan quiera ser tu encargado —dijo Marcus.

—Si no fuera porque en febrero estará jugando al hockey. Porque ese es su trabajo.

Marcus levantó las manos.

—¿Cómo cojones se supone que voy a saber cuándo es la temporada de hockey?

Fabian quería poner los ojos en blanco, pero no podía enfadarse por lo mucho que sus amigos lo querían. Y por lo rápido que habían confiado en Ryan. A pesar de su tamaño, su trabajo y el hecho de que, al parecer, no tuviera nada en común con ellos, los amigos de Fabian lo habían aceptado.

—Gracias —dijo Fabian—. Pronto lo traeré al brunch. Si quiere venir, claro.

«Si es que estamos saliendo o lo que sea».

—Genial —dijo Tarek—. ¿Podemos hablar ahora de cualquier otra persona que no sea Fabian, para variar?

Cuando Ryan llegó al centro de entrenamiento el domingo, se sorprendió al ver que la gran mayoría de sus compañeros de equipo se habían reunido alrededor de la televisión en la sala de estar.

—¿Qué pasa? —le preguntó a Wyatt.

—Shane Hollander e Ilya Rozanov están dando una rueda de prensa. Acaban de anunciar que van a poner en marcha una organización benéfica.

—Espera, ¿juntos?

Wyatt se echó a reír.

—Es una locura, ¿verdad? Supongo que cualquiera puede dejar a un lado sus diferencias si esos dos son capaces de hacerlo.

Hollander y Rozanov eran rivales acérrimos desde hacía años. Eran de las mayores estrellas de la liga: Hollander en Montreal y Rozanov en Boston, antes de que fichara por Ottawa ese verano, y, por lo que Ryan o cualquier otro sabían, no se llevaban bien fuera de la pista.

—Supongo que serán amigos o algo así —dijo Wyatt—. Al menos eso es lo que ha dicho hoy Hollander. Mucha gente va a flipar cuando se entere.

—Sip.

Vieron cómo Rozanov compartía unas palabras sinceras sobre cómo su madre había perdido la batalla contra la depresión.

—Dios, no sabía que su madre se había suicidado —dijo Wyatt yendo al grano.

—No creo que nadie lo supiera.

Ryan había jugado con él durante toda una temporada y no tenía ni idea.

—Excepto Hollander, imagino. Me pregunto cuánto tiempo llevan siendo amigos.

A Ryan le costaba mucho imaginarlo. ¿Cuándo habrían pasado tiempo juntos fuera de la pista?

En realidad, no era asunto suyo, así que dejó de intentar averiguarlo. Además, estaba demasiado ocupado dejándose llevar por los recuerdos de las últimas veinticuatro horas. Su cerebro estaba casi inoperativo. Ni siquiera tenía la capacidad mental para entrar en pánico por tener que coger un avión el martes.

—Lo más seguro es que estén follando —dijo Troy Barrett con desdén, lo que hizo reír al grupo que lo rodeaba.

—Qué asco —dijo Dallas Kent—. Rozanov nunca lo haría. Pero apuesto a que Hollander es un puto maricón.

Eso desencadenó un debate sobre la sexualidad de Shane Hollander del que Ryan se alejó. Podría haberles recordado que él era un «puto maricón», pero la verdad era que no tenía energía para eso.

Wyatt se topó con él en el vestuario.

—Les he dicho que maduren de una puta vez —le dijo—. Para que lo sepas.

—No tenías por qué hacerlo.

—Eeeh, sí. No voy a aguantar esa mierda y tú tampoco deberías.

Ryan lo sabía. Debería hacer lo que pudiera para acabar con ese tipo de gilipolleces, pero llevaba tantos años intentando tan solo escapar de enfrentarse a sus compañeros que la idea de confrontarse le intimidaba. Lo cual era completamente ridículo, porque su trabajo era pelear. Pero había una gran diferencia entre quitarse los guantes e intercambiar golpes sobre la pista, que rara vez era personal, y plantarle cara a un compañero en el vestuario.

Debería decir algo. Iba a decir algo. Esperó a que todos estuvieran en el vestuario, luego se armó de valor y dijo:

—Oye, Kent.

La sala se quedó en silencio. Era raro. Ryan supuso que eso era lo que pasaba cuando alguien que no hablaba mucho por fin utilizaba su voz.

—¿Qué? —preguntó Kent.

Ryan se dio cuenta de que estaba intentando no parecer nervioso. Ryan había visto esa mirada en las caras de muchos tíos sobre el hielo.

Echó los hombros hacia atrás y levantó la barbilla para que se viera cada centímetro de su altura.

—Solo para que lo sepas. Soy gay.

Durante un momento, nadie dijo nada. Ryan pensó que ni siquiera respiraban en la sala. Y entonces Kent dijo:

—Vale.

—Tenlo presente —dijo Ryan.

A juzgar por cómo se le abrieron los ojos a Kent, no le había pasado desapercibida la amenaza en el tono de Ryan. Él no pegaría nunca a un compañero de equipo, pero eso Kent no lo sabía.

Kent levantó las manos.

—Muy bien, tío. Eso es asunto tuyo. Yo no tengo ningún problema contigo.

—Pero yo sí lo tengo contigo si sueltas mierda homófoba para hablar sobre cualquiera. No quiero volver a oír esos comentarios. —De algún modo, Ryan se sentía tranquilo. Casi como cuando peleaba durante un partido.

Alguien detrás de Ryan susurró:

—Hostia puta.

Kent miró a su alrededor en busca de apoyo, pero todos apartaban la vista.

—Claro. Sí. Tendré más ojo con lo que digo, ¿vale? —dijo, por fin.

—Me alegro de oír eso.

Ryan le lanzó una última mirada fulminante, luego se dio la vuelta y volvió a sentarse en su cubículo. El resto del equipo volvió con lo que estaba haciendo antes, y la sala se llenó de murmullos.

Wyatt le dio un codazo a Ryan.

—Ojalá lo hubiera grabado.

—Debería haber hecho esto hace mucho tiempo.

A Ryan le latía el corazón con fuerza, pero se sentía bien. Era más bien adrenalina que miedo o pánico.

—Esa mierda no va a seguir pasando en esta liga por mucho tiempo más. No cuando una de las mayores estrellas del deporte ya ha salido del armario.

Era cierto que la salida del armario de Scott Hunter la misma temporada en que había ganado la Copa Stanley, el Trofeo Conn Smythe al MVP de los *play-offs* y el Hart al MVP de la temporada había restado mucha fuerza al argumento de que el hockey era un deporte solo para hombres hetero. Pero, cómo no, todavía quedaba mucho trabajo por hacer.

Era hora de que Ryan diera un paso al frente y se encargara de poner su granito de arena.

Capítulo 19

—Guau.

Ryan contempló con asombro el apartamento de Fabian. No solo estaba más ordenado de lo que Ryan lo había visto nunca, sino que parecía una especie de guarida sexual de ensueño. La habitación estaba iluminada con una combinación de lámparas tenues, velas y guirnaldas de luces blancas, lo que hacía que las paredes rojas parecieran aún más seductoras. Las velas debían de ser perfumadas, porque un aroma embriagador, dulce y especiado inundaba el pequeño lugar.

Además, había juguetes sexuales sobre la cama.

Y, por si todo eso no fuera suficiente, Fabian llevaba un mono negro sin mangas con perneras acampanadas y un escote en V pronunciado, además de ir maquillado con un ahumado negro en los ojos y rojo oscuro en los labios.

Ni siquiera las fantasías sexuales más salvajes de Ryan eran tan buenas.

—Es por si acaso no te has enterado de lo que quería esta noche —dijo Fabian mientras levantaba los brazos para rodear el cuello de Ryan—. He pensado en dejártelo bien claro.

Tiró de Ryan hacia abajo para besarlo. Ryan se preocupó un poco por si le estropeaba el pintalabios, pero luego dejó de importarle porque la boca de Fabian le resultaba excitante y le estaba pidiendo que lo hiciera.

—Mmm —murmuró Fabian contento cuando se separaron—. Estaba esperando a que llegara este momento.

Por arte de magia, el pintalabios de Fabian no se había corrido. Debía de ser algún tipo indestructible. Era una noticia excelente para Ryan, porque tenía pensado besarlo mucho más a lo largo de la noche.

—Estás increíble —dijo.

—¿Te gusta? —Fabian lo soltó y dio una pequeña vuelta—. Lo ha hecho mi colega. Es una lástima que me lo vaya a quitar para lo que tengo planeado.

—Me parece estupendo. Pero ¿puedo besarte un poco antes?

—Por supuesto.

Esta vez Ryan levantó en volandas a Fabian y él le rodeó la cintura con las piernas. Ryan lo inmovilizó contra la pared y lo besó tal y como llevaba días deseando hacerlo. Bajó la cabeza para poder dedicarse al precioso cuello de Fabian, lo que hizo que este jadease y se retorciera entre sus brazos.

—Dios, se te da tan bien… —jadeó Fabian—. Te he echado de menos.

Ryan se rio entre dientes.

—Solo han pasado un par de días.

—Tú también me has echado de menos. Admítelo.

Ryan le lamió la nuez.

—Te he echado de menos.

Fabian suspiró contento y dijo:

—Tengo muchas ganas de jugar contigo.

A Ryan le encantaba la manera en que Fabian hablaba del sexo. Divirtiéndose. Porque de eso se trataba. De jugar y pasarlo bien. Nada de lo que preocuparse.

Cuando Ryan dejó que Fabian pusiera de nuevo los pies en el suelo, pudo ver el bulto muy marcado de la erección de Fabian que presionaba contra la tela ajustada del mono. Fabian llevaba el pelo revuelto, pero el maquillaje seguía impecable y Ryan nunca había visto nada más sexy en su vida.

—¿Seguro que tienes que quitártelo? —preguntó Ryan mientras deslizaba un dedo por la línea pronunciada del escote.

—Creo que te va a gustar lo que hay debajo.

Fabian se volvió para que Ryan pudiera bajarle la cremallera.

—Tengo algo de vino, si te apetece —le ofreció Fabian.

—No tengo sed.

Ryan sujetó el estrecho tirador de la cremallera entre los dedos y lo bajó poco a poco, fascinado por cómo se iba desvelando la piel de Fabian a medida que lo hacía. Esperaba que estuviera desnudo debajo, pero, cuando la tela se deslizó por los hombros de Fabian y se amontonó a sus pies, Ryan pudo ver que llevaba puesto…

—Hostia puta.

Fabian miró hacia atrás por encima del hombro.

—Era arriesgado, lo sé. Pero pensé que quizá te gustaría.

—Sí. —Ryan tragó saliva—. Me gusta.

Nunca había visto en persona a un hombre con ropa interior de encaje. «Braguitas», supuso Ryan que era la palabra más adecuada. Joder, era excitante.

Deslizó la palma de la mano sobre el delicado encaje negro que se tensaba sobre sus perfectas nalgas. Sin pensarlo siquiera, recorrió con el pulgar la costura que se hundía por la raja de Fabian y este gimió mostrando su aprobación.

—Me encanta llevar ropa de encaje —dijo Fabian.

Extendió la mano hacia atrás y cubrió las de Ryan con las suyas, guiándolo. Ryan se acercó más, de modo que el bulto de sus vaqueros presionara contra el culo de Fabian.

—No me importaría que la llevaras siempre —gruñó Ryan.

Fabian echó la cabeza hacia atrás.

—¿Qué tal si te quitas la camiseta? Quiero ver ese pecho tan lindo.

Ryan dio un paso atrás para poder quitársela. Fabian se volvió para mirarlo y entonces Ryan vio la erección de Fabian tensando la braguita.

—Joder —dijo Ryan.

Se la agarró por encima de los pantalones mientras un poderoso escalofrío de excitación lo recorría.

Los labios de Fabian esbozaron una sonrisa diabólica mientras se tocaba el brillante piercing en forma de corazón que llevaba en el pezón.

—¿Qué te apetece, Ryan? Tenemos toda la noche.

Ryan se arrodilló. Se sentía abrumado por el deseo de llevar la boca hacia el encaje que se tensaba contra la polla de Fabian. Empezó acariciándolo con la nariz y luego frotó la cara y la barba contra la polla mientras Fabian gemía.

—Dios, cuánto te gusta.

Ryan abrió la boca y la acercó presionándola contra el miembro duro de Fabian. Se sentía descontrolado por la lujuria. Una parte retorcida de él deseaba que sus compañeros de equipo pudieran verlo en ese momento, de rodillas ante un hombre que llevaba ropa interior de encaje y maquillaje. Nunca lo entenderían. No era algo que tuvieran que entender. No tenía nada que ver con ellos, y Ryan no podía estar más feliz con eso.

Él se dedicó a lamer y besar hasta que Fabian jadeó:

—Para. Joder. No me quiero correr todavía.

A Ryan le gustaba la idea de Fabian corriéndose con la ropa todavía puesta, pero hizo caso y se apartó. Fabian acarició la mejilla de Ryan con el dorso de la mano.

—Eres demasiado bueno para ser verdad, Ryan Price.

Ryan volvió la cabeza y apretó el pulgar de Fabian entre los dientes. Su mente estaba centrada en disfrutar de ese momento. No estaba nervioso ni inseguro de sí mismo. Quería hacer que Fabian se sintiera bien. Quería follar.

—¿Puedo decir que los vaqueros sin camiseta te quedan estupendos?

Fabian sonaba como si fuera borracho, pero Ryan dudaba de que hubiera bebido ni una gota de alcohol. Sonrió y se levantó para que Fabian pudiera verlo bien.

—Ay, sí —ronroneó Fabian. Dio un paso adelante y recorrió el pecho de Ryan con las manos—. Me encanta todo este vello.

—¿Ah, sí? Pues había pensado en depilármelo.

—Ni te atrevas. —Fabian puso los dedos sobre la hebilla del cinturón de Ryan—. ¿Puedo?

Ryan asintió. No podía negarle nada a Fabian en ese momento. No cuando lo estaba mirando fijamente con esas largas pestañas y los brillantes párpados con sombra oscura. Ryan inclinó la cabeza para volver a besar a Fabian. Le gustaba que le hiciera sentir atractivo. Le hacía sentir… sexy.

Fabian le desabrochó el cinturón mientras se besaban y luego le abrió los dos primeros botones de la bragueta. Dio un paso atrás para admirarlo mientras Ryan permanecía de pie, jadeando, incapaz de sentirse ni un ápice de cohibido.

—Déjame memorizar todo esto —dijo Fabian—. Porque ahora mismo estás perfecto.

Ryan se rio y luego quizá apretó un poco los abdominales.

—Uuuf. Vale —dijo Fabian—. Vamos a divertirnos.

Fabian se fue a la cama y se tumbó de lado. Ryan se quedó de pie al final de la cama porque no se cansaba de observar aquella imagen de Fabian tumbado en una ofrenda decadente. Era la viva imagen del hedonismo y Ryan aún no acababa de creerse que todo eso le estuviera ocurriendo de verdad.

—Bueno —dijo Fabian mientras deslizaba los dedos jugando por el colchón hacia el gran dildo morado—, este es el que prometí reseñar.

—Eeeh, pues, ¿entonces empezamos con eso?

Fabian lo levantó y le dio la vuelta.

—Es la hostia de grande. ¿Quizá podrías dejarme a punto para él?

Ay, joder, desde luego que sí. A Ryan le encantaba la idea. Quería dejar a Fabian bien relajado, abierto y suplicando que lo llenara con esa cosa. Y quizá, luego, con su polla.

—Y no tengo por qué ser yo necesariamente el que reciba —dijo Fabian—. A mí me gusta todo.

Ah. Ryan hasta ahora siempre había hecho de activo. Lo más probable era que fuese por su tamaño, pero sus parejas siempre habían querido que él se los follara.

—Solo si quieres —dijo Fabian enseguida—. A mí todo me parece bien. O podemos hacer las dos cosas. Como te he dicho, tenemos toda la noche.

Ryan decidió intentar decir lo que deseaba, sin preocuparse de lo vergonzoso que pudiera sonar.

—Quiero verte con ese dildo dentro. Quiero ver cómo te lo metes.

Fabian abrió mucho los ojos.

—Dios mío, Ryan. Ven aquí y cuéntame mejor qué se te ha ocurrido.

Ryan se quitó los pantalones y los calcetines, pero se dejó puestos los calzoncillos. Entonces cubrió el cuerpo de Fabian con el suyo mientras lo besaba con pasión. Movió las caderas para que su propia erección rozara con la de Fabian y así dejarle claro lo excitado que estaba.

—Ay, dios —jadeó Fabian—. Dime qué me quieres hacer. Dímelo.

Ryan no encontraba las palabras, así que se limitó a seguir besándolo por todas partes. Bajó por el cuello, cruzó el pecho hasta llegar al piercing del pezón y luego bajó hasta el ombligo. Lamió una larga raya a lo largo de la polla de Fabian, que todavía seguía atrapada por la ropa interior de encaje, y luego volvió a la boca.

Fabian agarró la polla de Ryan por encima de los calzoncillos y apretó, y Ryan empujó sin querer contra su mano.

—Joder, sí. Tócame.

Fabian metió la mano dentro de la ropa interior de Ryan y envolvió con sus delgados dedos la polla dura como una roca.

—Sigue hablando —le susurró Fabian al oído.

Decir marranadas estaba muy lejos de la zona de confort de Ryan, pero quería ser capaz de hacerlo por Fabian. Era algo insignificante y sencillo de hacer: poner en palabras los deseos que se le pasaban por la cabeza. Podía intentarlo. Ahí estaba a salvo.

—Quiero quedarme en esta habitación para siempre y hacer que te corras una y otra vez. Eres muy bonito, joder.

—Ryan —gimió Fabian—. Más, por favor.

—Quiero que me pongas esos labios rojos en la polla.

Ryan se sonrojó al decir eso. No pudo evitarlo. Pero la única reacción de Fabian fue apoyar ambas manos sobre el pecho de Ryan y empujarlo sobre el colchón.

—Con mucho gusto —dijo, y luego se deslizó por el cuerpo de Ryan y le bajó los calzoncillos hasta los muslos.

La polla de Ryan golpeó contra su abdomen y entonces Fabian se la envolvió con los dedos y se metió la punta en la boca.

—Joder…

Si Ryan no se corría esa noche, existía una probabilidad muy real de que nunca volviera a alcanzar el orgasmo en toda su vida. Nunca volvería a encontrarse en una situación así de excitante, lo tenía clarísimo.

Observó cómo Fabian se la chupaba mientras el placer iba en aumento, pero sin llegar nunca al punto de descargar por el orgasmo. Era perfecto. Quería disfrutar de esa sensación el mayor tiempo posible. Pero también tenía muchas ganas de ver cuántas veces podía correrse Fabian.

Paró a Fabian poniéndole una mano suave en la mejilla.

—Ha sido increíble. Gracias.

Fabian se apartó con un lametón de despedida y luego besó la parte interior del muslo de Ryan.

—Desde luego, no me importaría seguir haciéndolo más rato, si te apetece.

—Quiero probar esto contigo.

Ryan volvió la cabeza y cogió el dildo. Era grande y tenía un aspecto raro. Tenía una parte curvada en la base y otra elástica en la punta. Ryan estudió el juguete, frunció el ceño y Fabian se rio.

—Te iré explicando cómo funciona. Será divertido, te lo prometo.

Hizo un gesto con las manos para que Ryan se apartara.

—Levántate un segundo. Tengo que poner una toalla. Este edredón necesita dos ciclos en la secadora y no soy rico.

Ryan se levantó y decidió que, ya que estaba, mejor se quitaba la ropa interior del todo. Fabian preparó enseguida las cosas tal y como quería en la cama y puso un par de toallas encima.

—Lo siento —dijo—. Sé que no es lo más sexy.

Ryan estaba bastante seguro de que Fabian podría desatascar un desagüe y resultar sexy si llevaba ropa interior de encaje y maquillaje.

—No te preocupes. Estoy muy cachondo.

Fabian sonrió por encima del hombro.

—Bien. —Terminó su trabajo y se colocó frente a Ryan—. Vamos a ver.

Metió los pulgares en la cintura de su braguita y se la deslizó hacia abajo por las delgadas caderas. Ryan pensaba que le daría pena que se quitara aquella preciosa ropa interior, pero entonces vio que Fabian llevaba un anillo negro alrededor del inicio de la polla y detrás de los huevos.

—Hostia puta —dijo Ryan.

Fabian era como uno de esos regalos que nunca terminabas de desenvolver. ¿Qué encontraría Ryan debajo del anillo para la polla? ¿Un tatuaje con su nombre?

—Ayuda a aguantar más —explicó Fabian. Bajó la mirada—. Además, me gusta cómo se ven los huevos.

—Sí —dijo Ryan con voz ronca—. Quedan bien.

Fabian cogió el bote de lubricante que había sobre el colchón junto al dildo y se lo pasó a Ryan.

—Usa bastante. Tengo más. —Se tumbó bocarriba con el culo apoyado en una almohada—. Empieza con los dedos —le indicó Fabian—. ¿Has hecho esto alguna vez?

—Eh, sí. Hace tiempo, pero sí.

Ryan se echó lubricante en los dedos y Fabian abrió las piernas. La polla delgada de Fabian estaba dura como el acero y sus huevos, apretados por el anillo de silicona, parecían estar a punto de estallar. Ryan no pudo evitar rozarlos con la yema de los dedos.

—Aaay.

Fabian se estremeció y sus pelotas se contrajeron bajo el tacto de Ryan. Dios, estaban tan tensos… Deslizó los dedos hasta el ojete de Fabian y empezó a trazar pequeños círculos. Lo adoraría como se merecía y luego le dejaría tomar todo aquello que quisiera.

Fabian lo estaba pasando genial.

—Pon un poco la puntita —sugirió—. Haz que me relaje.

Ryan le rozó con suavidad con la punta lubricada del dildo sin llegar a introducirlo. Era tan obediente y tierno… Fabian quería hacérselo algún día a Ryan. Quería demostrarle lo increíbles que podían ser los juguetes, lo bien que se sentía tener un vibrador o unas bolas anales dentro. Por ahora tendría que predicar con el ejemplo.

—Creo que el botón de arriba lo hace vibrar un poco. Enciéndelo —le indicó Fabian.

Ryan frunció el ceño al mirar la base del vibrador durante un instante y luego pulsó el botón correcto. El juguete comenzó a vibrar con suavidad contra el ano de Fabian.

—Mmm. Es perfecto. Déjalo así un rato.

Fabian estiró los brazos por encima de la cabeza y suspiró mientras disfrutaba de la sensación de relajación total que lo invadía. Tras un par de minutos, dijo:

—Ahora podrías tratar de hacerlo con un dedo. Pon mucho lubricante, ¿vale?

—Sí.

La voz de Ryan sonaba ahogada, cosa que a Fabian le encantaba. Observó con interés cómo Ryan introducía la punta de uno de sus fuertes y gordos dedos dentro de él.

—Dios, qué dedos… Está genial, Ryan. Ábreme.

Ryan deslizó la punta vibrante del consolador por los huevos y la polla de Fabian mientras lo iba abriendo. Dios, Fabian ni siquiera había pensado en pedirle eso. Gimió conforme.

Fabian había estado con amantes que le habrían dicho lo excitado y apretado que tenía el culo en ese momento, pero parecía que Ryan solo era capaz de mirarlo con asombro sin mediar palabra. Lo cual resultaba encantador a su manera.

—Quiero más —murmuró Fabian—. Dame el juguete. Primero, apágalo.

Exhaló un suspiro mientras Ryan guiaba con suavidad la punta del dildo hacia el culo de Fabian. Uuuf. Por muchas veces que lo hiciera, ese primer momento de penetración siempre era excitante.

—¿Está bien así? —preguntó Ryan.

—Divino. Ahora puedes ser creativo. Gíralo, muévelo, sácalo. Lo que tú quieras.

Ryan frunció el ceño con una expresión de máxima concentración mientras giraba poco a poco el juguete y luego sacaba la punta.

—¡Ay! Sí. Ahora más adentro.

Ryan obedeció, pero primero agarró uno de los muslos de Fabian con la mano y lo empujó con cuidado hacia atrás para dejarle más al descubierto el agujero. Joder, esas manos. Qué fuertes.

—Más. Más adentro.

Cuando el dildo estuvo todo dentro, Fabian echó la cabeza hacia atrás.

—Ay, dios. Está genial. ¿La parte flexible que sobresale está tocando mi perineo?

—Eso está, tipo, entre los huevos y el agujero, ¿verdad?

—Sí, corazón.

—Sip. Está ahí.

—Perfecto. Pues he leído el manual de instrucciones antes de que vinieras. Vibra a cinco velocidades distintas. Así que empecemos probando los ajustes de vibración y luego ya miramos las embestidas.

Ryan pulsó el botón de vibración y un zumbido muy suave le hizo cosquillas en el culo a Fabian.

—Vale. Súbele la intensidad. No noto nada.

—¿Y ahora?

—Pero ¿has apretado el botón?

—Sí.

—Dale otra vez. No noto nada. —Fabian golpeó con los dedos sobre el colchón a la espera—. ¿Ryan?

—Es que lo he pulsado.

Fabian soltó un suspiró de frustración.

—Esto es una mierda. Dale otra vez. Y te juro por dios que si… ¡Aaah! —Fabian se arqueó fuera de la cama cuando el juguete empezó a traquetear de golpe como si fuera una lavadora escacharrada dentro de él—. ¡Apágalo! ¡Qué cojones! ¡Apágalo!

Ryan lo apagó y Fabian vio que se estaba aguantando la risa. Fabian lo fulminó con la mirada.

—La próxima vez te meteré juguetes raros por el culo a ti, graciosillo.

—Es como que pasa de cero a cien, ¿no?

Resopló.

—Me da un poco de cosa sugerirlo, pero quizá debamos probar la otra función.

—¿Estás seguro?

—Sí. ¡Pero al uno!

Ryan asintió, sin dejar de morderse el labio para aguantarse la risa, y pulsó el botón de abajo.

—¡Ay! ¡Joder! ¡Para! ¡Sácamelo!

Ryan sacó el juguete tan rápido como pudo sin hacerle daño a Fabian.

—¿Qué te ha hecho?

—Dios, era como si, tipo, me estuviera pellizcando el interior del culo. No ha sido agradable.

Ryan frunció el ceño mirando el juguete, como si estuviera pensando en darle un puñetazo, cosa que hizo que Fabian se riera.

—Tíralo al lavabo y ya.

Ryan se dirigió hacia el baño, donde al parecer abandonó el horrible juguete en el lavabo y volvió a la cama.

—¿Así que no va a tener una buena reseña?

Los dos se partieron de la risa hasta que acabaron enredados el uno con el otro en la cama.

—Ay, dios —jadeó Fabian—. Se suponía que esta iba a ser una noche muy sexy.

—Sigue siendo sexy —le aseguró Ryan y luego le besó el pelo a Fabian—. Siento que ese juguete no funcionara bien, porque me ha encantado verte usarlo.

—¿De verdad?

—Mmm…

Ryan cambió de postura para que Fabian quedara tumbado bocarriba, con él encima, y lo besó hasta dejarlo sin aliento. Era probable que la polla de Ryan se hubiera ablandado un poco durante el desastre con el juguete sexual y el ataque de risa posterior, pero ahora estaba dura como una roca. Fabian apretó su propia erección contra el abdomen de Ryan dejándole claro que él seguía interesado en continuar.

—Tengo condones. Por si te apetece follarme.

Ryan se quedó helado.

—¿Podría?

—No tiene sentido desperdiciar todo ese trabajo de preparación —dijo Fabian con una sonrisa burlona. Luego besó a Ryan en la mejilla y le susurró—: Me muero de ganas de tener esa polla dentro de mí. Así que sí, Ryan. Puedes follarme. Haz el favor de follarme, anda.

Ryan gruñó y rodeó con una de sus enormes manos la polla dolorida de Fabian. Cuando empezó a acariciarla, Fabian gritó como si le hubieran dado una descarga eléctrica.

—Dios, qué dura la tienes con eso puesto —dijo Ryan mientras pasaba un dedo por el anillo de silicona que estaba ajustado a la perfección alrededor de la polla y los huevos de Fabian—. ¿Te la puedo mamar?

—Eh, supongo —dijo exagerando un suspiro.

Los labios de Ryan esbozaron una pequeña sonrisa, y luego se deslizó poco a poco hacia abajo para meterse a Fabian en la boca. Era algo celestial, y aún más cuando Ryan le introdujo dos dedos.

—Ay, Ryan. Sí. Justo así.

Ryan se apartó y dijo:

—Quiero que te corras.

—Sin duda, lo voy a hacer. Sobre todo, si… Aaay. —Fabian se estremeció cuando Ryan se metió el escroto en la boca—. Ay, me encanta. Sigue.

Fabian se rodeó la polla con una mano y empezó a meneársela, disfrutando de la triple sensación de tener el culo, los huevos y la polla estimulados.

—Estoy a punto. Joder.

Dios, resultaba vergonzoso lo rápido que era Fabian, incluso con un anillo puesto, pero no había nada que hacer al respecto. Todo el cuerpo le temblaba de las ganas que tenía de correrse.

—Hazlo —le ordenó Ryan, y luego volvió a lamer los huevos de Fabian—. Déjalo salir.

Fabian solo tuvo tiempo de gemir antes de estallar. La corrida brotó de la polla a chorros y le cayó sobre el pecho y el abdomen.

Cuando terminó, cerró los ojos y se hundió entre las almohadas.

—Ha sido increíble —suspiró.

—¿Ya estás? —preguntó Ryan. Estaba arrodillado entre los flácidos muslos de Fabian mientras aguantaba su propia erección, que latía—. No pasa nada si te quieres ir a dormir.

—Ay, dios, no —le aseguró Fabian—. De verdad que quiero tu polla dentro de mí. —Exhaló un suspiro—. O sea, enseguida. Dame un segundo.

—No tenemos que hacerlo si…

Fabian se incorporó y agarró la cara de Ryan con las dos manos.

—Sí, quiero. Es muy probable que nunca haya deseado nada tanto, ¿entiendes?

Ryan sonrió.

—Vale.

Fabian metió un dedo entre el anillo de silicona y la polla, que empezaba a ablandarse.

—Pero me voy a quitar esto.

Se lo quitó con cuidado, luego lo llevó al baño, lo dejó junto al dildo en el lavabo y se limpió rápido el pecho y el abdomen.

—Estoy bien. Joder, eso me ha excitado.

Ryan se la estaba meneando, cosa que a Fabian le gustó. De verdad esperaba que Ryan pudiera correrse esa noche. Abrió el cajón de la mesita de noche y sacó una tira de condones.

—Bueno —preguntó—, ¿cómo te apetece?

Ryan ni siquiera sabía cómo le apetecía. De todas las formas posibles, si tenía que ser sincero.

—Quiero verte la cara —dijo—. Quizá…, ¿podrías ponerte encima?

Fabian sonrió.

—Desde luego, puedo ponerme encima. Acabas de tomar una muy sabia decisión.

Ryan lo besó, agradecido de que Fabian lo hiciera tan fácil. Se acomodó en el colchón y esperó a que Fabian diera el siguiente paso.

Pero Fabian no se movió del lugar donde estaba arrodillado al pie de la cama.

—¿Eres consciente de lo sexy que eres? —preguntó Fabian.

Ryan negó con la cabeza, lo que hizo que Fabian lo mirara con rabia.

—Me gustaría vivir entre estos muslos. Son espectaculares. —Se arrastró por la cama hasta que tuvo la cara entre ellos—. Justo aquí. Aquí es donde quiero construir mi hogar.

Ryan se rio.

—Puedes darle las gracias al hockey por eso.

—Ajá. Supongo que para algo sirve. ¿El hockey también te hace las pelotas más grandes y preciosas?

—No. —Ryan jadeó cuando Fabian se metió uno de los huevos en la boca—. Eso es cosa mía.

Fabian murmuró su aprobación, lo que provocó que gimiera. Fabian le chupó las pelotas y luego la polla durante un rato y después fue subiendo con besos hasta la boca de Ryan.

Ryan estaba más que listo. Vibraba por todas partes, desesperado por correrse. Estaba seguro de que esta noche podría hacerlo.

Fabian sacó la tira de condones de algún sitio de la cama y arrancó uno. Lo abrió y levantó una ceja.

—¿Te ayudo con esto?

Ryan sonrió.

—Claro.

Fabian deslizó el condón sobre la punta de la polla de Ryan y lo desenrolló, cogió lubricante y empezó a repartirlo por la polla.

—¿Cuándo fue la última vez que te corriste?

El tono de Fabian era informal, como si estuviera preguntándole sobre el tiempo.

Dios, ¿cuándo había sido? Ryan se había corrido al masturbarse una mañana en la ducha, pero le parecía que habían pasado siglos.

—No lo sé. ¿Dos semanas? ¿Quizá un poco más?

Fabian lo miró con ternura.

—Ay, amor. Veamos qué podemos hacer al respecto.

Ryan se limitó a asentir. «Sí, por favor. Hagámoslo».

Fabian se colocó en posición y luego se dejó caer sobre la polla de Ryan. Ambos gimieron al mismo tiempo cuando Ryan se deslizó dentro sin apenas dificultad.

—Ay, me gusta este juguete —ronroneó Fabian cuando Ryan estuvo dentro por completo—. Eres puto enorme. Se siente genial.

Ryan se dio cuenta de que Fabian estaba prácticamente duro de nuevo. Increíble.

Al principio, dejó que Fabian tomara la iniciativa manteniéndose lo más quieto posible mientras Fabian era el que hacía el trabajo. No quería hacerle daño y, además, disfrutaba mucho viendo cómo Fabian se movía sobre él.

Le encantaba, pero, si iba a correrse, tendría que empezar a embestirlo.

—¿Me puedo mover? ¿Estás bien? —preguntó.

—Sí, estoy bien. Fóllame.

Y Ryan lo hizo. Agarró a Fabian por las caderas y lo penetró con fuerza mientras Fabian echaba la cabeza hacia atrás y gemía. Ryan estaba hipnotizado por su belleza. ¿Cómo podía haber algo tan impresionante encima de él en ese momento? ¿Cómo podía ser que Ryan estuviera dentro de él?

Ay, joder. Ryan estaba a punto de correrse.

—¿Puedo…? ¿Puedes ponerte bocarriba? Creo que podría funcionar.

La cara de Fabian se iluminó.

—Pero obvio. Vamos a hacer que te corras.

Cambiaron de postura para que Fabian quedara bocarriba, y él rodeó a Ryan con las piernas cuando se volvió para penetrarlo.

—¿Te puedes correr otra vez? —gruñó Ryan.

Fabian empezó a menearse la polla.

—Creo que sí. Tú sigue.

Ryan ajustó la postura con la esperanza de poder llegar a la próstata de Fabian con sus embestidas.

—Justo ahí —jadeó Fabian—. Es perfecto, cariño.

Ryan sonrió, satisfecho de sí mismo. ¿Cuándo había sido la última vez que había sonreído mientras follaba? Fabian se dio cuenta y le devolvió la sonrisa.

—Bésame —susurró Fabian—. Por favor.

Ryan ralentizó las embestidas y luego acercó la boca a la de Fabian. Esperaba que él lo recibiera con un beso salvaje y apasionado, pero en cambio fue uno dulce y lento. Ryan se dejó llevar, la cabeza se le fue a otro lugar.

—Eres —susurró Fabian contra sus labios— increíble.

Ryan volvió a besarlo, tratando de igualar la ternura de Fabian. Intentando demostrarle lo mucho que todo eso significaba para él. Cuando ya no pudo aguantar más, comenzó a mover las caderas mientras se deslizaba dentro y fuera de Fabian, dándole más lento.

—Mmm. No pares —murmuró Fabian—. Es estupendo.

Ryan no quería parar. Cada embestida le provocaba oleadas de placer que le empujaban hacia el orgasmo. Por fin, pudo sentir esa presión que solía ser tan esquiva en el nacimiento de la columna y en los huevos.

—Joder, creo que me voy a correr.

—¿En serio? Venga. Yo también estoy a punto.

Ryan perdió todo atisbo de ritmo mientras intentaba correrse. Estaba justo ahí.

—¿Puedes sacarla? —preguntó Fabian—. Quiero verlo. Quiero que te corras encima de mí.

Ay, joder. Eso era lo que necesitaba. Ryan la sacó y se arrancó el condón justo cuando sintió la primera y maravillosa pulsación de su eyaculación. Jadeó de alivio mientras unos chorros de semen salían de él y caían sobre el pecho y el cuello de Fabian. Un segundo después, Fabian gritó y una impresionante cantidad de semen se unió al de Ryan, teniendo en cuenta que ese era el segundo orgasmo de Fabian.

—Joder, hostia puta —jadeó Ryan mientras se dejaba caer en la cama junto a Fabian—. Gracias. Joder, lo necesitaba.

Fabian volvió la cabeza y le sonrió.

—Sabía que lo conseguiríamos. Ha sido maravilloso poder verlo.

Se quedaron en la cama hasta que se les calmó la respiración a ambos y luego se turnaron para asearse. Cuando Ryan salió del baño, Fabian le dio una palmadita al colchón a su lado.

—Ven a acurrucarte.

Fabian se puso cómodo con la cabeza sobre el pecho de Ryan, luego tomó la mano de Ryan y entrelazó los dedos.

—Gracias —dijo Ryan—. Por todo lo de esta noche. Nadie se había esforzado tanto en…

—¿Seducirte?

Ryan resopló.

—Sí. Supongo.

—Quédate conmigo —murmuró Fabian somnoliento— y te sentirás hechizado, molesto y desconcertado.

—¿Molesto? —bromeó Ryan, pero mentalmente no podía dejar de pensar en la sugerencia de Fabian de quedarse con él.

—Ay, puedo ser pesadísimo —dijo Fabian—. Avisado quedas.

Ryan lo abrazó con más fuerza.

—Tomo nota.

Ryan se dio cuenta, mientras se quedaba dormido, de que en toda la noche no había pensado ni una sola vez en su vuelo de la mañana siguiente.

Capítulo 20

—¿Estás sonriendo en un avión, Pricey?

Ryan se tapó la boca con la mano, fingiendo que se retocaba la barba.

—Nop.

Wyatt le apartó la mano de golpe.

—¡Sí que estás sonriendo! ¿Qué ha pasado?

Ryan echó un vistazo rápido al interior del avión. Ninguno de sus compañeros de equipo parecía prestarles atención mientras esperaban a que despegara el avión.

—Nada. Solo es que estoy de buen humor.

Wyatt lo miró con escepticismo.

—¿Qué estuviste haciendo anoche?

Ryan sabía que se le estaban poniendo rojas las mejillas, pero intentó actuar con naturalidad.

—No mucho. Salí con un… amigo.

Mierda. Quizá no debería haber dudado antes de decir «amigo».

Wyatt sonrió de oreja a oreja.

—Hostia puta. ¿Tuviste suerte, Pricey?

«Sí. Tuve muchísima puta suerte». Pero en lugar de eso, dijo:

—Puede.

—Y te ha quitado el miedo a volar.

Ryan resopló.

—No te preocupes. Me sigue dando miedo.

—No me preocupo. Piensa que después de este viaje te llevaremos sano y salvo a casa, donde te espera tu nuevo hombre.

Solo pensar en que Fabian le estaría esperando en casa lo llenó de felicidad.

—¡Pero mírate! —dijo Wyatt dándole un codazo—. ¡Si es que estás radiante! Ese chico te gusta de verdad.

Ryan se encogió de hombros, pero seguía sonriendo.

—Sí. Me gusta mucho.

Una cantidad desmesurada, quizá, teniendo en cuenta el poco tiempo que llevaban juntos. Pero Ryan no podía evitar sentir lo que sentía. Era como si durante los últimos trece años hubiera vivido en piloto automático, arrastrándose de ciudad en ciudad. Despertándose solo en habitaciones de hotel y apartamentos apenas amueblados, viendo vídeos de peleas de hockey e intentando ocultar el hecho de que, en ciertos momentos, apenas lograba mantenerse en pie.

Ahora era como si hubieran encendido las luces y el mundo de Ryan estuviera lleno de color y posibilidades. Eso también daba miedo a su manera, pero, ahora que había comprobado cómo podría ser su vida, haría todo lo posible por alejar la oscuridad.

Miró el móvil y vio que tenía un mensaje de Fabian.

Fabian: ¿Qué haces el domingo por la mañana?

Ryan: Nada. ¿Por?

Fabian: Todos los domingos quedo con mis colegas para hacer un brunch. Lo hacemos Vanessa, Marcus, Tarek y yo. ¿Te apetecería venir?

Ryan: ¿En serio?

Fabian: Sí. No es pijo. Nivel: ponemos cosas encima de gofres congelados. Y bebemos mimosas baratas con Baby Duck.

Ryan: ¿Tostáis los gofres?

Fabian: ¡Claro! ¿Por quién nos tomas?

Ryan: Pues tiene buena pinta.

Fabian: La norma es que cada uno tiene que traer un ingrediente para añadirlo a los gofres.

Ryan: Tipo, ¿el qué? ¿Sirope?

Fabian: No. Algo original. Usa tu imaginación.

Ryan frunció el ceño y respondió:

Ryan: No estoy seguro de que tenga imaginación.

Fabian: Pues claro que tienes. Anoche fuiste muy creativo.

El mensaje iba acompañado de uno de esos emoticonos con un guiño que a Ryan siempre le parecían tan excitantes.

—Le estás escribiendo, ¿verdad? —bromeó Wyatt.

—¿Por qué lo dices?

—Tienes la cara rojísima y estás sonriendo de oreja a oreja.

Ryan releyó la conversación, emocionado porque Fabian lo había invitado a ir con sus amigos. Eso tenía que significar algo, ¿no? Sabía que Fabian era, en general, simpático y sociable, pero aun así… Eso parecía un paso en la dirección correcta.

Le respondió:

Ryan: Me muero de ganas de volver a verte.

Esperaba que sonara más romántico que desesperado.

Y, entonces, Fabian le respondió:

Fabian: Estoy contando los minutos, cariño.

Ryan se iluminó.

—Dios. —Se rio Wyatt—. ¡Espero que le gustes tanto como te gusta él a ti!

Ryan guardó el móvil en el bolsillo del asiento, junto con al libro de *Ana de las Tejas Verdes*.

—Yo también.

—Quiero que os portéis superbién con él. —Fabian miró serio a cada uno de sus amigos—. Sed amables.

Marcus le puso su mejor cara de inocente.

—No tengo ni idea de qué me estás hablando.

—No vamos a asustar al grandullón y fortachón de tu novio —dijo Tarek.

—No es mi… —Fabian resopló y continuó—: Lo digo en serio. No le acribilléis a preguntas. No habléis de más sobre sexo. —Se quedó mirando a Vanessa en ese momento—. No le toméis el pelo. No insinuéis que estoy enamorado de él. Limitaos. A. Ser. Majos.

Vanessa se llevó la mano al corazón.

—Te prometo que no haré al menos algunas de esas cosas.

Sonó el timbre de la planta baja y Fabian se abalanzó hacia la puerta.

—Ay, dios mío, ¡que está emocionadísimo! Me encanta —dijo Marcus.

Fabian le lanzó una mirada fulminante por encima del hombro antes de abrir la puerta y bajar corriendo las escaleras. Obvio que estaba emocionado; Ryan había estado fuera desde el martes por la mañana y no había vuelto hasta la noche anterior a última hora. Fabian se moría de ganas de volver a verlo. Cuando abrió la puerta que daba a la calle, se encontró a Ryan con un abrigo de lana negro, un gorro gris y una adorable sonrisa.

—Holi —dijo Ryan.

—Holi.

Durante un instante, Fabian se limitó a mirarlo fijamente. Se dio cuenta de que, con Fabian de pie en un escalón por encima de él, estaban a la altura perfecta para besarse. Así que lo besó. Se habría lanzado a sus brazos, pero Ryan llevaba dos grandes bolsas de la compra y ambas parecían estar bastante llenas.

—¿Dónde vas con todo eso? —preguntó Fabian.

—No sabía muy bien qué traer, así que he comprado un montón de cosas —dijo Ryan algo avergonzado—. Espero que al menos algo sirva.

—Debería haberte explicado que somos muy fáciles de contentar.

Llevó a Ryan escaleras arriba y entró en el apartamento. Los tres amigos de Fabian miraban con descaro hacia la puerta.

—Ya conoces a Tarek, Vanessa y Marcus. Los tres viven aquí.

—Holi —dijo Ryan—. Gracias por invitarme.

Fabian oyó a Marcus murmurar: «Dios, si fuera por mí…» y le lanzó una mirada de advertencia.

—Has traído comida —dijo Vanessa quitándole las bolsas a Ryan. Echó un vistazo dentro de una de ellas—. ¿Es champán de verdad?

Todos se agruparon alrededor de Vanessa mientras sacaba una botella de Moët de una de las bolsas.

—Ryan, ¿qué coño haces? —dijo Fabian—. Te dije que trajeras algo tipo, no sé, Nutella. No champán de cien dólares.

—Alguien me lo regaló —respondió Ryan—. No me lo iba a beber nunca. Y he pensado que aquí quizá lo agradeceríais.

—Ay, y lo agradecemos —dijo Tarek alegre—. Voy a ponerlo a enfriar. —Mientras se dirigía a la cocina, gritó—: ¡Me encanta tu novio, Fabian!

Hostia puta, de verdad. Los amigos de Fabian eran una mierda.

En general, aun así, el brunch salió bastante bien. Ryan mencionó el centro cívico que había visitado y Tarek se emocionó porque conocía el lugar. Mientras los dos hablaban de todas las cosas maravillosas que hacía el centro y de las mejoras que irían bien, a Fabian se le hinchó el pecho de alegría. Desde el momento en que se había dado cuenta de que sus sentimientos por Ryan iban más allá de la curiosidad, le preocupaba cómo podría encajar en la vida de Fabian. O cómo Fabian podría encajar en la suya. Fabian todavía no estaba seguro de eso último, pero al ver a Ryan interactuar con sus amigos —incluso colándose en su sagrada tradición del Cutrebrunch— se le quitaron las dudas sobre si Ryan encajaría o no con ellos.

A Fabian no le gustaba mucho pensar en la otra vida de Ryan ni en cómo él podría encajar ahí. Quizá se estaba adelantando demasiado a los acontecimientos, pero la idea de que lo invitaran a ir a partidos de hockey, a asistir a fiestas del equipo, a estar rodeado de otros jugadores y fans no era algo que Fabian pudiera soportar. Le gustaría decir que quería intentarlo, pero en realidad no era así. Lo que quería, y sabía que era muy egoísta por su parte, era que Ryan dejara el hockey.

Se dijo a sí mismo que no era solo por él por lo que quería que Ryan lo dejara. Es que el hockey no era bueno para Ryan.

Fabian no tenía que ser seguidor para darse cuenta de eso. Pero sugerirle a Ryan que cambiara toda su vida después de conocerlo solo unas semanas le parecía demasiado, incluso para él.

Fabian decidió en ese mismo instante, justo mientras Ryan se reía de un chiste que Marcus había contado, que dejaría de pensar solo en sí mismo y se interesaría por la carrera de Ryan. No estaba seguro de hacia dónde iban las cosas entre ellos, pero si su relación iba a consistir solo en que Ryan apoyara y formara parte de la vida de Fabian y Fabian no le fuera a dar nada a cambio, sería imposible que durara.

Ryan reprodujo un octavo vídeo consecutivo de Duncan Harvey peleando. Fabian dormía a su lado, plácido y precioso. Era tarde, y Ryan debería estar intentando dormir, pero su cuerpo temblaba ansioso. Así que, en lugar de descansar, estaba sentado en la cama en ropa interior, con el portátil apoyado sobre los muslos.

A Ryan le había gustado pasar el rato con los amigos de Fabian esa mañana, pero no podía quitarse de la cabeza la certeza de que él no encajaba ahí. Se habían pasado el rato hablando de música, arte y cosas que hacían sus amigos, y Ryan no había podido añadir nada a la conversación. Y no podía parar de preguntarse, tal y como llevaba haciendo desde el viernes anterior por la noche, qué estaban haciendo exactamente Fabian y él. Si para Fabian solo era sexo, Ryan preferiría saberlo cuanto antes, porque le ahorraría mucho dolor más adelante.

Y, si no era solo sexo, ¿entonces qué era? ¿Estaban saliendo? La idea parecía descabellada y le había parecido aún más descabellada cuando Ryan había estado intentando no hacer el ridículo en el brunch esa mañana.

Prepararse para la inevitable pelea con Harvey era, al menos, algo productivo que Ryan podía hacer para distraerse de todos esos pensamientos estúpidos y horribles. Aunque uno de esos pensamientos fuera justo que, por cosas como que Ryan tuviera que estudiar vídeos de peleas de hockey, no mereciese estar con Fabian.

Pero tenía que estudiarlos, porque la alternativa era que Harvey le diera una paliza brutal. Ryan no solía perder muchas peleas. Entre su ventaja por el tamaño, sus años de experiencia y los conocimientos básicos de boxeo que su padre le había enseñado, Ryan llevaba ventaja en casi todas las peleas en las que se había visto envuelto.

Aun así, Duncan Harvey daba miedo.

Harvey no peleaba con la habilidad que tenía Ryan. Él peleaba como si no tuviera nada que perder, y eso a Ryan le asustaba y le entristecía. Sabía que Harvey había tenido problemas de adicción en el pasado y que la liga le había obligado a ingresar en rehabilitación un par de veces. Ryan no sabía muy bien si Harvey todavía seguía teniendo problemas de adicción —en realidad, no sabía nada de él—, pero no daba la impresión de ser un tío que hubiera mejorado su estilo de vida.

A los fans les encantaba cuando Harvey y Ryan se enfrentaban. Había montones de vídeos de los dos enzarzados en un combate cuerpo a cuerpo, pero Ryan siempre los evitaba. No le gustaba verse a sí mismo peleando. Las pocas veces que había visto un vídeo de una de sus peleas, había sentido algo parecido al vértigo.

Era una sensación extraña, porque se veía a sí mismo haciendo algo que recordaba haber hecho, pero sin poder acabar de creerse que lo hubiera hecho de verdad. Daba miedo verse pelear, como si su cuerpo hubiera sido poseído temporalmente por un demonio. Pero Ryan sabía que no era así. Cuando se quitaba los guantes, sacaba esa parte oscura de sí mismo. Y, de algún modo, era uno de los pocos momentos en los que se sentía tranquilo.

Pero prepararse para una pelea… La anticipación de pelear… Eso era distinto.

Vio a Duncan Harvey conectar un puñetazo y Ryan hizo una mueca de dolor cuando su contrincante cayó a la pista. Brutal. Sabía que Harvey solía esperar y dejar que los oponentes lanzaran unos cuantos golpes inútiles al aire antes de derribarlos rápido y sin compasión con un gancho derecho. Era como ver a un depredador jugar con su presa, les daba falsas esperanzas.

—¿Qué estás viendo?

Ryan volvió el cuello tan rápido que casi se hizo daño. Fabian seguía con la cabeza apoyada en la almohada, pero había abierto los ojos.

—Ah. Eeeh, nada. Cosas de hockey.

—¿Peleas?

—Quizá.

Ryan cerró el portátil.

Fabian se incorporó apoyándose en un codo.

—¿De verdad hay vídeos en internet solo de las peleas de los partidos de hockey? —se mofó—. Pero ¿qué digo? Por supuesto que los hay.

—Sí. A veces los veo antes de los partidos. Del tío con el que tendré que pelearme.

Fabian frunció el ceño.

—¿Las peleas se planean con antelación?

—No, no, no así. Pero vamos a jugar contra un equipo con otro *enforcer*, hay muchas posibilidades de que tenga que pelearme con él.

—¿Porque os… odiáis?

Ryan suspiró y dejó el portátil sobre la mesilla.

—No. No tengo ningún problema con Duncan Harvey ni con nadie.

—Entonces ¿por qué te peleas con él?

—Es parte del juego.

Fabian puso cara rara.

—No entiendo por qué le darías un puñetazo a alguien sin motivo aparente. No voy a fingir que soy un experto, pero ¿las peleas en el hockey no son algo que surge en los momentos de tensión?

—Normalmente, sí. A veces alguien ataca de alguna manera a nuestro jugador estrella y entonces tengo que pelearme con el tío que lo ha hecho. Es, tipo… —Ryan intentó pensar en una palabra apropiada—. Es, tipo, como si fuéramos sus representantes, ¿más o menos?

Fabian esbozó una sonrisa.

—Sois como caballeros. Lucháis en nombre del honor de vuestro rey.

—Ya. Excepto que mi rey en este momento es un puto gilipollas.

—Bastante habitual en los reyes. —Fabian apoyó la cabeza en el muslo de Ryan y lo miró—. ¿Así que mañana por la noche vas a darle una paliza a un tío con el que no tienes ningún problema para proteger a uno que odias?

Ryan entrelazó los dedos en el pelo de Fabian, lo que hizo que suspirara feliz.

—Haces que suene como algo ridículo.

—Es algo muy ridículo.

Acarició el pelo de Fabian en silencio durante un rato. El movimiento relajante y repetitivo hacía que Ryan se sintiera adormecido, lo cual era una sensación agradable.

—No me gusta pensar que tienes que ir peleándote por ahí.

Los dedos de Ryan se detuvieron un momento y luego volvió con las caricias.

—A mí tampoco.

Capítulo 21

—Oye, Duncan.

Duncan Harvey levantó la vista hacia Ryan mientras hacía estiramientos sobre la pista, cerca de la línea central. En teoría, Ryan no debía hablar con sus rivales durante el calentamiento, pero esperaba poder evitar una pelea sin sentido antes de que se llevara a cabo.

Duncan escupió sobre el hielo y dijo:

—¿Qué?

Ryan se inclinó por la cintura para estar más cerca de él. Duncan tenía unas ojeras muy marcadas.

—Solo quería decir que no tenemos por qué pelearnos esta noche.

Duncan se incorporó hasta quedar apoyado en una rodilla.

—¿De qué cojones me estás hablando?

Sus caras se hallaban a pocos centímetros de distancia y Ryan estaba seguro de que estaban llamando la atención del público, así que retrocedió un poco.

—Lo que oyes. Que no tenemos por qué.

—Es lo que querrías, ¿verdad?

Sí, es lo que querría. He ahí un poco el porqué de todo. Pero se alejó patinando sin responder.

—¿Cómo está tu colega Duncan? —preguntó Wyatt cuando

Ryan se tumbó en el hielo a su lado para estirar—. ¿Le gusta tu nuevo corte de pelo?

—Creo que quiere que nos peleemos.

—Uy, pues eso no suena propio de él.

Ryan gruñó mientras intensificaba el estiramiento de los isquiotibiales.

—No tiene buen aspecto. Ya está sudando y el partido ni siquiera ha comenzado.

—Tú preocúpate de lo tuyo. —Wyatt se puso serio de golpe—. No hablo en broma, Pricey. Si quiere pelear, acaba con eso lo antes posible. ¿Viste su última pelea contra el cómo se llame en Calgary?

Ryan había visto esa pelea y también se había fijado en lo descontrolados que habían sido los golpes de Harvey. En lo fuerte que había golpeado. En lo destrozada que había quedado la cara de su rival después.

—Sí. Ya lo sé.

En la segunda parte, Harvey empujó a Ryan. Hasta entonces no había ocurrido nada entre ellos, pero Harvey debió de decidir que era hora de pelear.

—Vete a la mierda, Harvey —dijo Ryan con tono cansado.

Pero Harvey lo empujó de nuevo.

—Venga, gilipollas.

Ryan se volvió para mirarlo. El cántico de «Paga a Price» ya había empezado a sonar.

—No voy a pelear contigo.

A Harvey se le salieron los ojos de las órbitas. Parecía un animal salvaje.

—Y una polla que no.

Se quitó los guantes y Ryan vio cómo resbalaban por la pista.

—Vamos —gruñó Harvey.

—No.

Harvey intentó agarrarle el jersey, pero Ryan patinó hacia atrás y Harvey acabó agarrando el aire y perdiendo el equilibrio.

—¡Pelea conmigo, cobarde!

Ryan no quería. Era un buen defensa. Podría contribuir al equipo sin tener que llegar a hacerlo.

Y, además, Harvey no estaba bien.

Harvey se abalanzó sobre Ryan, esta vez lanzando un puñetazo descontrolado. Ryan le agarró ambas muñecas y le inmovilizó los brazos a los lados. Harvey perdió los papeles por completo. Le gritaba a viva voz en la cara a Ryan, exigiéndole que se quitara los guantes. Ryan se limitó a negar con la cabeza.

Y entonces le dio un cabezazo.

La parte delantera de su casco se estrelló contra la boca y la barbilla de Ryan, y le dolió como su puta madre. Ryan retrocedió tambaleándose, en total estado de shock ante el hecho de que Harvey hiciera algo tan sucio, y entonces se le llenó la boca de sangre.

La mente de Ryan se quedó en blanco y tuvo que reunir todas sus fuerzas para no tirar a Harvey al hielo. Pero no lo hizo. En lugar de eso, le soltó las muñecas y se alejó patinando. A sus espaldas, podía oír los gritos histéricos de Harvey.

—¿Adónde cojones vas? ¡Eres un puto mierdas, Price! ¡Ven y peléate conmigo, gilipollas!

Ryan hizo oídos sordos. Cuando llegó al banquillo, sus compañeros estaban en silencio. No se oían los *sticks* golpeando contra las vallas como siempre ocurría después de una pelea, tampoco había palabras de felicitación. Solo un silencio incómodo y una mirada de desaprobación del entrenador.

—Ve al vestuario —le soltó el entrenador Cooper—. Ve a limpiarte la boca. Y quédate ahí hasta el descanso.

—Sí, entrenador —murmuró Ryan. Mientras se dirigía por el pasillo, esperaba no haber echado por la borda su carrera.

Fabian se puso malo.

Había pensado que ya era hora de que intentara ver uno de los partidos de Ryan. Había quedado con Tarek en un pub del Village donde retransmitían los partidos de los Guardians en pantallas gigantes y había hecho todo lo posible por seguir la acción. Ryan no solía salir en primer plano muy a menudo, así que el partido le resultaba bastante aburrido.

Hasta que dejó de serlo.

Había un jugador que era casi tan grande como Ryan que no paraba de empujarlo. Fabian contuvo la respiración cuando Ryan se volvió para mirarlo, convencido de que iba a tener que ver cómo su posible novio le daba un puñetazo a alguien. Fabian se tapó la boca con la mano, pero se obligó a mirar la pantalla.

Así que vio lo que ocurrió a continuación.

—¡Hostia puta! —exclamó Tarek—. No sé una mierda de hockey, pero estoy bastante seguro de que eso no está permitido.

Fabian sabía lo suficiente de hockey como para saber que los cabezazos no eran algo normal en el juego. Sabía lo suficiente sobre el dolor como para saber que Ryan debía de estar sufriendo mucho en ese momento. Por un segundo, la cara de Ryan se transformó en algo que Fabian no pudo reconocer. Era oscura, intensa y aterradora.

—Ay, dios mío —dijo Fabian con voz ronca—. Ryan, no lo hagas.

Como si Ryan lo hubiera oído, su cara se suavizó de inmediato y se alejó patinando mientras algunos de los árbitros arrastraban al otro tipo fuera de la pista.

—¿Estás bien? —preguntó Tarek con delicadeza.

—No lo sé. ¿Por qué lo hace? ¿Por qué alguien elegiría eso como trabajo? ¿A la gente le gusta siquiera ver eso?

—No tengo ni idea.

—Es horrible. Él es demasiado bueno para todo eso.

—No se ha peleado con él —señaló Tarek—. Se notaba que estaba intentando convencer al otro de que no lo hiciera.

Fabian apretó los labios. Le picaban los ojos. Era cierto, Ryan no se había peleado con él. ¿Por qué no lo había hecho? Lo más probable era que fuera por el bien de Fabian.

—Vamos —dijo Tarek cubriendo una de las manos de Fabian con la suya—. Salgamos de aquí, ¿vale? Creo que esta noche hay karaoke en el Lighthouse. Podría preguntarle a Vanessa si…

—Gracias —respondió Fabian—. Pero creo que prefiero irme a casa.

Tarek asintió y se levantó.

—Pues vámonos.

Ryan había salido de su apartamento justo cuando recibió el mensaje:

Fabian: Por favor, ven. Sé que es tarde. Sé que habíamos dicho de vernos mañana. Pero necesito verte.

Había sido un puto día larguísimo y Ryan tenía la boca hinchada y dolorida, pero, si Fabian quería verlo, Ryan estaría ahí.

Fabian estaba de pie frente a su edificio cuando Ryan llegó, algo que no le gustó nada.

—¿Qué haces aquí fuera? No deberías estar…

Pero Fabian lo interrumpió envolviéndolo en un fuerte abrazo.

Ryan no entendía qué estaba ocurriendo, así que se limitó a rodear a Fabian con los brazos y abrazarlo fuerte. No fue hasta que oyó sollozar a Fabian cuando al final preguntó:

—¿Qué pasa?

La respuesta de Fabian fue tan entrecortada que Ryan no pudo entenderle. Los dedos de Fabian se le clavaron en la espalda y entonces empezó a asustarse. Nunca lo había visto así de alterado.

—Oye —le dijo con suavidad—, no pasa nada. Estoy aquí. ¿Qué ocurre?

Al final, Fabian aflojó el abrazo y lo miró con los ojos húmedos.

—He visto el partido. —Alargó la mano y rozó con suavidad con los dedos el labio partido e hinchado de Ryan—. He visto lo que ha pasado.

Ryan tragó saliva. Tenía un nudo en la garganta.

—Ojalá no lo hubieras visto.

—No te has peleado con él.

—No.

—¿Por qué no? ¿Acaso no es eso lo que haces?

Ryan le acarició la cara a Fabian con la palma de la mano.

—No quería. —Le acarició la mejilla con el pulgar—. No creo que quiera pelear más.

Fabian puso su mano encima de la de Ryan.

—Entonces no lo hagas.

—No sé si tendré elección. El entrenador estaba bastante mosqueado conmigo.

Lo que el entrenador Cooper le había dicho era que tenía un montón de defensas de cuarta línea decentes en ligas inferiores a los que podía llamar, pues todos ellos eran más jóvenes y rápidos que Ryan. Si Ryan ya no quería hacer su trabajo, podría sustituirlo sin problema. Pero no hacía falta que Ryan le contara nada de eso a Fabian.

—¿Estás bien? Dios, seguro que te duele la boca.

—No es agradable, pero no tengo nada roto ni nada por el estilo. —Ryan intentó esbozar una sonrisa—. No he perdido ningún diente.

Fabian lo volvió a abrazar con fuerza.

—Me ha dado un miedo que te cagas. Lo he odiado. No quiero ver el hockey. Lo siento.

—No pasa nada. No tienes por qué hacerlo.

De hecho, a Ryan no le gustaba la idea de que Fabian lo viera jugar. Y, sobre todo, no le gustaba la idea de que lo viera pelear. Ryan quería cuidar de él, que se cuidaran el uno al otro. Fabian lo haría reír y probar cosas nuevas y Ryan lo haría sentir seguro y querido. Porque esas eran las cosas que Ryan podía hacer. Sin esfuerzo alguno.

Si Fabian quería.

—Deberíamos entrar —sugirió Ryan. Fabian asintió con la cabeza apoyada en su pecho y luego se apartó con otro sollozo.

Cuando ya estaban dentro del apartamento, Fabian dijo:

—No puedo ver cómo te haces daño. ¿Cómo lo hacen todas las esposas de los jugadores de hockey?

—Son fuertes. La verdad, creo que la temporada es más dura para ellas que para los jugadores.

Fabian sonrió al oírlo.

—¿Me imaginas sentado con las mujeres de los jugadores en los partidos?

No. Por un montón de razones, Ryan no podía imaginárselo en absoluto.

—Nunca esperaría que hicieras algo así.

—Lo sé. Claro que no. —A Fabian se le pusieron rojas las mejillas—. Además, no me estoy comparando con las mujeres de los jugadores. No estoy tan mal. Ni siquiera somos… —Fabian cruzó los brazos, abrazándose con fuerza, y apretó los labios como para evitar que las palabras se le escaparan—. ¿Crees que…?

Ryan se sentó en el borde de la cama para que sus miradas quedaran más a la misma altura.

—¿Que si creo qué?

Fabian cogió las manos de Ryan y las apretó entre las suyas.

—¿Me estaría pasando de la raya si te preguntara si puedo ser tu novio?

A Ryan le dio un vuelco el corazón.

—¿Quieres ser mi novio?

Fabian bajó la mirada hacia sus manos entrelazadas.

—Sé que nuestras agendas van muy apretadas, pero sí. Me gustaría explorarlo. Si tú estás dispuesto.

—Fabian. Mírame. —Decir eso quizá había sido un error, porque Ryan había olvidado lo mal que tenía la boca. Se dio cuenta de que Fabian se estremeció cuando levantó la vista. Ryan lo atrajo hacia él—. Mi vida es un puto desastre, pero lo único que tengo claro es que me gusta estar contigo. Y me gustaría estar contigo tanto como sea posible.

Fabian apretó las manos de Ryan y se le curvaron los labios en una adorable sonrisa. Ryan decidió decir el resto.

—Soy feliz cuando estoy contigo. Quizá suene ridículo, pero hace mucho tiempo que no me sentía feliz. Ni siquiera lo recuerdo. Así que… sí. Quiero ser tu novio. —Se le escapó una risa avergonzada—. No me puedo creer que por fin haya podido decirlo después de todos estos años.

Contuvo la respiración y esperó a que Fabian respondiera. Durante un buen rato, Fabian no dijo nada, y a Ryan le preocupaba haberse pasado. Quizá ahora se sintiera presionado.

Y entonces Fabian dijo:

—Ojalá pudiera besarte ahora mismo.

Ryan creyó que el corazón se le salía del pecho.

—Ojalá.

A falta de poder hacer algo mejor, Fabian separó una de sus manos de la de Ryan, se besó las yemas de los dedos y los presionó suavemente contra los labios de Ryan. Fue uno de los besos más dulces que Ryan había recibido jamás.

Acabaron acurrucados en la cama, abrazados bajo las mantas. Ryan pensó que Fabian se había quedado dormido hasta que le oyó decir:

—Siempre ha habido algo en ti. Siempre me has atraído. ¿Te parece raro?

Ryan pensó al respecto.

—No lo sé. Pero a mí me pasa igual.

—Cuando entraste en la tienda en la que trabajo, me quedé helado. Y luego… —Fabian se removió entre los brazos de Ryan para mirarlo a la cara—. Sentí una sensación de alivio abrumadora. Como si esto fuera lo que hubiera estado esperando. Como si fuera lo que me faltaba. Tú.

Ryan se quedó mirando a lo que podía ver de Fabian en la penumbra, sin palabras.

—Perdona. Quizá suene como un flipado.

—Así es como me sentí yo —dijo en voz baja—. Como si por fin te hubiera encontrado. No sabía que te estaba buscando, pero… Te encontré.

Fabian sonrió con tanta intensidad que Ryan pudo verlo incluso en la oscuridad.

—Entonces será mejor que sigamos juntos.

Capítulo 22

Ryan gruñó cuando una pelota pasó por encima de su pierna y se coló en la portería que tenía detrás.

—¿A que no es tan fácil como parece? —dijo Wyatt con alegría.

Ryan se levantó con cierto esfuerzo. No estaba acostumbrado a llevar esas enormes espinilleras de portero en las piernas. A su alrededor, los niños se reían y vitoreaban. Había sido idea suya que Ryan y Wyatt intercambiaran los papeles para el partido de ese día. Ryan había encajado como un millón de goles.

—Vale —refunfuñó Ryan—. Creo que ya he tenido suficiente.

—Eres el peor portero que he visto en mi vida —dijo Xander.

—Ya, bueno…

Era la mejor respuesta que se le había ocurrido a Ryan. En realidad, no esperaba que se le diera tan mal hacer de portero. Al fin y al cabo, era defensa. No era tan distinto.

Se quitó el guante, el bloqueador y luego la máscara. Daba vergüenza lo sudado que llegaba a tener el pelo para haber jugado un amistoso contra un grupo de niños.

—¿Qué hacemos al final del partido, chicos? —dijo Wyatt en voz alta.

—¡Abrazar al portero! —gritaron todos los niños al unísono.

Y entonces Ryan casi fue derribado por una oleada de chavales que se abrazaban donde podían. Wyatt se sumó al final. Era ridículo, pero a Ryan le encantó cada segundo de todo aquello.

—Bueno, tenemos que irnos —anunció Wyatt cuando por fin dejaron salir a Ryan—. Ryan tiene que curarse el ego herido.

Este resopló y negó con la cabeza.

—¿Qué vas a hacer esta noche? —preguntó Wyatt mientras se dirigían hacia el coche.

—Pues eeeh… —Ryan no pudo evitar esbozar una sonrisa tontorrona—. Tengo una cita.

Wyatt parecía encantado.

—¿Ah, sí? ¿Con el chico aquel?

—Sí. —Llegaron al coche y Ryan dijo—: Se llama Fabian.

—Conque Fabian, ¿eh? ¿Y a qué se dedica?

—Es músico.

—¿Toca en un grupo?

Ryan negó con la cabeza y abrió la puerta del coche. Cuando ambos se sentaron, dijo:

—Toca en solitario. Pero es muy bueno. Su música se puede comprar por internet.

Wyatt salió marcha atrás del aparcamiento y luego le dijo:

—¿Y cómo lo conociste?

Ryan se mordió el labio, sin saber muy bien cómo reaccionaría Wyatt a la respuesta.

—Pues la verdad es que era el hijo de la familia con la que me alojaba. En Halifax.

—Y una mierda. ¿Y acabáis de empezar a salir ahora?

—Nos reencontramos en octubre. Aquí, en Toronto.

—Qué guay. —Wyatt salió del aparcamiento a la calle—. Yo sigo en contacto con la familia que me acogió cuando estaba en la liga juvenil. Viví allí cuatro años, así que nos llevamos muy bien.

—Yo solo viví con los Salah una temporada. Luego me traspasaron.

—Hostia, Pricey. ¿Has jugado alguna vez en algún sitio más de una temporada?

Ryan soltó una risita.

—En un par de sitios.

—¿Y dónde tendréis la cita?

—Solo vamos a ir a cenar a algún sitio. Y quizá demos un paseo.

—Bueno, pues espero que el amor te mantenga caliente. Se supone que esta noche va a hacer un frío que pela.

A Ryan se le revolvió el estómago. «Amor».

—Me pondré un gorro.

—¿Le vas a llevar flores? —le preguntó Wyatt—. ¿Los chicos hacéis esas cosas?

Ryan no lo había pensado. ¿Debería llevarle flores?

—Podemos llegar a hacerlo —respondió—. A los hombres les pueden gustar las flores.

Wyatt pareció reflexionar sobre eso.

—¿Pues sabes qué? Me encantaría que me regalaran flores. ¿Por qué a los tíos nunca nos dan flores?

—Porque el mundo es idiota.

—Y que lo digas. Oye, vamos a parar en una floristería y así impresionamos a nuestros amores, ¿vale?

Ryan sonrió.

—Vale.

Fabian estaba sentado con las piernas cruzadas en la cama mientras miraba fijamente la pantalla del portátil. El cursor parpadeante en el cuadro de búsqueda de YouTube lo desafiaba a escribir las palabras que se había prometido a sí mismo que no escribiría.

«De esto no puede salir nada bueno», se dijo a sí mismo. Entonces sacudió la cabeza y escribió: «Pelea Ryan Price».

Dios mío, había un montón de resultados.

«Price destruye a Comeau».

«Las quince mejores peleas de Ryan Price».

«Las peleas más devastadoras de Ryan Price».

«Ryan Price se venga».

«Price contra Harvey… ¡BRUTAL!».

Fabian apartó la mirada. No podía hacer clic en ninguno de ellos. No quería conocer ese lado de Ryan.

Pero era un lado de Ryan. Un lado importante. El único lado que, al parecer, conocía la mayoría de la gente. ¿No debería Fabian enfrentarse a él?

Respiró con dificultad e hizo clic en el vídeo de «Las quince mejores peleas».

El vídeo comenzaba con Ryan vestido con un jersey rojo —Fabian no estaba seguro de qué equipo era— rodeando a otro jugador con un jersey blanco que era varios centímetros más bajo. Ambos jugadores se habían quitado los guantes y el más bajo se estaba quitando el casco. Le hizo un gesto a Ryan para que hiciera lo mismo y Ryan le sonrió antes de quitárselo y dejarlo caer al suelo. No era una sonrisa cálida ni la sonrisa dulce y tímida que a Fabian tanto le gustaba. Era una sonrisa fría y burlona que no pegaba nada con la cara de Ryan.

En el vídeo, Ryan seguía rodeando al otro hombre mientras esperaba y observaba con los puños levantados como los de un boxeador frente a su cara. Al final, el otro jugador se abalanzaba contra él y Ryan le golpeaba con fuerza con tres puñetazos rápidos a un lado de la cara. El otro tío lanzaba golpes al aire y no le daba ninguno. Un segundo después estaba tumbado bocarriba con Ryan encima de él. Entonces llegaron los árbitros y los separaron.

Hubo un corte al siguiente fragmento, en el que Ryan llevaba un jersey naranja. Miraba fijo a su contrincante, su cara mostraba ira. No hubo preámbulos antes de esa pelea, Ryan tan solo agarró la parte delantera del jersey del otro tío y empezó a darle puñetazos en la cara. Cuando terminó, la cámara mostró un primer plano del rostro ensangrentado del tío al que había machacado y de la mano de Ryan mientras patinaba hacia la caja de castigo.

Fabian cerró la ventana. No podía seguir viendo aquello.

Pero tenía que hacerlo, ¿no? No podía fingir que esa parte de la vida de Ryan no existía. No podía acurrucarse contra el fuerte cuerpo de Ryan por la noche, besar sus dulces sonrisas y estremecerse bajo las caricias de sus enormes manos sin aceptar que esas mismas manos y ese cuerpo también se usaban para… eso.

No podía estar con un hombre si solo se permitía ver lo mejor de él. No sería justo ni para Ryan ni para él mismo. Si se tomaba en serio esa relación —que así era—, tenía que ser lo bastante valiente como para quitarse las gafas de color de rosa.

Intentó convencerse. Sí podía hacerlo. Quizá incluso podría tratar de encontrarle algo… ¿sexy? Tenía amigos a los que les encantaba la lucha libre profesional y las peleas de MMA. Tampoco era tan distinto, ¿no?

Estaba a punto de volver a abrir el navegador y ver otro vídeo cuando su móvil se iluminó con un mensaje. Fabian se dio cuenta de que tenía los ojos llorosos cuanto intentó leer el mensaje borroso. Se los secó al momento.

Ryan: Hola. Ya estoy aquí. He llegado antes. Perdón.

Miró la hora y vio que Ryan había llegado casi una hora antes de cuando habían quedado. Fabian no estaba preparado en absoluto.

Fabian: ¿Estás fuera?

Ryan: Sí.

Fabian cerró el portátil y corrió hacia la puerta. Lo más probable era que tuviera un aspecto horrible: sin maquillar, con los ojos enrojecidos y vestido con unos pantalones de pijama y una camiseta blanca enorme. Cuando abrió la puerta principal y vio a Ryan de pie fuera, con un ramo de flores en la mano, le dio igual. Se tapó la boca con la mano y sintió cómo nuevas lágrimas le picaban en los ojos. No podía ser la misma persona a la que acababa de ver en ese vídeo.

—Holi —dijo Ryan con timidez—. He pensado que quizá te gustaran estas.

Fabian se lanzó a sus fuertes brazos, con cuidado de no aplastar las flores.

Ryan se rio entre dientes.

—¿Me has echado de menos?

La respuesta de Fabian fue un lento movimiento de cabeza contra la tela de lana del abrigo de Ryan. Ryan le besó en la coronilla y le preguntó:

—¿Va todo bien?

—Es solo que necesitaba verte. Me alegro de que estés aquí.

—Yo también me alegro de estar aquí.

Fabian dio un paso atrás y cogió las flores: un lujoso ramo de lirios y rosas que, igual que su apartamento, era una atrevida mezcla de rojos y morados.

—Son preciosas. Gracias. Pasa.

Cuando entraron al apartamento, Fabian preguntó:

—¿Cómo ha ido el viaje?

—Ni tan mal. Hemos ganado los dos partidos.

—Enhorabuena.

Fabian miró de reojo las manos de Ryan mientras este colgaba el abrigo en un perchero junto a la puerta. No parecían tener ningún moratón reciente. No podía quitarse de la cabeza la imagen de lo ensangrentada que había estado la mano en el vídeo después de haberle dado un puñetazo en la cara a otro tío.

Cuando Ryan le lanzó una mirada de desconcierto, Fabian se dio cuenta de que se había quedado allí de pie, paralizado, aguantando las flores. Se sacudió el ensimismamiento.

—Tengo un jarrón donde puedo ponerlas. —Se rio y notó lo forzado que sonaba—. Estará encantado de volver a ser útil. Hacía tiempo que nadie me regalaba flores.

—¿Fabian?

—¿Dónde lo habré puesto? —Le temblaba la voz. Tragó saliva—. Ah, aquí está.

Se estiró y lo cogió de una estantería que había encima del fregadero.

—¿Ha pasado algo?

—Nop. No, estoy bien. Es solo que… —El jarrón cayó al suelo provocando un fuerte estruendo—. ¡Mierda!

Ryan se quedó ahí, apartando a Fabian de los cristales rotos.

—Siéntate en la cama —le indicó.

—Pero tengo que limpiarlo. Joder, no me puedo creer lo torpe que llego a ser.

—No lo eres. —Ryan le rodeó con delicadeza la muñeca con una mano y se la levantó—. Mira, estás temblando.

—Es solo que tengo frío. Aquí siempre está helado.

—Siéntate. —La voz de Ryan era firme y serena. Fabian se sentó—. Yo lo limpio. Y luego me cuentas qué te pasa, ¿vale?

Fabian no estaba acostumbrado a que Ryan tomara el control de ninguna situación, y el hecho de que Ryan actuara de forma tan atípica no ayudaba en absoluto a calmar los nervios que sentía. Observó cómo limpiaba los cristales, rezando para que Ryan no se cortase, porque Fabian no creía que pudiera soportar ver sangre en esas manos en ese instante.

Cuando terminó de limpiar el desastre, Ryan se agachó en el suelo frente a él.

—¿Qué pasa?

Fabian no sabía qué decir. ¿Debía admitir que había estado viendo a propósito vídeos de las peleas de Ryan? Sabía que no le gustaría nada. Y, si se lo contaba y Ryan se enteraba de que el motivo de la angustia de Fabian era que le horrorizaba lo que había visto —lo que Ryan hacía de forma habitual—, ¿cómo se sentiría Ryan? Lo más probable era que como un monstruo.

Ryan no era un monstruo. Sin tener en cuenta lo que Fabian hubiera sentido al ver aquellas peleas, eso lo tenía claro.

Así que no se lo dijo. En lugar de eso, se dejó caer al suelo, sobre el regazo de Ryan y le acarició el cuello con la nariz.

—Te deseo —murmuró.

Era cobarde por su parte, pero Fabian necesitaba borrar de su mente las imágenes de Ryan peleando. Necesitaba sustituirlas por los besos, los suspiros y la forma cuidadosa con la que Ryan lo tocaba.

—Fabian…

Fabian interrumpió con un beso la queja de Ryan. Solo tardó un segundo en que Ryan le devolviera el beso y entonces Fabian empezó a desabrocharle el cinturón. Ryan contuvo el aliento y, de golpe, Fabian se vio levantado del suelo cuando Ryan se puso de pie, sin soltarlo. Ryan lo acostó con suavidad sobre la cama y Fabian se deslizó hacia atrás hasta quedar recostado contra las almohadas, sonriendo a Ryan mientras él lo cubría. Ryan seguía con cara preocupada, así que Fabian le ayudó y se quitó la camiseta.

—¿Estás seguro de que…?

Fabian pasó las manos por los costados del amplio torso de Ryan y le subió la camiseta.

—Lo único malo que me pasa es que no me estás besando.

Era casi verdad; Fabian se sentía mucho mejor ahora que tenía el enorme cuerpo de Ryan pegado al suyo. Y entonces Ryan solucionó el único problema que había besando a Fabian tal y como a él le gustaba: despacio y con ternura. Fabian suspiró feliz mientras la tensión abandonaba su cuerpo, sustituida por la comodidad y el afecto maravillosos que siempre le reconfortaban cuando estaba con Ryan.

Se besaron durante un rato, intercambiaban suaves besos en las mejillas y el cuello y compartían besos profundos y tiernos cuando sus bocas volvían a encontrarse. No parecían preliminares; en lugar de excitarse, Fabian se sentía relajado y embelesado por la felicidad.

Hizo rodar a Ryan sobre su espalda y se acurrucó contra él para apoyar la cabeza en su firme pecho. Ryan lo rodeó con un brazo y Fabian no recordaba haberse sentido nunca tan seguro y cómodo.

—¿Has hecho algo divertido hoy? —preguntó Ryan.

—He escrito una canción. —Fabian se mordió el labio mientras decidía cuánto iba a revelar—. Es un poco… más pastelosa de lo que las suelo hacer.

—¿Ah, sí?

—Algo me ha inspirado a escribir una canción de amor. Vete tú a saber el qué.

Ryan se quedó en silencio durante un rato. Fabian levantó la cabeza y con coraje miró a Ryan a la cara. Ryan sonreía mirando al techo.

—Creo que nunca había inspirado a nadie a hacer nada.

—No he dicho que hayas sido tú —bromeó Fabian.

La sonrisa de Ryan se desvaneció.

—¡Ay, dios mío! ¡Pues claro que has sido tú! —Fabian se subió encima de él y se tumbó bocabajo con la barbilla apoyada en las manos cruzadas—. No quiero asustarte, pero te tengo mucho cariño, Ryan Price.

Ryan negó con la cabeza. Su cara era puro asombro.

—Solía escucharte ensayar. Estaba en mi habitación del sótano y, cuando oía tu violín sonar, me tumbaba en la cama y escuchaba.

A Fabian le dio un vuelco el corazón.

—¿En serio?

—Sí. Lo hacía siempre. Me… ayudaba.

—¿Te ayudaba?

Ryan suspiró.

—No fue un buen año para mí. Era mi primera vez fuera de casa… Piensa que Ross Harbour tiene menos de dos mil habitantes, así que el mero hecho de estar en una ciudad ya supuso un cambio. Y tu familia era muy amable, pero, aun así, ya sabes, no era mi hogar.

Fabian nunca se había planteado las cosas desde el punto de vista del jugador de hockey obligado a vivir con ellos. De adolescente siempre había pensado que, como ellos se comían el puto mundo al ser jugadores de hockey de élite, creían que tenían el derecho de adueñarse de la casa de otra persona.

—Debió de ser estresante para ti.

—Lo fue. Estaba en un colegio nuevo, intentaba graduarme mientras jugaba al hockey y lidiaba con… cosas.

Jo. Fabian había sido un capullo por dar por supuesto que él era el único que lo pasaba mal en aquella casa.

—¿Por cosas del hockey o…?

—Estaba intentando integrarme en el nuevo equipo y me costaba mucho. Además, de golpe, me vi jugando delante de diez mil personas en lugar de cincuenta, que digamos.

—Uf. Ya…

Ryan empezó a acariciar distraído el pelo de Fabian.

—Además, estaba lo de ser gay. Eso era otro melón aparte.

Claro. Fabian, como era obvio, no sabía en aquel momento que Ryan había estado pasando por eso, pero ahora que lo sabía…

—Dios. Tuvo que ser una mierda.

—Eran demasiadas cosas que ocultar a la vez. El hecho de que me atraían los hombres, que tenía miedo, que echaba de menos mi casa, que… odiaba pelear. Y a algunos de mis compañeros de equipo. —Curvó los labios un poco hacia arriba—. Tampoco me ayudaba que encima tuviera que ocultar que me había pillado de ti.

Joder, ¿por qué no existían los viajes en el tiempo? Lo único que Fabian deseaba era retroceder trece años y medio, entrar en la habitación de Ryan y decirle lo mucho que le gustaba. Tumbarse en su cama a su lado y cogerle de la mano. O quizá decirle a su yo más joven que hiciera eso. Eso tendría más sentido. Lo de viajar en el tiempo le confundía.

Se apartó de Ryan para tumbarse a su lado y entonces le cogió la mano.

—Ojalá no lo hubieras hecho —dijo—. Me refiero a ocultar que te gustaba. Podríamos habernos divertido mucho en ese sótano.

Ryan resopló.

—Creo que habría sido bastante torpe. Más incluso que ahora, si puedes llegar a imaginártelo.

—¿De verdad crees que yo habría sido un amante hábil y aventurero a los diecisiete?

Ryan volvió la cabeza y le sonrió.

—Quizá. No me habría sorprendido.

Fabian se rio y luego lo besó. En ese preciso momento decidió que iba a olvidar lo que había visto en el vídeo. No importaba. Ryan había dicho que iba a dejar de pelear, así que ¿por qué seguir dándole vueltas? El tipo del vídeo no importaba. El que le compraba flores a Fabian y solía suspirar en secreto por él mientras escuchaba cómo ensayaba con el violín, ese era con el que estaba ahí ahora. Ese era el que le importaba.

—¿Qué habrías hecho? —preguntó Fabian—. ¿Si hubiera bajado a tu cuarto y me hubiera insinuado?

—Lo más probable es que ni siquiera me hubiera dado cuenta de que eso era lo que estabas haciendo. No me hubiese permitido nunca creer algo así.

Fabian dibujó un círculo con el dedo alrededor del ombligo de Ryan y subió hasta el pecho.

—Pero ¿y si lo hubiera dejado muy claro?

—¿Tipo, cómo?

—Pues… —Fabian se aturdió al imaginarse la escena—. ¿Y si hubiera cerrado la puerta detrás de mí y… me hubiera quitado la camiseta?

—Ay, dios. Sin duda habría pensado que estaba soñando.

—¿Y si te hubiera dicho que no podía vivir ni un día más sin decirte lo mucho que te deseaba? ¿Lo mucho que necesitaba tocarte?

Ryan parecía estar pensando en serio la respuesta.

—Aun así, no te habría creído.

—Saltemos a la parte en que sí me crees.

Suspiró.

—Vale. Pues supongo que te habría… ¿besado?

—¿Lo habrías hecho?

Negó con la cabeza.

—No. Habría esperado a que lo hicieras tú.

—¿Y cuando lo hubiese hecho?

—Pues ¿me habría gustado?

Fabian apretó los labios para no echarse a reír. Iba a añadir a la lista de cosas en las que trabajar con Ryan lo de los juegos de roles.

Cuando se le pasaron las ganas de reírse, besó a Ryan y dijo:

—A mí también me hubiera gustado.

—¿Mantenemos la cita en pie o nos quedamos en casa?

Fabian se levantó y se dirigió al armario.

—Ah, no, vamos a salir. Voy a conquistarte a lo grande, Ryan Price.

Capítulo 23

Durante el resto de diciembre, las cosas fueron tan perfectas como nunca lo habían sido para Ryan. El entrenador le había insistido mucho para que peleara más, pero no podía ponerle pegas al esfuerzo que Ryan había estado haciendo en la línea azul. Ryan sentía que en ese momento estaba jugando el mejor hockey de su carrera con Toronto. Y quizá eso no significase que era increíble, pero aun así él se sentía orgulloso.

Nilsson había estado fuera durante los últimos partidos por una lesión leve, así que Wyatt había tenido que asumir el puesto de portero titular, lo que hacía que los partidos fueran más entretenidos para Ryan. Wyatt también estaba en racha; había ganado tres de los últimos cuatro partidos e incluso había conseguido dejar la portería a cero en el último encuentro. Ryan había sumado tres asistencias durante la última semana. Por primera vez en mucho tiempo, el hockey volvía a ser divertido.

Ambos habían ido al centro cívico un par de veces más juntos y eso no había hecho más que reforzar el renovado amor de Ryan por ese deporte. Los chicos eran fantásticos y el centro había agradecido mucho la donación de Ryan de un montón de guantes de hockey nuevos.

El resto de los días y las noches de Ryan giraban en torno a Fabian. Se turnaban para pasar las noches entre el apartamento de Fabian y Ryan. Aunque el de Ryan era mucho más grande y nuevo, él prefería el ambiente acogedor del piso de Fabian. Ryan iba a los Cutrebrunch cada vez que podía y salía con Fabian y sus amigos a ver espectáculos interesantes, charlas y exposiciones de arte. Le encantaba todo aquello e incluso empezaba a sentirse menos como un extraño cuando salían todos juntos. Se sentía como en casa por primera vez desde que se había ido de Ross Harbour siendo un adolescente. El Village de Toronto era especial porque a Ryan le resultaba fácil creer, teniendo en cuenta las limitaciones, que todo el mundo era gay. Era increíble.

Casi tan increíble como su relación con Fabian. Cuando Ryan iba a sus conciertos, nunca acababa de creerse que luego él fuera a volver a casa con el mismo chico guapo que estaba sobre el escenario. El chico que tenía a todo un local lleno de gente embelesada y enamorada de él, pero que había elegido a Ryan. No tenía sentido. De hecho, a Ryan le costaba tanto creerlo que a menudo sentía timidez a la hora de acercarse a Fabian cuando bajaba del escenario. Ryan se quedaba a un lado y esperaba con paciencia mientras Fabian hablaba y reía con la gente que quería pasar un rato con él.

Pero entonces Fabian le sonreía, le hacía señas para que se acercara y se ponía de puntillas para darle un beso lento y apasionado a la vista de cualquiera que estuviera mirándolos. Ryan no acababa de creerse la suerte que tenía.

Aún tenía que subirse a aviones y dejar atrás a Fabian, pero incluso eso era más fácil de soportar cuando tenía un novio maravilloso al que llamar cuando estaba de viaje. Su psicóloga había notado el cambio en él y se mostraba muy alentadora y emocionada.

Así que, cómo no, algo tenía que ir mal.

—¿Te traspasan? —preguntó Ryan con pena—. ¿Adónde?

—A Ottawa —respondió Wyatt—. Necesitan un portero y les gusta lo que han visto de mí últimamente.

Ryan tragó saliva con dificultad y se alegró de que estuvieran teniendo esa conversación por teléfono. Estaba a punto de echarse a llorar, lo cual le resultaba vergonzoso.

—¿Cuándo te vas?

—Hoy —exhaló con fuerza—. Lo siento, Pricey. Quería llamarte para que lo supieras de primera mano por mí.

—Gracias.

Ryan se lo agradecía de verdad. No podía imaginar lo devastador que habría sido enterarse al ver un titular en internet o al oír comentarlo a alguien.

—Por lo menos no estaré muy lejos, ¿no?

—Ya. —Menuda puta mierda. Wyatt era el primer compañero de equipo que Ryan había tenido al que de verdad podía llamar «amigo». Aunque admitió—: Pero es bueno para ti.

—Lo sé. Estoy emocionado. Y a Lisa ya le han ofrecido un puesto en un hospital de Ottawa, así que eso también está resuelto.

—Qué bien. —Ryan se levantó de la cama y empezó a dar vueltas—. Me alegro.

—Te voy a echar de menos, grandullón. Seguirás yendo al centro, ¿verdad?

Dios, ¿lo haría? A Ryan no le gustaba la idea de ir solo.

—Claro —dijo—. Sin problema.

—Deberías. Los chicos están locos por ti.

Ryan se rio al oír eso.

—No me puedo creer que te vayas a Ottawa.

—Lo sé. Tu enemigo, ¿verdad?

—Jugarás con Rozanov. ¿Sigues colado de él?

Wyatt se rio.

—Quizá pueda llegar al fondo de esa misteriosa amistad que tiene con Shane Hollander.

—No seas entrometido.

—Nunca. Debería terminar de hacer las maletas e ir al aeropuerto. Pero nos vemos pronto, ¿vale? Y que pases unas felices fiestas.

—Sí. Tú también. Y, eeeh, gracias. —Ryan se sintió cohibido, pero la verdad era que tenía que soltarlo—: Has marcado la diferencia este año. Para mí, quiero decir. Siento si suena raro, pero… gracias.

Hubo un silencio y entonces Wyatt dijo:

—Eres uno de los buenos, Pricey. No lo olvides.

Se despidieron y Ryan volvió a sentarse en la cama. En todos sus años como jugador, era la primera vez que le entristecía que traspasaran a otro compañero. La idea de estar en ese vestuario —o en un avión— sin Wyatt le parecía deprimente.

Tres días después, Fabian voló para pasar las fiestas con su familia y Ryan se quedó completamente solo. La mañana de Navidad disfrutó de una larga videollamada con sus padres y Colleen. Parecían bastante contentos a pesar de que él no estuviera ahí. Ryan se alegró de que no estuvieran molestos por ello, pero no pudo evitar sentir que los había decepcionado tantas veces que ya les daba igual.

Había pensado en volver a casa ese año. De verdad que sí. La idea de volar a Halifax con Fabian le había resultado tentadora, pero Ryan no estaba convencido de querer que Fabian viera cómo se comportaba en un avión.

Además, volver a Ross Harbour podía ser abrumador a veces. Era el héroe de su pequeño pueblo y la atención que recibía cada vez que volvía a casa le hacía sentir incómodo. Volar a casa dos días por Navidad no daría a los vecinos mucho tiempo para que lo molestaran, pero aun así… Pasar las vacaciones a salvo y solo en su apartamento, en lugar de lidiar con aviones, viajes y vecinos demasiado entrometidos, era una opción mucho más atractiva.

De todos modos, echaba de menos a Fabian.

Le había comprado un regalo y se lo daría cuando volviera. No estaba seguro de cómo reaccionaría Fabian, pero, cuando Ryan lo había visto en el centro comercial en el que había estado matando el tiempo en Dallas, no había podido resistirse.

Ryan estaba listo para disfrutar de una tranquila tarde de lectura y, después, quizá buscar un buen restaurante que estuviera abierto el día de Navidad, cuando pasó la catástrofe. Se agachó para coger un par de calcetines que se le habían caído y le dio un tirón en la espalda.

—Me cago en su... —maldijo Ryan y luego gritó—: ¡Jooodeeeeeer!

Había pasado por eso tantas veces que sabía que lo único que le serviría de ayuda sería tener paciencia y cuidado. Recorrió el piso cojeando mientras apilaba los cojines de la cama en el sofá y luego hizo una mueca del dolor al tener que estirarse para coger la almohadilla térmica que guardaba en el estante superior del armario. Era un sitio de mierda para guardarla.

Se acomodó en el sofá, con la almohadilla puesta bajo la zona lumbar, y, por lo menos, pudo leer como había planeado. Encendió la televisión que por fin había comprado y puso el canal de chimeneas mientras leía. Se había tomado unos relajantes musculares y se sentía un poco aturdido.

No sabía muy bien cuándo se había quedado dormido, pero se despertó con el timbre del móvil. El ruido lo sobresaltó y provocó que gritara del dolor. Buscó a tientas el móvil, con los ojos bien cerrados para protegerse del dolor que lo atravesaba.

—¿Hola?

—Feliz Navidad —le susurró su voz favorita.

—Fabian. Hola.

Ryan podía oír la tensión en su propia voz. Fabian no lo pasó por alto.

—¿Estás bien?

Ryan exhaló cuando empezó a remitir el dolor más fuerte.

—No. Me ha dado un tirón en la espalda.

—¡Ay, no! ¿Cuándo ha ocurrido?

—Esta tarde. Una Navidad estupenda, vaya.

—Lo siento… Ojalá estuviera ahí para ayudarte.

—Ya me apaño yo. —Ryan hizo una mueca al darse cuenta de lo gruñón que sonaba y añadió—: Aunque sí que me gustaría que estuvieras aquí. Te echo de menos.

—Yo también te echo de menos, cariño. Ya he tenido más que suficiente con la familia.

—¿Cómo están?

—Ah, bien. El marido de Sonia, Paul, cómo no, es un exjugador de hockey. Ahora trabaja en marketing o algo parecido. Es de lo peorcito. —Suspiró—. Aunque hace feliz a Sonia. Y todo el mundo está encantado con el embarazo.

—¿Cómo te fue el concierto?

Fabian se animó.

—¡Muy bien! Hacía tiempo que no tocaba en Halifax, el público se mostró muy agradecido. También fue bonito ver a algunos viejos amigos. —Se rio—. Amy se coló con un carné falsificado.

—Todavía no me creo que ya tenga dieciocho años.

—Tienes que venir a verla. Me ha preguntado por ti.

Ryan casi se incorporó de la sorpresa, hasta que recordó lo de su espalda.

—¿Ah, sí? ¿A qué te refieres? ¿Le has contado… lo nuestro?

—Les he dicho que nos habíamos reencontrado y que hemos estado saliendo juntos. Creo que mis padres estaban bastante desconcertados con eso. No me apetecía complicarlo aún más diciéndoles que soy… Bueno, en fin. No se lo he contado. Pero Amy cayó en la cuenta sola.

A Ryan se le hizo un nudo en el estómago.

—¿Y qué te ha dicho?

—Está encantada. Te recuerda con mucho cariño. Solías hacer el dinosaurio y dejarla montarse en tu espalda.

Ryan se rio entre dientes.

—Era divertido. Era una niña encantadora.

—Le tengo esperanza. Quizá, después de todo, hasta puede que tenga una amiga en mi familia.

Siguieron hablando un rato más y Ryan intentó no darle demasiadas vueltas al hecho de que Fabian no les hubiera dicho a sus padres que estaban juntos. No es que le decepcionara que Fabian les ocultara su relación, sino que más bien entendía a la perfección las razones por las que lo hacía. Razones que reforzaban su temor de que lo suyo con Fabian no durara. Es que eran tan distintos… No tenía sentido.

—Nos vemos en un par de días —dijo Fabian—. Descansa la espalda. Estaré ahí para calmarte y consolarte antes de que te des cuenta.

—Me muero de ganas.

—Y yo. Buenas noches, Ryan.

—Buenas noches. Feliz Navidad.

Ryan dejó el móvil sobre la mesita del salón y cogió el mando a distancia. Estuvo cambiando de canal hasta que se topó con *El bazar de las sorpresas* en Turner Classic Movies. Pidió comida china y se obligó a dar unas vueltas por el apartamento porque sabía que sería mejor para su espalda si se movía un poco.

La cuestión era que, a pesar de haberse lesionado la espalda, esa no era la Navidad más deprimente que Ryan hubiera vivido. Al menos ese año tenía un novio que se preocupaba por él y le llamaba cariño. Un novio que le echaba de menos y que volvería a sus brazos en un par de días.

Por eso Ryan necesitaba tanto que se le curara la espalda.

A Fabian le costaba creer cuánto echaba de menos a Ryan. Le impactaba mucho. Aunque habían pasado tiempo separados en las semanas transcurridas desde que se habían liado, nunca había sentido la ausencia de Ryan con tanta intensidad como ahora. Quizá tuviera que ver con el hecho de que Fabian estaba de vuelta en la casa donde se habían conocido, hacía tantos años.

Su antigua habitación estaba irreconocible. Los pósteres de grupos que cubrían las paredes ya no estaban. No había libros ni adornos ni color. Era una habitación de invitados monótona y simple. De hecho, a Fabian le recordaba mucho al piso de Ryan.

Excepto que en el piso de Ryan estaría Ryan, lo cual lo hacía infinitamente mejor.

Fabian cenó con su familia por última vez en lo que estaba seguro de que serían meses, si no un año o más. Habían pedido comida libanesa en un restaurante que era de un amigo de la familia, ya que a ninguno de los padres de Fabian les gustaba cocinar. Fabian había crecido comiendo mucha comida para llevar y platos precocinados congelados.

—¿Dónde dijiste que te habías encontrado con Ryan Price? —preguntó su padre.

Fabian masticó y se tragó el bocado de falafel tan rápido como pudo sin atragantarse y dijo:

—En mi trabajo. En la tienda.

Su madre hizo un ruido que Fabian interpretó como «Ese no es un sitio para que trabaje un hombre de treinta y un años». Lo pasó por alto.

—¿Y te reconoció rápido? —preguntó Amy.

—Sí. Nos reconocimos el uno al otro.

—Qué monos.

Su padre hizo un ruido que Fabian interpretó como «Los hombres no hacen cosas que sean "monas"». También lo pasó por alto.

—¿Y qué tipo de cosas habéis estado haciendo juntos? —preguntó su madre.

Fabian se alegró de no ponerse rojo al momento.

—Pues cosas. Viene a mis conciertos. Ha salido con mis amigos. Es majo. Nos llevamos muy bien.

—¿Has ido a algún partido? —preguntó Sonia—. Si puedes conseguir entradas gratis para los Guardians y no las coges, chillo.

—Nunca se lo he pedido —dijo Fabian siendo sincero.

De repente se sintió culpable. ¿Debería sentirse culpable por eso?

Sonia hizo un ruido que Fabian interpretó como «Dios, mi hermano es un puto rarito». Eso no pudo pasarlo por alto.

—¿Qué, Sonia?

—Nada. Es que no me puedo creer que sea tu amigo. No tiene ningún sentido.

—Bueno —dijo su madre—, siempre ha sido un poco raro, ¿no?

—Sin duda tiene un historial de comportamientos raros —confirmó su padre—. Y luego está lo que le pasó el año pasado.

Fabian no pudo contenerse.

—¿Qué le pasó?

Sonia se rio.

—Ay, dios mío. No tienes ni idea, ¿verdad? Se le fue la puta olla.

—¡En medio de un partido! —añadió el estúpido de su marido, Paul—. En el banquillo. Se le fue... Y tuvo que abandonar el partido. He oído por ahí que se desnudó y gritaba que tenía bichos viviendo en su cerebro o algo así.

—Podrían ser las drogas —dijo su madre—. Algunos jugadores no pueden soportar la presión y ya. Se vuelven adictos.

A Fabian nada de eso le parecía bien. Frunció el ceño mirando a su plato, ya sin ganas de comer. Bajo la mesa, Amy le puso una mano en la rodilla y se la apretó.

—Seguro que estaban exagerando —dijo ella.

—No lo sé —respondió su padre—. No jugó mucho más el resto de la temporada. Y luego Buffalo lo traspasó a Toronto.

—Me sorprende que Toronto lo quisiera —dijo el estúpido de Paul—. Supongo que sigue dando un miedo de la hostia. Quizá estar loco lo hace aún más aterrador.

—No está loco —dijo Fabian.

—Sea lo que sea, es una pena —dijo su madre—. Era un buen chico cuando vivía con nosotros. Era muy educado.

Fabian se disculpó y se fue a su habitación, tal y como había hecho innumerables veces cuando era adolescente. Le dolía el estómago y le picaban los ojos. ¿De verdad había tenido Ryan una crisis así en público? Y, si era cierto, ¿qué la había provocado? ¿Y cuánto le costaría seguir jugando al hockey después de lo que había ocurrido? Sabiendo que todo el mundo en el hockey pensaba que estaba… ¿roto? ¿Que era un adicto? ¿Que era el hazmerreír?

Dios, Ryan.

Fabian le envió un emoticono de un corazón rojo y luego se metió en la cama. Podía parecer un gesto tonto, pero era la mejor forma de expresar cómo se sentía Fabian en ese instante. Quería darle su corazón a Ryan.

Pero ¿a quién quería engañar? Ryan ya lo tenía.

Capítulo 24

Fabian se dio cuenta de que a Ryan todavía le dolía la espalda cuando salió a recibirlo al vestíbulo de su edificio. Tenía ganas de saltar a sus brazos, agarrarse de su cintura con las piernas y besarlo hasta dejarlo sin aliento. Pero se conformó con apoyar una mano en cada bíceps de Ryan.

—Holi.

—Holi.

—¿Cómo te encuentras?

Ryan hizo una mueca.

—Aún dolorido.

Fabian cogió a Ryan de la mano y tiró de él hacia el ascensor.

—Resulta que lo único que me apetece es quedarme en casa sin hacer absolutamente nada con mi adorable novio.

—Estás de suerte —dijo Ryan, y chasqueó la lengua.

Cuando entraron en el piso, Fabian trató de conducir a Ryan hacia el dormitorio.

—Tienes que descansar —le dijo.

—Ya lo sé. Pero antes…

Ryan señaló los taburetes altos de la cocina y Fabian captó el mensaje enseguida y se subió a uno. Desde esa altura, Ryan podía besarlo sin tener que agacharse ni levantar a Fabian.

—Te he echado de menos —dijo Ryan cuando se separaron.

—Yo también te he echado de menos. Y siento lo de tu espalda.

—Creo que va mejorando.

—Me alegro. —Fabian se moría por preguntarle a Ryan por su supuesta crisis de la temporada anterior, pero sabía que no era el momento. En lugar de eso, comentó—: Vamos a que te tumbes y luego te daré tu regalo.

—Uf, no puedo hacer nada, ¿sabes? Así que si el plan que tenías era…

—No —dijo Fabian, y le dio otro beso—. Por muchas ganas que tenga de pasar la boca por cada rincón de tu cuerpo ahora mismo, no me refería a eso. Ve a tumbarte. Iré a buscar la mochila.

Ryan sacó una caja estrecha con un envoltorio muy alegre del cajón superior de la cómoda y aguardó nervioso a que Fabian volviera. Mientras esperaba, se removió despacio y estiró la espalda. Joder, le dolía un montón.

—Es una bobada —dijo Fabian cuando entró en la habitación—: La vi en un mercado de artesanía en Halifax y pensé que podía gustarte.

Le tendió a Ryan un paquetito suave que parecía envuelto a toda prisa en papel rojo cubierto de árboles de Navidad verdes. Ryan dejó la cajita que tenía en la mano encima de la cómoda y abrió el regalo.

—Está tejida a mano —dijo Fabian muy emocionado—. El hombre que las hacía era un amor, y me encantan los colores.

Era una bufanda larga de lana hecha con una vistosa mezcla de colores que recordaban a piedras preciosas. Ryan se la puso alrededor del cuello al instante y sonrió al ver su reflejo en el espejo. No solía llevar colores llamativos y le gustó cómo lo transformaba.

—Me encanta —le dijo con sinceridad—. Me recuerda a ti.

—Un poco de color nunca va mal. —Fabian sonrió y luego se puso de puntillas para besar a Ryan en la mandíbula—. Te favorece.

—Gracias. Yo también tengo algo para ti. Confío en que no sea excesivo. No tengo mucha experiencia comprando regalos para chicos con los que salgo.

—Bueno, a ver qué se te ha ocurrido —bromeó Fabian mientras cogía la caja. Al abrirla soltó un suspiro—. Ryan, ¿son perlas Mikimoto auténticas?

—¿Quizá sí? Se me olvida el nombre todo el rato.

—Hostia puta. Ryan, ¿esto va en serio?

—Si no te gusta puedo ir a…

—¿Gustarme? Ryan, es maravilloso.

Sacó con mucho cuidado la larga cadena de oro blanco de la caja. El collar estaba ensartado con perlas negras y diamantes diminutos.

—He pensado que te quedaría bien con ese mono negro que tienes.

—Dios mío, es perfecto. No me lo puedo creer. ¿De verdad es para mí? ¿Ahora es mío?

Ryan se rio.

—Sí, es tuyo. La dependienta estaba muy emocionada. Me aseguró que a mi «mujer» le encantaría.

—A tu mujer le encanta… Quiero ponérmelo, pero no pega con este jersey.

—Podrías quitarte el jersey —le propuso Ryan—. Y… ¿todo lo demás?

Fabian le sonrió de forma seductora.

—Se supone que tienes que descansar.

—La vista todavía me funciona.

—Túmbate, querido. Deja que te haga un pase especial.

Fabian se quitó la ropa y Ryan se puso tan cómodo como pudo en la cama. Cuando se quedó desnudo del todo, Fabian se pasó el largo collar por la cabeza y gimió igual que si tuviera un orgasmo.

—Me siento como una sirena. ¡Una joya auténtica! Nunca había tenido una joya auténtica. —Se admiró en el espejo—. Ay, Ryan, es alucinante. Tienes un gusto exquisito.

Ryan sonrió de oreja a oreja.

—Me alegro de que te guste.

—No me lo pienso quitar.

A Ryan le parecía estupendo. Al ver las perlas y los diamantes reluciendo sobre la fabulosa piel de Fabian y contemplar cómo le llegaban hasta el ombligo, Ryan notó que se le hacía la boca agua.

—Uy —dijo Fabian al fijarse en la tienda de campaña que había aparecido de repente en los pantalones de chándal de Ryan. Como con el dolor de espalda le costaba mucho vestirse, Ryan no se había molestado en ponerse ropa interior—. ¿Tienes otro regalo para mí?

Reptó por la cama como un gato; los diamantes y las perlas le colgaban del cuello.

—No puedo hacer gran cosa —le recordó con pesar Ryan.

—No tienes que hacer nada, amor. Hay tantas cosas que podría hacer por ti en esa posición…

Ryan tragó saliva. Lo más sensato sería no hacer nada. Si se corría, aunque había que admitir que era poco probable, los espasmos serían un suplicio. Pero en ese momento estaba supercachondo, así que dijo:

—¿Podría mirarte?

A Fabian pareció gustarle la idea.

—¿Quieres que te quite los pantalones antes? Seguro que estás incómodo.

—Vale. Sí, gracias.

Levantó las caderas con cuidado para que Fabian pudiera bajarle la goma de la cintura. Entonces se quitó la camiseta, porque se sentía ridículo solo con eso.

—Ay, la he echado de menos. —Fabian suspiró cuando la polla de Ryan saltó del todo fuera del pantalón—. Parece que se alegra de verme.

—Desde luego.

Fabian se arrodilló entre las piernas de Ryan y se cogió la polla.

—¿Quieres oír la fantasía que se me ocurrió mientras me la meneaba anoche?

«Joder…».

—¿Dónde? ¿En tu cuarto de casa de tus padres?

Fabian se mordió el labio.

—Justo ahí —dijo luego—. Me recordó a cuando era adolescente y me hacía pajas en mi habitación a escondidas. —Sonrió—. Pensando en ti…

Ryan se quedó boquiabierto. Por supuesto, ya sabía que Fabian se había colado de él cuando eran adolescentes. Todavía le costaba creérselo, pero lo sabía. Aun así, Ryan no había querido pensar en la idea de un joven Fabian dándose placer mientras pensaba en él.

—¿Eso hacías? —le preguntó—. ¿Cuando vivíamos juntos?

—Muchas veces. ¿Tú hacías lo mismo?

—Sí. Rollo, todo el rato.

Fabian cerró los ojos y sonrió.

—Joder, eso me pone.

—¿En qué pensabas anoche? —preguntó Ryan, que no quería perder la oportunidad de saberlo todo.

—De acuerdo —respondió Fabian sin abrir los ojos—. Pues me imaginé que llamabas a mi puerta. Pongamos que en esa escena estaba en mi piso. Estaba en la cama, tocándome. Acababa de empezar, nada más. Y entonces alguien aporreaba mi puerta. Y no sé cómo sabía que eras tú. Como si te hubiera estado esperando.

—¿Sí? —carraspeó Ryan—. ¿Y me dejabas pasar?

—Paciencia —le reprendió Fabian. Resiguió el collar despacio con los dedos, deteniéndose en cada perla para hacerla girar entre el pulgar y el índice—. Así que me acercaba a la puerta y, cuando la abría, te veía ahí y tenías un aspecto salvaje. Tu mirada era ardiente y llevabas la camisa desabrochada, como si ni siquiera hubieras tenido tiempo de vestirte en condiciones. Respirabas con agitación, como si hubieras corrido hasta mí. Veía que la tenías muy dura, se te notaba por debajo del pantalón. Como si te fuera a reventar el paquete. —Abrió los ojos—. Igual de empalmado que estás ahora.

Ryan soltó un taco y se cubrió la polla con la mano, solo para apretársela un poco. No fue suficiente.

—¿Y qué quería?

Fabian se lamió el labio inferior y luego volvió a cerrar los ojos.

—Me decías que tenías que correrte. Que llevabas todo el día meneándotela y estabas a punto, pero que no podías llegar tú solo. Que me necesitabas. Que necesitabas mi culo.

—Joder…

Ryan empezó a acariciarse. Cada vez le preocupaba menos la espalda.

—Me decías que habías estado a un paso de correrte muchas veces, pero que no habías sido capaz de soltarlo. Y necesitabas hacerlo. Que tenías una corrida impresionante para mí y necesitabas que te ayudara a sacarla.

Entonces Fabian empezó a meneársela más rápido y su voz se volvió más aguda. Jadeaba.

—Te decía que te había estado esperando. Que estaba listo. Te enseñaba el *plug* que llevaba puesto y gemías y me lo arrancabas. Me tirabas encima de la cama, bocabajo. Eras un poco bruto, pero no me daba miedo. Me encantaba. Me encantaba ver cuánto lo necesitabas. Y no esperabas ni un momento, sino que…, aaah, me la metías de golpe, meneabas esa polla inmensa dentro de mí y era una pasada. Era una puta pasada, Ryan. Me agarrabas con esas manazas y me follabas la hostia de duro.

—¿Te gustaba? —preguntó Ryan entre jadeos.

Joder, al final iba a correrse de verdad.

—¿Que si me gustaba? Uf, me puto encantaba notar lo fuerte que eres. Me encantaba que perdieras el control de esa manera.

—Te follaré así —gimió Ryan—. Cuando me cure, te follaré tan fuerte como quieras.

—Sí, por favor. Dios, estoy a punto.

—Cuéntame cómo sigue. —Ryan parecía estar suplicando—. Joder, por favor… ¿Cómo acaba?

—Me preguntabas si quería que te corrieras. Y, claro, te decía que sí. Me moría de ganas. Y me advertías de que iba a ser mucho, y te respondía que lo hicieras igualmente. Que me lo dieras todo.

Ryan gimoteó. El placer se estaba mezclando con el dolor de espalda conforme se le tensaban los músculos.

—Y lo hacías. Soltabas ese fabuloso aullido de placer y descargabas en mí. Había tanto que al final sacabas la polla y aun así…, joder…, salpicabas más en mi espalda. Y luego yo también me corría y, dios, te lo juro, Ryan… Me voy a correr ahora mismo.

—Joder. Hazlo.

Con un discreto ruidito de sorpresa, Fabian se inclinó hacia delante y manchó de semen todo el muslo de Ryan. Luego se dejó caer y se metió la polla de Ryan en la boca mientras este ponía los ojos en blanco.

—Maldita sea, Fabian. Esto me va a doler. Joder, no pares. Estoy a punto.

Fabian no tuvo piedad, y en cuestión de segundos Ryan empezó a correrse en plena boca y a gritar de dolor a la vez que el placer eclipsaba el sufrimiento. Le daba exactamente igual si no volvía a caminar en su vida.

—Uf —dijo cuando dejó de estremecerse.

Fabian se limpió la boca con el dorso de la mano y se rio.

—A ver, podías haberme avisado de que iba a haber un cargamento. Hostia puta.

—Lo siento. Hacía un montón…

—Ya lo sé.

A pesar de que disfrutaban de un sexo fantástico juntos con frecuencia, todavía eran muy escasas las veces en las que Ryan llegaba de verdad al orgasmo.

—Oye, ha sido alucinante —dijo Ryan—. Menuda imaginación tienes.

—Si lo que necesitas para soltarte son fantasías, estoy seguro de que puedo inventarme algunas más. —Fabian se acurrucó junto a él en la cama y apoyó la barbilla en el pecho de Ryan—. ¿Estás bien? He sido un irresponsable.

—Me pondré bien. He estado más hecho polvo por peores motivos, te lo aseguro.

Fabian se inclinó hacia delante y lo besó. Ryan notó su propio gusto en la boca de Fabian y lo saboreó. Rodeó a Fabian con un brazo y lo atrajo más hacia sí; las perlas del collar estaban enredadas entre sus cuerpos y se le clavaban en el pecho a Ryan. Le emocionaba ver cuánto le había gustado el regalo a Fabian. Deseaba cubrir a Fabian de joyas. Deseaba decorar su cuerpo con todas las cosas hermosas que merecía.

—Acabo de confirmar la fecha para el concierto del lanzamiento del disco —anunció Fabian—. Me pondré el collar esa noche.

—Me muero de ganas de verlo.

—¿Ah, sí? —Fabian se puso bocarriba junto a Ryan y jugueteó con el collar—. Nunca hubiera dicho que eras de los posesivos, Ryan Price.

—Y no lo soy. —Pensó mucho las siguientes palabras antes de pronunciarlas—: Es solo que a veces necesito un recordatorio de que de verdad estamos juntos. Sobre todo cuando estás en el escenario. Porque me cuesta horrores creérmelo.

Durante unos segundos eternos, Fabian no dijo nada, lo cual preocupó a Ryan. Entonces contestó:

—Confío en que no pienses que el que sale ganando aquí eres tú, Ryan, porque nunca he estado con nadie que me haga tan feliz como tú.

Ryan sonrió mirando hacia el techo. Estaba peligrosamente cerca de confesarle a Fabian qué sentía por él en el fondo, pero en lugar de eso se limitó a darle un beso en la coronilla y se comprometió en silencio a hacerle feliz siempre.

Capítulo 25

—¿Puedo preguntarte algo?

Ryan se había quedado mirando, casi embelesado, cómo Fabian se probaba distintas camisas mientras se preparaba para salir. Por eso tardó en responder a la pregunta de Fabian.

—Claro. ¿Qué?

Fabian se sacó la última camisa por la cabeza, sin desabrocharla, y luego se volvió hacia donde Ryan estaba recostado en la cama. Este trató de concentrarse en su cara y no en la sexy curva de la cadera de su novio, donde se hundía en los pantalones ajustados.

—¿Acaso… ocurrió algo? ¿Con tu equipo anterior?

—¿Eh?

—Es que…, bueno. Cuando estaba en casa de mis padres, se pusieron a hablar de que…, en fin. Dijeron que te había dado una crisis.

Ryan se quedó un momento callado. «Una crisis». Carraspeó.

—Supongo que es una forma de decirlo.

Fabian se arrodilló junto a la cama y tomó la mano de Ryan.

—¿Me lo cuentas?

En realidad, Ryan no quería hablar de eso. Nunca más. Lo había trabajado con la psicóloga y ya había tenido más que suficiente. Pero Fabian parecía tan preocupado que Ryan suspiró y decidió darle al menos unas pinceladas de lo que había sucedido.

—Estaba en el banquillo. Y la multitud cantaba a coro, porque… Eh… Hay un cántico. Que gritan cuando quieren que me pelee.

—¿Un cántico?

—Sí. Es, eh, «Paga a Price». Por mi apellido, claro, y porque es como si fuera a hacerles pagar, ¿sabes?

Fabian juntó mucho las cejas.

—Qué bastos.

Ryan asintió.

—Sip. El caso es que la multitud estaba gritando porque, bueno, pasó una cosa en el partido. No quiero aburrirte.

Fabian no sonrió.

—Ryan.

Se habían duchado juntos antes de que Fabian se vistiera y el pelo húmedo le caía sobre los ojos. Ryan alargó el brazo y se lo apartó.

—No me acuerdo de por qué me lo tomé así aquel día, porque no fue distinto del resto de partidos, pero supongo que llegué a mi límite de saturación. Fue antes de que fuera a la psicóloga o probara con la medicación. Me sentía solo, deprimido. No lo sé. Da igual.

—¿Qué ocurrió?

Ryan cerró los ojos y recordó que no conseguía de ninguna manera que el corazón dejara de irle a mil y que tampoco le entraba suficiente aire en los pulmones. Notaba las protecciones muy apretadas, se estaba asando, y cuando miró hacia los patines e intentó tomar una bocanada de aire fue como si se le hubiera cerrado la garganta. Le dolía el pecho, le ardían los pulmones por la falta de oxígeno y le dio la impresión de que iba a estallarle el maldito corazón.

—Pensé que me había dado un ataque al corazón. Hablo en serio. Así que… me marché.

Abrió los ojos.

—¿Del estadio? —Fabian parecía muy confundido.

—Del banquillo, en mitad del partido. Y en cuanto llegué al vestíbulo empecé a arrancarme el equipo. Entré en pánico total. No tenía la menor idea de qué hacía, solo sabía que tenía que sacármelo todo o me iba a morir. Y la gente me gritaba y yo no sabía ni dónde estaba ni qué estaba pasando.

—Dios.

—Supongo que acabé tumbado en el suelo. O de rodillas o algo así. La gente me rodeaba y yo intentaba apartarlos a manotazos.

—Un ataque de ansiedad, ¿no?

Ryan asintió.

—Resultó que sí. Llamaron a una ambulancia para que me llevara al hospital porque no paraba de decir que tenía un ataque al corazón. En el hospital me dijeron que no era el corazón. Era un ataque de ansiedad, nada más. Eso dijeron. —Se rio sin una pizca de humor—. Me dio mucha vergüenza.

—Es ridículo —respondió Fabian enfadado—. No era ninguna tontería. Un ataque de ansiedad no es algo de lo que avergonzarse.

—Ahora lo entiendo. Después de ese mal trago empecé a ir a terapia. Me tomé un descanso, me recompuse un poco. Aunque me da la impresión de que, desde entonces, ni mis compañeros de equipo ni mis entrenadores volvieron a mirarme igual. —Se encogió de hombros—. Luego, en verano, me traspasaron a Toronto.

Fabian sonrió.

—Bueno, esa parte ha salido bien.

Ryan también sonrió.

—Sí. Supongo que sí.

Fabian le besó la mano a Ryan.

—¿Todavía te dan ataques de ansiedad?

—No he vuelto a tener ninguno tan bestia, pero… sí. A veces. Noto que merodean por aquí, ¿sabes?

—Me alegro de que me lo hayas contado. Si puedo hacer algo para ayudarte, dímelo.

Ryan apoyó la palma en la mejilla de Fabian.

—Ya me ayudas.

Fabian le dio un beso apresurado y continuó vistiéndose. Una vez que se puso de espaldas, Ryan se permitió hacer una mueca para quejarse por el dolor de espalda que llevaba torturándolo el día entero. Le había dicho a Fabian que ya tenía bien la espalda porque no quería que se disgustara al saber que había estado entrenando y jugando al hockey durante toda la semana.

Pero en realidad le dolía una barbaridad. Había ido a fisioterapia y a hacerse masajes, así que la contractura había mejorado un poco, pero el médico del equipo también le había dado calmantes para que le resultara más fácil jugar. No hacía falta que Fabian supiera nada de todo eso.

Igual que no hacía falta que Fabian supiera lo del ataque de ansiedad. Ryan pensó que ojalá no se lo hubiera contado nadie: solo serviría para afianzar su convicción de que Ryan debía dejar el hockey. No lo decía abiertamente, pero Ryan sabía lo que sentía.

Sin embargo, ya estaba manejando tanto la ansiedad como el dolor de espalda bastante bien. No podía esperar que Fabian comprendiera las exigencias del hockey profesional.

Fabian no era tonto.

Sabía que el dolor de espalda todavía machacaba a Ryan. Lo más probable era que ahora la tuviera peor que en Navidad. Se había dado cuenta de que Ryan trataba de ocultarlo con movimientos lentos y cautelosos y con excusas malas para no hacer las cosas. Fabian no tenía ni idea de cómo era capaz de jugar al hockey en semejante estado.

Pero era justo lo que Fabian tenía previsto averiguar viendo ese partido.

Ryan estaba fuera de la ciudad, jugando contra Filadelfia. Por su parte, Fabian estaba en el mismo bar deportivo al que había ido con Tarek la vez anterior, solo que esta noche lo acompañaba Marcus.

—Así que ese es tu novio —dijo Marcus.

Fabian y él estaban viendo la pantalla de televisión gigante, donde Ryan había hecho algo delante de la red que parecía precisar muchas repeticiones a cámara lenta.

—Sí —respondió Fabian.

—Ese tío. El de la tele. Que juega al hockey. Es tu novio.

Fabian suspiró.

—¿Todavía no te has hecho a la idea?

—Solo quería asegurarme.

Marcus sonrió y dio un sorbo al gin-tonic.

El partido no había sido muy interesante que digamos, salvo por el hecho de que Ryan parecía moverse con mucha más soltura cuando jugaba un deporte de impacto sobre patines que cuando Fabian lo observaba, por ejemplo, sacando la botella de leche de la nevera.

En los momentos en los que Ryan no estaba en la pista, Fabian y Marcus se ponían a charlar. Hacía un tiempo que no salía por ahí con Marcus. Cada vez que Ryan salía a la pista, Fabian lo escrutaba como un halcón.

—Parece estar bien —comentó Marcus—. La verdad, yo no sería capaz de detectar que le duele.

—No tiene sentido. Sé que me lo oculta. Lo veo haciendo muecas de dolor cada vez que cree que no lo miro cuando estamos juntos.

—Madre mía, es enorme —dijo suspirando Marcus—. Qué envidia me das, joder.

—Las protecciones hacen que parezca aún más grande —dijo Fabian con poco convencimiento.

Era raro mirar a Ryan cuando empleaba su tamaño para intimidar. Hubo un rifirrafe detrás de la portería durante una pausa y Ryan se irguió, acechante, junto a un jugador del equipo contrario. No le veía la cara, pero advirtió el miedo en la mirada del otro jugador, incluso mientras se encaraba con Ryan y le chillaba algo.

—¿Van a pelearse? —preguntó Marcus.

Parecía casi demasiado emocionado con la idea.

Por dios, Fabian confiaba en que no.

—Odio esto —dijo.

—¿El qué? ¿Que Ryan mienta?

—Sí. Y verlo con ese aspecto. —Señaló hacia el televisor, donde una imagen desde otro ángulo mostraba a Ryan mirando con expresión amenazadora a su contrincante. Fabian suspiró—. Y que Ryan juegue al hockey, si te soy sincero.

Marcus lo miró frunciendo el ceño.

—Pues entonces quizá no deberías salir con un jugador de hockey.

Fabian observó mientras Ryan —menos mal— se alejaba patinando hacia su banquillo en lugar de pelearse.

—Ryan es algo más que un jugador de hockey.

—Ya. Pero también es jugador de hockey.

—Sí. Ya lo sé, gracias —soltó cortante Fabian. Suspiró—. Lo siento.

—No puedes pedirle que lo deje, Fabian. No es justo.

—Ya lo sé. Y nunca lo haría salvo… —Marcus levantó las cejas. Fabian miró hacia la mesa—. No es solo que yo aborrezca el hockey. Es evidente que no puedo pedirle a Ryan que deje el hockey porque a mí no me gusta. No soy tan egoísta. Pero creo que a Ryan tampoco le gusta. O sea, en otras palabras, me ha dicho justo eso. Y le está destrozando el cuerpo y lo hace sentir fatal. Él es superdulce y merece algo mucho mejor que eso.

—Pero es él quien tiene que tomar esa decisión. No tú —insistió Marcus.

Fabian asintió.

—Ya lo sé. Pero es que es muy duro ver que sufre y no se permite descansar para curarse. Me da… miedo.

Marcus lo miró con empatía.

—Puedes contarle cómo te sientes, pero debes ir con cuidado, ¿vale? Nada de ultimátums.

—Claro que no.

Fabian se preguntó si sería capaz de sacarle el tema a Ryan.

Se preguntó si podría seguir con Ryan si no lo hacía.

Tres días después, Fabian estaba sentado en la cama de Ryan, con un entrañable ejemplar de *Ana de las Tejas Verdes* en las manos.

—¿Siempre lo llevas encima?

—Cada vez que voy en avión, sí.

—¿Por qué?

Ryan se encogió de hombros y sacó una prenda de ropa arrugada de la bolsa de viaje.

—Para sentirme mejor. Mi madre le leía muchas veces ese libro a Colleen cuando éramos pequeños y yo también la escuchaba. Luego pasé a leérselo yo a Colleen. Siempre ha sido una cosa especial, de los dos.

—Entonces ¿es como un ancla? ¿Algo en lo que puedes concentrarte cuando tienes miedo?

—Supongo.

Fabian se lo entregó a Ryan, quien volvió a meterlo en la bolsa.

—¿Qué tal la espalda?

—Bien. ¿Por qué?

—¿En serio?

Ryan parecía confundido.

—Ya te dije que la tenía mejor, ¿no?

—Sí —respondió Fabian con sequedad—. Eso me dijiste.

—¿Qué ocurre?

Fabian se puso de pie.

—Me has mentido.

Ryan enarcó mucho las cejas.

—¿Mentido?

—Venga ya, no puedes ir en serio.

—¿Ir en serio con qué?

—¡¿Por qué finges que no lo sé?! Está claro que no se te ha curado la espalda.

—No la tengo tan mal —refunfuñó Ryan.

Fabian sintió que estaba a punto de explotar.

—No juegues mañana por la noche.

Ryan se lo quedó mirando como si no tuviera la menor idea de por qué podía estar preocupado Fabian.

—Pues claro que voy a jugar. Debo hacerlo.

—¡Pero si tienes la espalda hecha una mierda!

—Siempre la tengo hecha una mierda. Solo que ahora está todavía más jodida.

—No puedes jugar al hockey así.

Ryan resopló.

—Habló el experto.

Fabian rodeó la cama y se plantó enfrente de él con los puños apretados a los lados del cuerpo.

—¿En serio? ¿Así es como piensas enfocar esto? ¿Tu novio el mariquita que no sabe nada de deportes y es tan tonto que se preocupa por tu salud?

Ryan lo miró entrecerrando los ojos.

—No hables así de ti.

—Pues no juegues al hockey cuando tengas una lesión.

Ryan relajó un poco su expresión, cosa que solo sirvió para que Fabian se cabrease todavía más, porque daba la impresión de que Ryan encontraba divertido lo ridícula que era su reacción.

—Ya se arreglará. Me ha pasado otras veces. El médico me da algo para el dolor.

«¿Perdona?».

—¿Te da algo? ¿Qué es lo que te da?

—Relajante muscular —murmuró Ryan.

—Genial. Entonces ¿te tragas las pastillas y vas grogui por la pista un par de horas?

Ryan apartó la mirada.

—No es una pastilla. Es una inyección.

Fabian levantó las manos.

—¡Fantástico! ¡Alucinante! Así que el médico te chuta un montón de fármacos. Y luego ¿qué? ¿Qué ocurre cuando se te pasa el efecto?

—Pues me dan pastillas.

Fabian se quedó boquiabierto.

—La virgen… ¿Y no te parece peligroso?

—Voy con cuidado. No es que vaya a hacerme adicto, si es en lo que estás pensando.

—¿Por qué no puedes descansar hasta que se te cure? ¿Por qué es tan terrible esa opción?

—Porque los jugadores no hacemos eso, ¿vale? Si existe la posibilidad de jugar, pues juego.

—Y, si juegas, peleas, supongo —añadió Fabian mirando las magulladuras nuevas en los nudillos de Ryan.

Este apretó la mandíbula.

—Sí, peleo.

—Pensaba que habías acabado con los golpes.

—No puedo dejar de pelear sin más, Fabian.

—¿No lo eliges tú?

Ryan resopló.

—Soy jugador de hockey. No elijo nada.

A Fabian se le rompió un poco el corazón al oír esas palabras. Notó un nudo en la garganta al decir:

—Entonces ¿por qué continúas jugando? No tiene sentido.

Ryan apartó la mirada.

—Esto es una locura.

Salió de la habitación y Fabian fue corriendo tras él. Cuando lo alcanzó, Ryan se dio la vuelta.

—Imaginaba que tarde o temprano sucedería. Estaba mentalizado. Quieres que lo deje para no tener que salir con un jugador de hockey, ¿verdad?

Fabian volvió a quedarse boquiabierto.

—Esto no tiene nada que ver conmigo. El hockey te está destrozando, Ryan… ¿Es que no lo ves?

—¡El hockey es todo lo que soy! —gritó para defenderse.

Fabian nunca lo había oído hablar tan alto y se sobresaltó.

—No —dijo con calma—. Eres mucho más que un deporte. Por favor, no digas eso.

—¿Por qué no? Es verdad. No pienso tirar por la borda una carrera en la NHL, Fabian. No soy tan tonto.

—Ya te conté lo de la Sinfónica —insistió Fabian.

Le dio rabia oír la risa tan amarga que soltó Ryan.

—Sí, pero ¿sabes qué? Yo no puedo largarme de la NHL y convertirme en jugador de hockey independiente. Así que me alegro de que tú puedas hacer la música que te gusta por tu cuenta, pero yo no tengo esa opción.

—Podrías hacer otra cosa.

—¿Como qué? ¿Qué cojones se supone que tengo que hacer?

—¡Lo que quieras! —exclamó Fabian casi gritando.

Ryan puso los ojos en blanco e inspiró entre los dientes un instante. Luego soltó el aire y dijo:

—No lo entiendes.

Y ahí se acababa la cosa, ¿no? Fabian no entendía el hockey. No comprendía por qué Ryan estaba dispuesto a dejar que le destrozara la vida si, al parecer, no le proporcionaba ningún placer. No comprendía por qué había pensado siquiera que esa relación pudiera funcionar.

—Supongo que no.

Fabian le dio un empujón al pasar por delante y se dirigió a la puerta.

—¿Adónde vas? —preguntó Ryan cuando vio que se calzaba las zapatillas.

—A casa.

—¿Por qué te pones así? Ya sabes de qué trabajo. Ya sabías quién era cuando empezamos.

Fabian se tragó el nudo que tenía en la garganta.

—Sí, lo sabía. Sabía lo dulce y maravilloso que eres.

Ryan hundió los hombros y bajó la voz.

—No sé por qué haces eso. Me parece que piensas que soy mejor de lo que soy en realidad. No puedo ser la persona que tienes en la cabeza.

—Sí eres la persona que tengo en la cabeza. En el corazón… —Fabian se había puesto a llorar. Mierda—. Por eso no puedo quedarme mirando cómo te haces daño. O haces daño a otras personas.

Una de las manazas de Ryan aterrizó en el hombro de Fabian. Unas manos que, sin duda, servirían para dar un puñetazo a alguien esa misma semana.

—Lo siento.

No era lo que quería oír Fabian. Se dio cuenta de que era la clase de disculpa que significaba «Lo siento, no puedo ser mejor» y no «Lo siento, intentaré hacerlo mejor». Si Fabian se quedaba, no cambiaría nada. Puede que salir por la puerta en aquel momento le partiera el corazón, pero no tanto como lo haría el contemplar cómo Ryan se destruía.

—No puedo hacer esto —dijo con un hililló de voz—. Pensaba que sí, pero no puedo. Tienes razón, no lo entiendo. —Soltó un suspiro agitado—. Es que no puedo. Y nunca podré.

—No te vayas… —Ryan también se había puesto a llorar, y Fabian no soportaba verlo. Se dirigió a la puerta—. Por favor.

Fabian se dio la vuelta. Se moría de ganas de arropar a Ryan en sus brazos y decirle que lo sentía. Que se quedaría. Que pasaría por alto todo y sería su novio sin más. Pero no podía. No sería justo para ninguno de los dos.

Así pues, dijo:

—Cuídate, Ryan Price.

Y entonces se fue.

Capítulo 26

Las dos semanas siguientes fueron un tormento para Ryan.

Los vuelos, que ya habrían sido complicados de por sí por el hecho de ir sin Wyatt, le resultaron un infierno. Ryan tenía que reunir todas sus fuerzas para obligarse a embarcar en cada avión. Cuando estaba a bordo, se sentaba a solas cerca del fondo y se ponía a hiperventilar. Al tercer vuelo, le pidió al médico del equipo que le diera algo más para que le ayudara a relajarse. Las pastillas no le curaban la ansiedad, pero lo dejaban medio grogui y rebajaban el pánico a un nivel soportable.

Pese a lo que le había prometido a Fabian durante la discusión, Ryan notaba que cada vez dependía más de los fármacos. Se moría de dolor todo el tiempo y el alivio que le proporcionaba el chute de relajante era inmediato. Las pastillas que tomaba después de cada partido lo ayudaban a pasar la tortura de las horas posteriores a jugar con una lesión y la minimizaban.

También había empezado a pedir somníferos. Y los segundos que no pasaba obsesionado por el dolor de espalda lo sobrecogía la agonía de sentir el corazón roto.

La parte más dura era saber que Fabian tenía toda la razón. Cada una de sus palabras eran ciertas. Y, por eso, Ryan sabía que no debía intentar hablar con él. Ryan lo había tenido claro desde el principio; Fabian merecía algo mucho mejor que él.

Sabía que Fabian continuaba dando conciertos. Sabía que sacaba el disco una semana después, pero no se atrevía a ir al lanzamiento. Lo mejor para los dos sería olvidar toda aquella relación absurda.

Igual que todos los equipos de la NHL, los Guardians tenían una semana libre ya fuera antes, ya fuera después del fin de semana del All-Star de la NHL. Ese año los Guardians habían tenido esos días libres antes. Ryan procuraba no pensar en lo maravilloso que habría sido pasarlos con Fabian. En lugar de eso, se quedó encerrado en su apartamento e hizo reposo para que se le curara la espalda.

El miércoles, Ryan se despertó con una llamada de Wyatt.

—Hola, Pricey. ¿Qué tal las vacaciones?

—Bien. Tranquilas.

Ryan se notaba la cabeza un poco embotada. Se había tomado un somnífero la noche anterior y todavía no se le había pasado del todo el efecto.

—Solo llamaba porque quería que te enterases por un amigo y no por otras vías.

Ryan parpadeó perplejo.

—¿Han vuelto a traspasarte?

—No. Es por Duncan Harvey.

—¿Harvey? ¿Qué le pasa?

Oyó que Wyatt soltaba aire antes de anunciar:

—Ha muerto. Lo encontraron anoche. En casa. Parece un suicidio por sobredosis.

Ryan se sentó erguido.

—¡¿Qué?!

—Lo sé. Es una mierda. Hoy va a salir en todos los periódicos.

Ryan se quedó de piedra. No sabía qué decir.

—¿Cuándo harán el funeral?

—Aún no tengo información, pero supongo que será en su pueblo. Es de campo, nació en un sitio pequeño de Ontario, pero siempre se me olvida el nombre. Ahora mismo estoy en las Bahamas con Lisa. Si no, intentaría ir.

—Sí.

Ojalá Ryan pudiera hacer que se le pasaran los efectos de la pastilla. Tenía la cabeza tan aturdida que no le entraba nada de todo eso.

—Siento tener que darte esta noticia. ¿Estarás bien? ¿Estás con tu, eh, novio…?

—Estoy bien —dijo Ryan a toda prisa, porque no quería que Wyatt mencionara a Fabian, aunque fuera de manera difusa—. Gracias por avisarme. Te lo agradezco mucho.

—¿Seguro que te sientes bien?

Ryan estaba tan lejos de sentirse bien que no le pareció ni divertido.

—Sí. Estaré pendiente del funeral. Pásalo bien en la playa, ¿vale?

—Claro. Pero, oye, llámame si lo necesitas.

Joder, cuánto echaba de menos a Wyatt.

—Tranquilo, lo haré. Gracias.

Se despidieron y Ryan se obligó a salir de la cama y fue dando tumbos hasta el cuarto de baño, donde puso el agua de la ducha a la máxima temperatura que era capaz de soportar.

Vale. Averiguaría dónde y cuándo iban a celebrar el funeral e iría en coche. Eso sí estaba a su alcance. Era lo mínimo que podía hacer… Con un poco de suerte, muchos jugadores de la NHL harían lo mismo.

Mientras se duchaba, no pudo evitar visualizar una y otra vez su última pelea; o, mejor dicho, su no pelea. ¿Acaso Ryan era en parte responsable de lo que le había ocurrido a Duncan? ¿Lo habría puesto aún más al límite al negarse a pelear con él?

No podía permitirse pensar esas cosas.

Cuando salió de la ducha, se notó la cabeza más despejada y se dio cuenta de que la espalda no le molestaba tanto. De hecho, parecía que tomarse tiempo para descansar y curarse sí estaba siendo efectivo.

—Tenías razón, Fabian —dijo Ryan a la habitación vacía.

—Puedes sacarlas de la estantería si te apetece mirarlas mejor.

Fabian parpadeó y, conforme enfocaba la vista, se dio cuenta de que se había quedado mirando embobado unas bolas anales de acero inoxidable con lo que debía de ser una expresión de deseo absoluto. Pero, en realidad, solo había estado pensando en Ryan. Otra vez.

—Puedo hacerte el descuento especial para empleadas si quieres —continuó Vanessa—. Es lo mínimo, después de que te hiciera probar aquella mierda de vibrador.

—No, perdona. Ni siquiera estaba mirando los productos. Estoy… disperso.

Vanessa se apartó de la estantería de botes de lubricante que había estado poniendo recta y apoyó una mano en el brazo de Fabian.

—Sabes que podrías contactar con él, ¿verdad?

Fabian negó despacio con la cabeza y se obligó a soltar una risa que sonó horrible.

—La mera idea de nosotros dos era absurda. No pegamos ni con cola.

—Pero lo echas de menos.

—Joder, ya te digo.

Vanessa suspiró exasperada y luego continuó enderezando la estantería de los lubricantes.

—¿Qué? —le preguntó Fabian.

—No sé. Es como si, desde que hubieras empezado con Ryan, hubieras estado decidido a demostrar que no podía funcionar o algo así. Sí, nunca me habría imaginado que te pillarías de un jugador de hockey profesional, pero así fue. Y entonces, en cuanto el rollo del hockey tomó peso, te acojonaste.

—Eso no es justo —se defendió Fabian—. Me mintió. Se machaca… Es… autodestructivo.

Vanessa lo apuntó con un bote de lubricante.

—Pues parece que le iría bien algo de amor y apoyo, ¿no?

Fabian no tenía nada que responder a eso. Sabía que era cierto y era la razón por la que se había sentido como una mierda durante las dos semanas anteriores. Le faltaba valor para ser el novio de Ryan. No era capaz de superar su propio odio y miedo hacia todo lo que implicaba el hockey. Todo lo que hacía con la gente.

—Anoche vi a Claude —dijo más tranquilo para cambiar de tema.

Vanessa puso cara de decepción.

—Ay, Fabian. No… Dime que no lo hiciste.

—No, no, te lo prometo. No pasó nada. Me lo encontré en la inauguración de una expo en Greta. Hablamos. Compartimos un porro juntos en la puerta. —Apartó la mirada—. O sea, sí que intentó besarme. Pero le dije que no podía.

—Ah. Muy bien. Entonces ¿por qué me lo cuentas?

—Porque ver a Claude me ayudó a aclararme las ideas. No quiero estar con él ni con nadie como él. Creo que jamás podré estar con nadie salvo con la única persona con la que en realidad no debería estar.

—Lo cual me lleva otra vez a mi sugerencia de antes: habla con él. —Entonces entró alguien en la tienda y Vanessa sonrió a Fabian para disculparse—. Hablamos luego, ¿vale?

—Claro —dijo Fabian, pero Vanessa ya se había marchado para ayudar a quien quería comprar.

Para empezar, Fabian no debería haber ido a molestar a su amiga mientras trabajaba. Se despidió de Vanessa con un gesto y un intento penoso de sonrisa y salió a la calle, que lo recibió con una suave nevada.

«En cuanto el rollo del hockey tomó peso, te acojonaste». Joder, eso era justo lo que había hecho Fabian, ¿verdad? Podía soportar salir con un jugador de hockey siempre que no tuviera que ver ninguna muestra de su ocupación.

Pero quizá no fuera tan descabellado por su parte. Durante toda su vida, Fabian solo había visto que el hockey era algo tóxico y atroz que daba bola a matones homófobos y entrenaba a los chavales para que creyeran que solo había una manera aceptable de ser un hombre. El hockey era el muro que había separado a Fabian de su propia familia, la esencia de la masculinidad que había impedido que sus padres comprendieran a su único hijo. Fabian se conocía y sabía que jamás podría ser fan de ese deporte ni de la cultura que lo rodeaba. Así pues ¿no sería demasiado pedir que fingiera que podía pasar todo eso por alto?

Le gustaba mucho Ryan —siempre le había gustado— y le encantaría ser el animador fuerte y comprensivo que Ryan merecía. Pero lo único que era capaz de hacer era preocuparse por Ryan a la par que se negaba a ver siquiera sus partidos. Sentar las bases de una relación de ese modo era horrible.

Pero, aun así, Fabian deseaba estar con él. Así que quizá pudieran encontrar un término medio. Si Ryan lograba descansar lo suficiente para que se le curase la puta lesión, ya sería algo. Si pudiera decirles a sus entrenadores que ya no quería pelear más. Si pudiera…

Fabian suspiró. Conocía lo suficiente el mundo del hockey para saber que, si Ryan hacía cualquiera de esas cosas, pondría en peligro su carrera deportiva. Ryan no era una superestrella; no estaba como para poner exigencias. Era sustituible.

Aunque no para Fabian, claro. Con cada día que pasaba, le quedaba más claro que Ryan se había adueñado por completo del corazón de Fabian. Por supuesto, él podría encontrar a algún tío atractivo para sustituir a Ryan —aquella misma noche si quería, probablemente—, pero ese tío no tendría la dulzura de Ryan. Ni su enorme corazón. Ni su valentía.

Porque Ryan era la persona más valiente que Fabian había conocido en su vida. Puede que Ryan no lo creyera, pero Fabian sabía que era cierto. Se enfrentaba a sus miedos todos los días —en los vuelos, en las peleas, en las relaciones personales— y ¿cuánta gente podía decir lo mismo, eh? Fabian era el cobarde. La carrera de Ryan lo aterraba, así que había huido.

Fabian estaba desesperado por arreglar el problema. Ahora mismo no tenía las respuestas y debía concentrarse plenamente en el espectáculo de lanzamiento del disco, para el que solo faltaban unos días. Quizá después de ese concierto pudiera dedicar un rato a esto. Quizá fuera imposible mantener una relación sana con Ryan, pero, si existía la menor posibilidad, tenía que intentarlo.

Ryan entró en la pequeña funeraria que había enfrente del Tim Hortons en el pueblo de Duncan Harvey. Notaba la espalda un poco tensa después de conducir durante tres horas, pero en general no la tenía mal.

Ryan no estaba seguro de qué esperaba encontrar, pero había un montón de asientos vacíos en la sala donde iban a celebrar la ceremonia. No vio a ningún jugador de la NHL entre los asistentes. Reconoció a algunos de los entrenadores de Harvey, pero a ninguno de sus compañeros de equipo. Ni siquiera estaba Clarke, el capitán del equipo de Chicago.

Pero, claro, era viernes. Y Clarke estaría en el fin de semana All-Star en San Luis.

Ryan encontró sitio en la última fila e intentó tragarse la rabia. Era como si Harvey no hubiese existido nunca. Lo había dado todo por el hockey y, cuando ya no quedaba nada, el hockey lo había abandonado. Ni siquiera parecía tener amigos o familia allí, y quizá eso fuera lo que ocurría cuando eras un adicto penoso a quien todo el mundo tenía miedo.

Alguien se sentó al lado de Ryan. No en la punta del mismo banco, sino justo al lado de Ryan. Levantó la mirada y se sorprendió al ver quién era.

—Hola, Price.

—Rozanov. ¿No deberías estar en el All-Star Game?

Ilya se encogió de hombros.

—Ya habrá más.

Pero ¿es que Ilya conocía siquiera a Duncan Harvey? Nunca había jugado con él. Era rarísimo que estuviera allí.

La ceremonia fue breve e impersonal. Resultó que Harvey no tenía mucha familia. Sus padres habían muerto hacía bastantes años y, aunque en la esquela mencionaban a una hermana, no estaba en la sala.

¿Acaso Ryan estaba presenciando cuál sería su futuro? No le gustaba pensarlo. Pese a todo, su familia todavía lo quería y lo apoyaba. Aún confiaba en no engancharse a los calmantes o a cualquier otra cosa, pero empezaba a comprender con qué facilidad podría volverse adicto. No había duda de que, durante esas últimas semanas de mierda, había preferido cómo se sentía cuando estaba dopado.

Cuando terminó el funeral, Ilya se levantó y le dijo:

—¿Vienes a dar una vuelta?

—Claro. Vamos.

Una vez en la calle, pasearon por el aparcamiento nevado. Ilya dejó de caminar cuando llegaron a un árbol enorme y sin hojas que había al fondo. Sacó un paquete de tabaco del bolsillo del abrigo y, antes de coger un cigarrillo, se lo ofreció a Ryan. Este lo rechazó.

Ilya sacó uno del paquete y lo encendió. Se apoyó en el tronco mientras daba la primera calada. Era un hombre muy atractivo: casi tan alto como Ryan, con unos relucientes ojos color avellana y el pelo rizado de un castaño dorado que le caía de forma desordenada por la cara, de un modo que encajaba con su relajada personalidad.

—Ha sido un detalle que vinieras —dijo Ilya después de sacar el humo.

—Pensé que era lo mínimo que podía hacer.

—Sí. Bueno. Lo mínimo que podías hacer ha sido demasiado para casi todos los jugadores, por lo que veo.

—Sí. Ya me he dado cuenta.

Ilya echó otra bocanada de humo.

—Este deporte puede ser una puta pesadilla —comentó.

Ryan se metió las manos hasta el fondo de los bolsillos y asintió.

—Ya lo sé.

Transcurrió un momento de silencio, hasta que Ryan no pudo contenerse más.

—Oye, ¿y tú por qué has venido? ¿Conocías a Harvey?

—En realidad, no. Pero… su muerte. El suicidio. Me toca de cerca.

—Vaya.

Claro. La madre de Ilya. Era el motivo principal por el que había montado la organización benéfica junto a Shane Hollander.

—No se habla lo suficiente de eso en este deporte. La depresión. La adicción. La salud mental. —Ilya lo miró—. Ya sabes a qué me refiero.

A Ilya nunca le había costado ser directo.

—Sí. Sé a qué te refieres.

—¿Cómo te va?

—Unos días mejor que otros. Pero voy a terapia. Es, tipo, por Skype, pero aun así me ayuda. Y me medico. Supongo que debería hablar más del tema, pero…

—Eres una persona reservada. Lo entiendo.

Ryan tuvo que sonreír.

—¿Ah, sí?

Ilya torció los labios con aire divertido.

—Todos tenemos secretos.

Ryan asintió. Por supuesto que Ilya tenía secretos. Se preguntó si el jugador ruso se sentiría tan solo como él.

—¿Te gusta jugar al hockey? —preguntó de pronto Ilya.

Ryan estuvo a punto de responder «Pues claro» sin pensarlo, pero se detuvo y, en lugar de eso, se planteó de verdad la pregunta de Ilya.

—No. Creo que hace tiempo que no me divierte.

—¿No te hace feliz?

Lo último que lograba el hockey era hacer feliz a Ryan.

—Si te soy sincero, creo que me deprime.

—Pues es un problema —dijo Ilya.

—Ya lo sé.

Ilya se terminó el pitillo.

—Wyatt Hayes es un buen tipo.

—Ya. Lo echo de menos.

—Me dijo que ayudas en un sitio con críos, ¿no? ¿Vas a jugar al hockey con ellos?

—Ah. —Ryan miró hacia el suelo. Le daba vergüenza que Wyatt hubiera hablado de él a Ilya Rozanov—. Sí, cuando puedo. Que no es muy a menudo.

—¿Te gusta?

—Sí. Me gustan los niños.

Ilya asintió con la cabeza.

—¿Y qué harás en verano?

A Ryan le costaba seguir el hilo del pensamiento de Ilya.

—No lo sé. Quizá vuelva a casa de mi familia, en Nueva Escocia. ¿Por?

Ilya sacó el móvil del bolsillo y se lo entregó.

—Dame tu número. Vamos a organizar unos campamentos en nuestra asociación. Shane y yo. O sea, Hollander. —Por un momento pareció apurado—. Son campamentos de hockey para chavales. Este verano los haremos en Ottawa y Montreal. No nos iría mal que nos echaras una mano.

—¿Qué? ¿¡Yo!?

En serio, a Ryan no le cabía en la cabeza ser entrenador en el mismo campamento en el que los críos aprendieran de estrellas como Shane Hollander e Ilya Rozanov.

—No quiero enseñar a los niños a pelear —dijo Ryan, solo para dejarlo claro.

Rozanov lo miró como si fuera imbécil.

—Claro que no. Eres defensa. Les enseñarás a quedarse quietos y no marcar goles. Cosas que hacen los defensas.

Ryan se rio.

—Capullo.

—Además, queremos que sea para todo el mundo, ¿sabes? Tipo… —Ilya pareció debatirse sobre cómo decir lo siguiente, pero entonces lo soltó sin más—. Eres gay, ¿verdad?

Ryan resopló, sorprendido por el nuevo cambio de tema.

—Sí.

—Bien. A eso me refería. Los campamentos también serán para eso. Me refiero a que les enseñaremos, eh…

—¿Tolerancia?

Ilya sonrió.

—Sí. Y a intentar cambiar las cosas, ¿sí?

—Pues entonces deberías pedírselo a Scott Hunter.

Ilya hizo una mueca.

—Tal vez.

Volvieron a sus vehículos en silencio. Mientras Ilya abría el Mercedes deportivo, dijo:

—Busca algo que te haga feliz, Price. Y no lo sueltes.

Ryan asintió y de pronto notó un nudo en la garganta. Había encontrado a alguien que lo había hecho feliz y lo había soltado. Y ¿a cambio de qué? De una vida vacía, de dolor y depresión que se sentía obligado a aguantar. Ganaba una buena pasta, sí, pero Ryan ni siquiera se divertía gastándosela. Podría vivir sin el sueldo de la NHL. Bastaba con que encontrara algo con lo que disfrutara de verdad.

Durante el trayecto de vuelta a Toronto, se planteó que en realidad tenía bastante dinero ahorrado. Podía vender el piso escandalosamente caro del centro y vivir de manera bastante cómoda una buena temporada mientras decidía qué hacer el resto de su vida. Solo tenía treinta y un años. Fuera del mundo del hockey, todavía era un hombre bastante joven.

Podía dejarlo. Sí, podía largarse y punto. Notó que se le aceleraba el corazón al darse cuenta de que era posible. No había literalmente nada que se lo impidiera. Bueno, sí, algunas personas se mosquearían y seguro que se ganaba más de una bronca, pero ¿a alguien le importaría de verdad? Su entrenador llevaba dos meses amenazándolo con sustituirlo.

Pues que lo hiciera. Que otra persona viviera el sueño de la NHL. Ryan ya había tenido suficiente.

Capítulo 27

—¿Has visto cuánta gente hay ahí fuera? —le preguntó Vanessa en cuanto irrumpió en el camerino.

En realidad, Fabian no se había asomado a mirar cuánta gente había en el club. Era uno de los locales más grandes en los que había tocado; estaba impresionado con que su sello discográfico lo hubiera reservado para el lanzamiento del álbum.

Pero en el fondo solo había una persona a la que le gustaría ver entre el público. Y era imposible que estuviera.

—Estás espectacular —dijo Vanessa—. Me encanta ese mono.

Fabian se había puesto el mono negro que ahora le remitía a Ryan. Lo había combinado con el collar exquisito que sin duda llevaba por Ryan. Había estado a punto de enfundarse también la braguita de encaje.

Notó un nudo en el estómago. Ni una sola vez en su vida había tenido pánico escénico, pero esta noche era un manojo de nervios. Se había sentido tremendamente frágil desde que se había marchado de casa de Ryan.

Por dios, confiaba en que Ryan estuviera bien. Fabian tendría que haber sido más paciente con él. Seguro que abandonarlo como lo había hecho no le había ayudado, y llevaba semanas preocupado de que Ryan hubiera entrado en una espiral por su culpa. Se había planteado escribirle antes de ese concierto, pero no había sido capaz. Una parte de él seguía pensando que su relación era imposible, por muy fuerte que fuera lo que sentía por Ryan. Así que ahora a Fabian no le quedaba más remedio que volcar su corazón roto en el escenario.

La responsable del local entró en el camerino.

—¿Estás listo? —le preguntó.

Fabian asintió y se puso de pie. Respiró hondo varias veces para intentar calmar el estómago, luego se dio la vuelta y abrazó a Vanessa.

—Gracias —le dijo—. Te quiero.

—Yo también te quiero. ¡A por todas! ¡Conquístalos!

Fabian se enderezó e intentó sonreír.

—Por supuesto.

Cuando subió al escenario, lo recibió un mar de aplausos y silbidos entusiastas. Sonrió a su público —inmenso, tal como lo había descrito Vanessa— y saludó con la mano mientras se dirigía al centro del escenario. Al llegar al medio, sacó el violín y el arco de la funda, se plantó delante del micro y cerró los ojos. Respiró hondo dos veces más para concentrarse. Ahí era donde cobraba vida. Le encantaba.

Abrió los ojos y se acercó el violín a la barbilla. Tomó otra buena bocanada de aire y empezó a tocar. Dejó que la música lo envolviera, que reverberase por las paredes del club y volviese a él. Permitió que lo alimentara, que llenara todos los huecos de su interior que llevaban semanas vacíos. Necesitaba esa energía para poder devolvérsela a su público. Más tarde, cuando ya no le quedase nada, Fabian podría arrastrar la carcasa hueca de su cuerpo a casa y derrumbarse allí, pero ahora mismo su público merecía que sacara lo mejor de él.

Dio el mejor espectáculo de su vida. Se dejó el corazón en la música y sabía que su propia angustia estaba muy presente en cada nota melancólica que tocaba.

No tocó la canción que había compuesto para Ryan.

Cuando terminó la lista, sonrió, luego hizo una reverencia mientras el público se volvía loco aplaudiendo. El sudor le caía por la frente del esfuerzo de tocar y se apartó el flequillo con la punta del arco.

Se había esforzado como un mulo para ese momento. Casi diez años habían transcurrido desde que había dejado la Sinfónica para lograr que justo esto sucediera. Le ardían los ojos por las lágrimas, que dejó que se derramaran. Se tapó la boca con la mano y trató de no ponerse a sollozar como un niño delante del público. Porque no solo eran lágrimas de alegría. Le daba rabia pensar cómo podría haber sido aquella noche si aún hubiera estado con Ryan.

Se limpió los ojos, aunque estaba seguro de que se había destrozado el maquillaje. Parpadeó para ver más claro y se tomó otro instante para recordar a ese público. Para empaparse de él antes de salir del escenario. Paseó la mirada por toda la multitud hasta que la detuvo en un fogonazo de pelo rojo que había al fondo, alguien que sacaba la cabeza y los hombros por encima del resto.

«¿Ryan?».

Sin duda era Ryan. Era imposible confundirlo con otra persona. Y, cuando la mirada de Fabian se quedó fija en él, Ryan sonrió como un bobo e hizo un discreto gesto con los pulgares hacia arriba.

Fabian suspiró. Le dio la impresión de que su corazón empezaba a latir por primera vez desde hacía semanas. Sin pensarlo, se bajó del escenario y se mezcló con la multitud. La gente lo tocaba, le daba palmaditas en la espalda, lo agarraba del brazo, pero él pasaba de todos. Se limitó a seguir caminando, obligando a los asistentes a apartarse, porque estaba dispuesto a pasarles por encima si no lo hacían.

Tardó una eternidad en llegar al fondo del club, y por un segundo le preocupó haber tenido una alucinación. Pero entonces lo vio. Inmenso, fabuloso y real. Y con la bufanda que Fabian le había regalado en Navidad.

—Holi —dijo Ryan.

Fabian no respondió. Tan solo se limitó a abrazarlo con toda la intensidad que pudo. Un segundo después, Ryan le devolvió el abrazo, arropándolo con sus fuertes brazos y acercándolo a su cuerpo.

—Buen concierto —dijo Ryan.

—Has venido —dijo Fabian entre sollozos.

—Sí. ¿Te parece bien?

Fabian asintió pegado a su maravilloso y compacto pecho.

—Me parece bien.

—¿Tienes planes cuando acabes?

—Ya no.

Ryan se echó a reír.

—Confiaba en que pudiéramos hablar.

—Sí. —Fabian se apartó y levantó la cara para sonreírle con los ojos llorosos—. No te vayas, ¿vale? Tendré que pulular un rato más, pero… quédate aquí. Aún mejor, quédate pegado a mí. No quiero perderte.

«Otra vez no. Nunca más».

—Vale.

Cogieron un taxi para ir al piso de Fabian. En la calle hacía un frío tremendo y el club quedaba fuera del Village.

Ryan había dudado de si ir o no al concierto de Fabian, pero sabía que por lo menos tenía que intentarlo. Literalmente no tenía nada que perder. Al ver a Fabian en el escenario, luciendo el collar que le había regalado, Ryan había notado que se le alegraba el corazón. Era imposible que Fabian no quisiera nada más con él si se había puesto su regalo para un espectáculo tan importante.

Llevaba días planeando qué le diría si tenía la oportunidad. Y parecía que la oportunidad había llegado.

Siguió a Fabian a su apartamento y sintió una oleada de alivio. Pensaba que no volvería a ver aquella habitación.

Fabian aún iba con el vestuario del concierto. También llevaba todavía el maquillaje, aunque la raya se le había corrido un poco alrededor de los ojos.

—¿Me das un momento? —preguntó Fabian—. Quiero quitarme todo esto antes de que hablemos.

—Por supuesto.

Ryan se sentó en el borde de la cama y esperó a que Fabian terminara con lo que tuviera que hacer en el lavabo. Quince minutos más tarde, Fabian salió con un batín de raso negro, con la cara lavada y el pelo mojado. Todavía llevaba el collar.

Ryan se rio.

—¿Te lo quitas en algún momento?

Fabian sonrió y se dirigió a la cocinilla.

—Cuando no tengo más remedio. —Cogió el hervidor que había en uno de los fogones y lo llenó de agua. Luego lo puso otra vez al fuego—. Si te soy sincero, esta es la primera vez que me lo pongo desde…, bueno. Ya sabes.

Ryan lo sabía, sí.

—Me alegro de que te lo hayas puesto hoy.

—Y yo me alegro de que estuvieras para verlo. —Sacó dos tazas del armario que había encima de la nevera y las dejó en la diminuta encimera—. ¿Te apetece una infusión de menta?

—Me parece perfecto.

Fabian preparó las infusiones mientras Ryan lo observaba en silencio. Parecía que hubiera un pacto tácito entre ellos de que esperarían hasta que la bebida estuviera lista para hablar de cosas serias.

Para cuando Fabian le ofreció la taza con la infusión de menta humeante, Ryan volvía a estar con los nervios a flor de piel. Tenía previsto hablar el primero, pero quizá no fuera la mejor idea. Fabian se sentó en la silla, que esa noche no estaba llena de ropa usada, y se puso frente a Ryan, cerca de los pies de la cama. Con los dedos de los pies descalzos tocaba las puntas de los de Ryan, cubiertos por los calcetines.

—He dejado el hockey —soltó Ryan sin más preámbulo.

Fabian abrió los ojos como platos.

—O sea, voy a dejarlo. Estoy en el proceso de dejarlo. Pero digamos que ya no voy a jugar más partidos. Se acabó.

—Guau. Eso… no era lo que esperaba oír.

—No sé qué haré a continuación, pero tengo dinero, así que puedo tomarme el tiempo que haga falta para averiguarlo. Y… curarme.

—¿Qué tal la espalda?

—Mucho mejor. Tuve unos días libres y aproveché para descansar.

—Me alegro.

Ryan notaba que Fabian iba con pies de plomo. No lo culpaba.

—Hace más de una semana que no tomo ni un calmante. Ni siquiera uno flojo. Nada.

Fabian se mordió el labio.

—Soy imbécil —dijo—. No tengo la menor idea sobre el hockey ni sobre el dolor crónico ni sobre los medicamentos, y debería haber confiado en ti.

—Puede. Aunque no siempre soy de fiar. Siempre he hecho lo que era mejor para el equipo, y, tenías razón, a veces eso ha implicado atiborrarme a calmantes en lugar de permitirme frenar y curarme. El hockey tiene un lado egoísta.

Fabian colocó las manos alrededor de la taza.

—Pero, aunque te estuvieras enganchando, fui muy desconsiderado al largarme así. Necesitabas ayuda y apoyo. No… eso.

—Tenías miedo.

—Estaba aterrado —le corrigió Fabian—. Pero quiero que sepas que… no tienes por qué dejar el hockey. Me refiero, por mí. Si lo has hecho por eso…

—No es la única razón. Lo que dijiste era cierto: el hockey no es bueno para mí.

Fabian parecía aliviado.

—De acuerdo. Pero, si piensas que la única manera de estar conmigo es si dejas el hockey, te equivocas. Fui egoísta y lo que te pedí era ridículo.

A Ryan le dio un vuelco el corazón.

—¿Quieres estar conmigo?

Fabian esbozó una sonrisa.

—Lo has pillado, ¿eh?

Ryan le sonrió como un bobo, luego salió de su ensimismamiento y recordó lo que quería decirle.

—Vale. He pensado mucho en lo que quería decirte. Y lo he practicado. Así que voy a decirlo, ¿sí?

—¿Lo has practicado?

—Sí.

—Bueno, pues no se hable más. Cuéntamelo.

Ryan se levantó y dejó la taza en el escritorio de Fabian.

—El caso es que… —Hizo una pausa, ya se había perdido—. Estos últimos meses… —Maldita sea—. Sé que no hemos…

Suspiró y luego soltó un taco en voz baja.

—Ryan. —Fabian se levantó y le puso una mano en el brazo—. No hace falta que digas nada.

Ryan negó con la cabeza.

—Estoy enamorado de ti. —Tragó saliva—. Tenía que decírtelo. Y ya está.

Fabian apretó los labios; los ojos le brillaban ilusionados. Soltó un suspiro largo y estremecido.

—Creo que cabe la posibilidad de que siempre haya estado enamorado de ti. Sé que suena absurdo, pero es la verdad.

Ryan sonrió tanto que la sonrisa no le cabía en la cara.

—Entonces ¿puedo besarte?

—Sí. Un momento.

Fabian se subió a la silla en la que estaba sentado y se puso de pie. Quedaba un par de dedos por encima de Ryan, quien se rio al verlo.

Y entonces inclinó la cabeza hacia arriba para besar al chico que amaba. Fabian pasó los brazos por el cuello de Ryan y este le agarró el culo con una mano y lo levantó de la silla para poder llevarlo a la cama.

—Desde luego, tienes mejor la espalda —dijo Fabian muy contento.

—Sí… Deja que te demuestre qué otras cosas puedo hacer.

Fabian levantó mucho las cejas.

—¡Joder!

Ryan se rio y lo dejó caer encima del colchón.

—Estás muy atractivo con esa cosa.

—¿Qué? —preguntó Fabian mientras pasaba la mano por el sedoso tejido del batín—. ¿Esto? Me alegro de que te guste, porque me estoy helando. No es nada apropiado para las noches gélidas de pleno invierno.

—Yo te calentaré.

—Claro que sí. Quítate la ropa.

—Ryan —murmuró Fabian más tarde, cuando estaban enredados en la cama, saciados y medio dormidos—, tengo una pregunta muy importante sobre tus muslos.

—¿Qué les pasa?

—¿Qué les ocurrirá cuando dejes de jugar al hockey?

Ryan paró de acariciarle el pelo un instante.

—Pues lo más probable es que vuelvan a ser muslos normales.

—Eso era lo que me temía.

—Ya no te apetece tanto que deje el hockey, ¿eh? —bromeó Ryan.

—Eh… Supongo que tendré que aprender a vivir solo con tu altura descomunal, tu cara fantástica y tu polla enorme.

—Y mi personalidad tan divertida.

Fabian le dio un golpecito en el brazo.

—Eres muy divertido. —Se puso encima de Ryan y lo miró—. Y eres muy dulce. Y te amo.

—Yo también te amo.

—Daré varios conciertos fuera de la ciudad a lo largo de este mes. ¿Te gustaría acompañarme?

—¿En avión?

Fabian se echó a reír.

—Te has flipado un poco con el presupuesto para viajes de un músico indie. No, iré en coche o cogeré el tren.

—Ah. —Ryan sonrió—. Sí. Vale. Te acompañaré. Podemos ir en mi coche.

—Mi discográfica tiene en mente que haga un tour por Canadá este verano. Si te atrae la idea de pasarte el verano conduciendo sin parar entre ciudades canadienses con una estrella emergente, podrías ir conmigo.

Ryan se quedó un buen rato sin contestar. Sonaba perfecta la perspectiva de cruzarse el país con el hombre que amaba. Estar allí para ver a Fabian deslumbrando al público de las distintas ciudades. Estar allí para besar a Fabian después de los conciertos y luego acompañarlo a la habitación de hotel y demostrarle lo orgullosísimo que estaba de ser su novio.

—Pero ya basta de pensar en mí —añadió Fabian, con lo que rompió la embobada fantasía de Ryan—. Vamos a ver qué necesitas. ¿Qué te hace feliz, Ryan?

En ese momento, Ryan no podía imaginarse necesitar algo más aparte del chico que tenía entre los brazos, pero dijo:

—No lo sé. Pero me muero de ganas de averiguarlo.

Epílogo

Fabian: ¿Cuándo terminas la jornada?

Ryan: Estaba recogiendo. ¿Estás en el hotel?

Fabian: Estoy en una cafetería.

Le mandó a Ryan una foto de un capuchino junto a un plato con un *pain au chocolat* a medio comer.

Fabian: Me encanta Montreal.

Ryan sonrió. Acababa de terminar su primer día como entrenador en el campamento benéfico de hockey de la organización de Rozanov y Hollander y había ido sorprendentemente bien. Se sentía un poco raro allí plantado junto a varias de las superestrellas que habían accedido a ayudar, pero por lo menos Wyatt también estaba.

Aunque la verdad era que el propio Wyatt también se había convertido en una superestrella en esos últimos tiempos. Desde que lo habían traspasado a Ottawa, había jugado que te cagas para el equipo en apuros. Ryan se alegraba mucho por él.

El primer día del campamento había sido un poco caótico, pues todo el mundo trataba de adivinar cómo iba a funcionar aquello, pero había sido divertido. Los críos eran geniales y a Ryan le gustaba que el campamento admitiera a todo tipo de géneros. Había terminado el día trabajando mano a mano con una niña de trece años para que mejorase los giros. Era alucinante ser capaz de compartir con alguien sus habilidades para el hockey. Era alucinante que alguien le recordara que tenía habilidades para el hockey.

—Lo has hecho genial, Pricey. —Wyatt se le acercó por detrás y le dio un golpecito en el hombro—. ¿Escribes a Fabian?

—Sí. Está tomando un bollo en no sé dónde.

—Ay, dios, ¿y te manda fotos? Me parece cruel. Por cierto, ¿sabes dónde están Roz o Hollander? La madre de Owen ha venido a firmar el parte sobre el incidente y ahora no sé qué hacer con el papel.

—¿Un parte sobre un incidente? ¿Qué ha ocurrido?

—Ah, nada grave. Un empujón en el vestuario. Creo que tiene cruzado al chaval ese, Harper.

—Ah. —Ryan no podía imaginarse qué clase de conflicto podían tener los críos de doce años—. Trae, dámelo. Ya se lo llevo yo.

—Gracias, colega. Lisa me está esperando, así que nos vemos mañana, ¿de acuerdo?

Le entregó a Ryan el papel y se marchó a paso ligero.

Ryan miró hacia una punta del pasillo en el que estaba y luego hacia la otra punta. Estaba casi seguro de que había una especie de oficina de Rozanov y Hollander por algún sitio. Quizá alguno de ellos estuviera allí.

Eligió una dirección y empezó a caminar. Se alegró de haber decidido aceptar la propuesta de Rozanov para entrenar en el campamento. Ilya había tenido que esforzarse mucho para convencerlo, pero, después de que Ryan hablara largo y tendido con Fabian, con sus padres, con Colleen y con su psicóloga, había decidido que sería una buena manera de ver si al hockey le quedaba algo que ofrecerle.

Se estaba planteando en serio meterse en algún módulo de educación infantil. O quizá en un módulo de educación física. Le gustaba trabajar con chavales y le gustaba estar activo. Y le encantaba la idea de hacer que el hockey fuera algo positivo e inclusivo para todo el mundo. Era una causa por la que sí podía apasionarse.

Oyó la voz inconfundible de Rozanov —un tono arrastrado y burlón con un acento fuerte— que salía de una habitación pasillo abajo. Se dirigió hacia el sonido y luego se paró en seco cuando oyó otra voz más enfadada. Parecía la de Hollander.

Se acercó un poquito más y confirmó que era Shane Hollander, que parecía discutir con Rozanov. Bueno, no era de extrañar. Ryan todavía no había asimilado que se llevaran bien.

Dejaron de discutir, así que Ryan se dirigió a la puerta. Debería haber llamado antes de abrirla de un empujón, porque lo siguiente que vio fue a Ilya empotrando a Shane contra la pared.

Con la boca en la del canadiense.

Shane fue el primero en verlo y de inmediato apartó a Ilya. Este se volvió para ver quién era el intruso, pero ni la mitad de asustado que Shane.

—Price —dijo Ilya con tranquilidad—. ¿Qué pasa?

Shane se había puesto coloradísimo y se dedicaba a alisarse la pechera del polo de director del campamento.

—Tengo un documento. Me lo dio Wyatt. Para vosotros.

—Gracias —dijo Shane—. Puedes dejarlo en la mesa. Y, eh, lo que acabas de ver…

Ilya puso los ojos en blanco y cogió el papel de la mano de Ryan.

—No va a contárselo a nadie, Shane. Relájate, joder.

Fulminó a Ryan con una mirada que decía «No se lo vas a contar a nadie, ¿verdad?».

—No. No le contaré a nadie… que estabais, eh…

—¿Enrollándonos en el trabajo? Sí. Sería fatal —dijo Ilya con una sonrisa divertida.

Por su parte, Shane puso cara de no tener intención de sonreír en toda su vida.

—No sé qué veo en ti —murmuró Shane.

—Sí. Lo dices todos los días.

Ryan no pudo evitar sonreírles. De pronto, las cosas tenían mucho más sentido.

—Vuestro secreto está a salvo conmigo —prometió.

Se marchó a toda prisa, algo avergonzado, pero también deseoso de ver a su novio. Fabian y él iban a pasar allí toda la semana; luego irían a la parte atlántica de Canadá para que Fabian hiciera unos cuantos conciertos y, de paso, visitarían juntos a sus familias.

Ryan no estaba seguro de cómo iría con la familia de Fabian. Los Salah sabían que salían juntos, pero Fabian le había dicho que dudaba de que se lo creyeran de verdad hasta que los vieran en persona. Ocurriera lo que ocurriese, Ryan estaría al lado de Fabian en todo momento.

Encontró a Fabian sentado en un banco en la calle, junto al hotel. Estaba espectacular con su mono azul de estampado floral, unas gafas de sol inmensas y unas alpargatas amarillo brillante. Ryan llevaba unos pantalones cortos de deporte, sandalias y una camiseta gris del campamento.

Fabian se incorporó al verlo y le entregó una bolsita blanca.

—Te he comprado un cruasán de almendra.

Ryan miró en la bolsa.

—Qué raro que te lo hayan vendido con un mordisco.

—¡Ya! Debería quejarme.

Ryan le dio un beso, allí mismo, en la acera.

—Hueles bien.

—Puede que haya usado algunas muestras de perfume de Holt Renfrew.

Ryan enterró la cara en el hueco del cuello de Fabian e inspiró hondo.

—Me gusta. ¿Te lo has comprado?

—No, cariño. Eso te lo dejo a ti.

Ryan sonrió y le besó el cuello.

—Entonces ¿ha ido bien el día?

—Sí, pero hacía mucho calor y tenía la esperanza de poder retirarnos a nuestra habitación con aire acondicionado.

—Buen plan. ¿Alguna propuesta para la cena? Me refiero, además del cruasán.

—No. Pero… quiero enseñarte algo. —Le pasó el móvil a Ryan—. Dime qué piensas.

Ryan fue bajando por la galería de imágenes. Todas eran fotos de habitaciones en una casita adosada en el Village.

—¿Está en venta?

Fabian se mordió el labio.

—No es barata.

Ryan cerró la galería y miró el precio. Era casi la mitad de lo que le había costado el apartamento con vistas preciosas de la ciudad.

—Podríamos comprarla.

—¿En serio? Vanessa y Tarek me han dicho que le echarían un vistazo y me dirían si vale la pena escribir para decir que nos interesa.

A Ryan le encantaba la idea de que Fabian llenase aquellas paredes de color y cachivaches ornamentados. Le encantaba la idea de construir un hogar y una vida con Fabian. Le daba igual dónde vivieran, pero sabía que Fabian quería quedarse cerca de sus amigos. Cerca de su comunidad. A Ryan le parecía perfecto, aunque implicara pagar una burrada por la vivienda.

Entraron cogidos de la mano por las puertas correderas de cristal que conducían al vestíbulo del hotel. Fabian balanceaba contento los brazos que tenían unidos.

—No se lo cuentes a mis padres, pero estoy increíblemente agradecido de que acogieran a jugadores de hockey en mi adolescencia.

Ryan se rio.

—Me cuesta creerlo.

—Estoy seguro de que no tenían en mente encontrarle novio a su hijo, pero, mira, ha funcionado.

—Desde luego.

—Quizá les dé las gracias el día de nuestra boda.

Ryan resopló y desdeñó la idea como si fuese algo ridículo. Como si él no hubiese estado pensando en pedirle matrimonio desde el momento en que Fabian lo había abrazado después del lanzamiento del disco.

Mientras esperaban a que llegara el ascensor, Ryan se comió con los ojos a Fabian, que lucía ese mono tan precioso. Le distraían muchísimo sus piernas y sus brazos esbeltos y desnudos. Seguro que Fabian se percató del interés de Ryan, porque se lamió el labio y, en teoría, lo miró a los ojos. Aunque costaba saberlo con aquellas gafas que le tapaban casi toda la cara.

Una vez a solas en el ascensor, Fabian se mofó de la erección más que evidente que tensaba la tela del mono corto.

—Genial. Mira lo que has conseguido.

Ryan chasqueó la lengua y pensó en todas las formas en las que le gustaría aliviar el problema de Fabian.

—Espero que estés contento —le reprendió Fabian.

Ryan sonrió.

—Más que contento.

Agradecimientos

En primer lugar, me gustaría dar las gracias a Mackenzie Walton por hacer que mis libros sean mucho mejores. He tenido una suerte tremenda al dar con la editora perfecta. También me gustaría agradecer al equipo al completo de Carina Press, porque es genial trabajar con ellos.

Asimismo, gracias a mi marido, Matt, por animarme y apoyarme siempre, sobre todo mientras le leía el primer borrador en voz alta.

Y, por último, me gustaría reconocer en público el valor de todos los atletas profesionales, en especial los jugadores de hockey, que han hablado o escrito de forma valiente y con sinceridad acerca de su lucha por superar enfermedades mentales, adicciones, fobias y la cultura de masculinidad tóxica que puede hacer que los deportes de equipo resulten tan complicados para muchísima gente.